Vozes no Verão

Da mesma autora:

O Carrossel
Catadores de Conchas
A Casa Vazia
Com Todo Amor
O Dia da Tempestade
Fim do Verão
Flores na Chuva
O Quarto Azul
O Regresso
Setembro
Sob o Signo de Gêmeos
Solstício de Inverno
O Tigre Adormecido
Um Encontro Inesperado
Victoria
Vozes no Verão

Rosamunde Pilcher

Vozes no Verão

13ª EDIÇÃO

Tradução
Jacqueline Klimeck Gouvêa Gama

Título original: *Voices in Summer*

Capa: projeto gráfico de Leonardo Carvalho.

Para Mark,
por motivos que lhe serão óbvios

2015
Impresso no Brasil
Printed in Brazil

CIP-Brasil. Catalogação-na-fonte
Sindicato Nacional dos Editores de Livros, RJ.

P686v
13ª ed.

Pilcher, Rosamunde, 1924-
Vozes no Verão / Rosamunde Pilcher; tradução de Jacqueline Klimeck Gouvêa Gama. – 13ª ed. – Rio de Janeiro: Bertrand Brasil, 2015.
272p.

Tradução de: Voices in Summer
ISBN 978-85-286-0543-3

1. Romance escocês. I. Gama, Jacqueline Klimeck Gouvêa. II. Título.

96-0490

CDD – 828.99113
CDU – 820(411)-3

EDITORA BERTRAND BRASIL LTDA.
Rua Argentina, 171 – 2º andar – São Cristóvão
20921-380 – Rio de Janeiro – RJ
Tel.: (0xx21) 2585-2070 – Fax: (0xx21) 2585-2087

Atendimento e venda direta ao leitor:
mdireto@record.com.br ou (21) 2585-2002

1

HAMPSTEAD

A recepcionista do consultório, uma bela jovem com óculos de armação de tartaruga, percebeu a presença de Laura, abriu a porta e, sorridente, fez com que ela entrasse, como se aquela fosse uma visita social para ambas. Atrás da porta aberta, degraus limpíssimos conduziam à rua Harley, entrecortada pelas casas defronte em áreas de intensa claridade solar e outras de sombria escuridão.

— Está uma linda tarde — observou a recepcionista, com razão; era final de julho e o tempo andava bom e ensolarado. A moça vestia saia e blusa franzidas, meias de náilon nas pernas bem torneadas e um par de severos sapatos pretos; Laura usava um vestido de algodão e tinha as pernas nuas. Havia, entretanto, um frescor na brisa trêfega que varria as ruas no verão, e ela havia amarrado, pelas mangas, um cardigã claro de casimira em torno dos ombros.

Laura respondeu que sim, sem conseguir pensar em mais nada para dizer a respeito do tempo. Agradeceu, embora a recepcionista não houvesse feito nada além de anunciar sua chegada para a consulta marcada com a Dra. Hickley e, após quinze minutos, acompanhá-la à porta novamente.

— Não há de quê. Até logo, Sra Haverstock.

— Até logo.

A porta escura e lustrosa fechou-se atrás dela. Laura deu as costas para a casa de fachada elegante e imponente, e caminhou alguns metros, calçada abaixo, para onde antes havia encontrado, como que por milagre, um local desocupado para estacionar o carro. Curvou-se a fim de abrir a porta e ouviu um ruído. Assim que se sentou atrás do volante, Lucy pulou com alegria do banco de trás para o seu colo, ficando sobre as patas traseiras, balançando velozmente o rabo peludo e dando uma rápida e terna lambida no rosto de Laura com sua longa língua cor-de-rosa.

— Ah, pobrezinha, deve estar derretendo. — Havia deixado uma fresta da janela aberta, mas ainda assim o interior do carro parecia um forno. Ergueu o braço e abriu o teto solar, com a intenção de atenuar o calor. Um ar fresco circulou no interior do carro, e o sol quente tocou o alto de sua cabeça.

Lucy arfou, condescendente, atestando seu próprio desconforto canino, seu perdão e seu amor. Seu carinho era tudo para Laura. Não obstante, era uma criaturazinha cortês, graciosa e que fazia questão de saudar a chegada de Alec todas as noites, quando ele voltava do trabalho. Alec dizia a todos que, quando se casara com Laura, adquirira mais de uma mercadoria, como num lote de leilão: uma nova esposa, junto com um cachorro.

Sempre que precisava de uma amiga, Laura confiava a Lucy coisas que não podia contar a mais ninguém. Nem mesmo a Alec. Principalmente a Alec, pois tais segredos normalmente lhe diziam respeito. Às vezes, ela pensava em outras mulheres casadas. Guardariam segredos de seus maridos? Marjorie Anstey, por exemplo, casada com George há 16 anos, organizava toda a vida do marido, desde meias limpas a passagens aéreas. E Daphne Boulderstone, que flertava abertamente com todos os homens que encontrava pela frente e era sempre flagrada, em restaurantes discretos, almoçando com o marido de alguém. Será que ela confiava seus segredos a Tom, talvez rindo de sua própria insensatez? Ou seria ele frio e distante — ou desinteressado — como aparentava? Talvez simplesmente não se importasse. Com certeza, na semana seguinte, quando estariam todos na Escócia, em Glenshandra, para o feriado dedicado à pescaria e há tempos planejado, Laura teria tempo para observar tais casamentos e chegar a alguma conclusão...

Respirou fundo, irritada com a própria estupidez. De que adiantava ficar sentada ali, imaginando tal possibilidade, se nem mesmo iria para a Escócia? A Dra. Hickley não fizera rodeios. "Vamos terminar logo com isso, sem perder tempo. Alguns dias no hospital e depois um bom descanso."

O que Laura temia acontecera. Tirou da cabeça Daphne e Marjorie. Alec. Tinha que se concentrar em Alec. Era preciso ser dinâmica, decidida e arquitetar um plano de ação. Não importa o que acontecesse, Alec deveria ir para Glenshandra com os demais. Laura teria que ficar. Isso, ela sabia, exigiria um certo poder de persuasão. Seria necessário engendrar um plano convincente e infalível, e ninguém poderia fazê-lo a não ser ela mesma. E já.

Afundada no banco do carro, Laura não se sentia capaz de ser dinâmica nem decidida.

Sua cabeça doía, suas costas doíam, seu corpo todo doía. Pensou em ir para casa, que era alta e estreita e ficava em Islington, não muito longe dali, mas longe demais quando se está cansada e desanimada, numa tarde quente de julho. Pensou em ir para casa, subir, deitar-se em sua cama fria e dormir o resto da tarde. Alec acreditava piamente que esvaziar a mente dava ao subconsciente uma chance de resolver problemas aparentemente insolúveis. Talvez Laura tivesse sorte e seu subconsciente trabalhasse enquanto ela cochilava, e a presenteasse, ao acordar, com alguma idéia brilhante e elementar. Considerou os fatos e tornou a suspirar. Não tinha tanta fé assim em seu subconsciente. Na verdade, não tinha tanta confiança assim em si mesma.

"Nunca a vi tão pálida", dissera a Dra. Hickley, o que já era em si perturbador, dada a frieza com que tratava suas pacientes, raramente tecendo comentários tão impulsivos. "Melhor fazer um exame de sangue para termos certeza."

Seria assim tão aparente?

Laura puxou o espelho retrovisor e olhou-se nele. Passado um instante, e sem muito entusiasmo, tirou um pente da bolsa e tentou ajeitar o cabelo. Em seguida, um batom. A cor era cintilante demais e não combinava com a lividez de sua cútis.

Olhou dentro de seus olhos castanho-escuros, guarnecidos de longas pestanas. Davam a impressão, concluiu, de serem grandes demais para o rosto, como dois buracos numa folha de papel. Encarou severamente a si mesma. *Ir para casa dormir não vai resolver nada. Sabe disso, não sabe?* Tinha que haver alguém com quem pudesse contar, alguém para conversar. Em casa não havia ninguém, pois a Sra. Abney, que morava no porão, ia para a cama, impreterivelmente, todas as tardes, das duas às quatro. Detestava ser importunada, ainda que fosse algo importante como o homem que fazia a leitura do relógio.

Alguém para conversar.

Phyllis.

Grande idéia. *Quando saísse do hospital, poderia ficar com Phyllis. Se ficasse com ela, Alec poderia ir para a Escócia.*

Por que não pensara nisso antes? Satisfeita consigo mesma, Laura esboçou um sorriso, ao mesmo tempo em que a buzina de um carro a trazia de volta à realidade. Um enorme Rover azul parara junto ao seu carro, o motorista com o rosto vermelho deixando claro que desejava saber se ela desocuparia a vaga ou se ficaria ali sentada, enfeitando-se e se arrumando diante do espelho o dia inteiro.

Embaraçada, Laura ajeitou o retrovisor, deu a partida no motor, sorriu mais encantadoramente do que o necessário e, um tanto atrapalhada, manobrou o carro para fora da vaga, mas sem se chocar com o automóvel da frente. Guiou para a rua Euston, avançando lentamente até a Eversholt, em meio ao emaranhado do tráfego, e então virou para o norte, em direção à montanha e a Hampstead.

Imediatamente sentiu-se melhor. Tivera uma idéia e estava tentando pô-la em prática. O tráfego havia-se diluído, o carro ganhou um pouco mais de velocidade, e o vento entrava pelo teto solar aberto. A estrada era amistosa e familiar, pois, quando era jovem e morava com Phyllis, fazia o mesmo trajeto todos os dias, de ônibus — primeiro para o colégio e mais tarde para a faculdade. Parada no sinal de trânsito, observou as casas dos dois lados da rua, velhas, à sombra das árvores, algumas com fachadas recém-pintadas e portas coloridas. As calçadas ensolaradas estavam apinhadas de pessoas vestindo roupas leves: moças de braços de fora e mães com crianças seminuas. Da mesma forma, algumas lojas haviam aberto os toldos e exposto suas mercadorias na calçada: verduras empilhadas artisticamente, uma série de cadeiras de pinho encerado e buquês de rosas e cravos. Havia ainda algumas mesas dispostas do lado de fora de um pequeno restaurante, com guarda-sóis listrados e cadeiras de ferro pintadas de branco. *Como em*

Paris, pensou Laura. *Gostaria que morássemos em Hampstead.* E então o carro de trás apertou a buzina, e ela percebeu que o sinal estava verde.

Somente quando já se encontrava a caminho de Hampstead, ocorreu-lhe que talvez Phyllis não estivesse em casa. Devia ter parado para telefonar. Tentou imaginar o que Phyllis estaria fazendo numa bela tarde de verão, tarefa difícil, pois as possibilidades eram ilimitadas. Comprando roupas ou antiguidades; visitando suas galerias de arte favoritas, participando de algum evento musical popular ou levantando dinheiro para reconstruir alguma antiga mansão de Hampstead.

Contudo, era tarde demais agora para fazer qualquer coisa a respeito, pois já estava quase chegando. No instante seguinte, deixou a rua principal e entrou numa pista que se estreitava em curvas sinuosas e então seguia reta, e avistou a fileira de casas georgianas que subiam com a estrada, uma acima da outra. As portas ficavam rentes à calçada de pedras, e defronte à casa de Phyllis estava seu carro, o que era, pelo menos, um bom sinal, embora não significasse necessariamente que ela estaria ali. Phyllis era uma andarilha incansável e só pegava o carro quando precisava "descer até Londres".

Estacionou o carro atrás de um outro, fechou o teto solar, segurou Lucy no colo e desceu. Dois vasos com hortênsias ladeavam a entrada da casa. Laura bateu a argola da porta e cruzou os dedos. *Se ela não estiver em casa, terei que descer a montanha, voltar para casa e lhe telefonar.* Mas, quase ao mesmo instante, ouviu os passos apressados de Phyllis (sempre de saltos altíssimos), e em seguida a porta se abriu, e tudo ficou bem.

— Querida!

Foi a melhor das boas-vindas. As duas se abraçaram, Lucy se pondo entre elas, e, como sempre, abraçar Phyllis era como abraçar um passarinho. Um pequenino e macio passarinho. Ela usava um vestido rosa-damasco, um colar de contas de vidro e um par de brincos que balançavam feito enfeites de árvore de Natal. As mãos delicadas estavam carregadas de anéis, e seu rosto, como de costume, perfeitamente maquiado. Apenas seus cabelos estavam um tanto desalinhados, caindo sobre a testa. Começavam a se tornar grisalhos, mas não diminuíam de modo algum a jovialidade de sua expressão.

— Devia ter-me ligado!

— Vim num impulso.

— Oh, querida, que emoção. Entre!

Laura a seguiu e Phyllis fechou a porta. Dentro, não estava escuro, pois a estreita ante-sala se estendia pela casa e levava diretamente ao jardim. Emoldurado pela porta, Laura avistou o espaço ensolarado e pavimentado, repleto de folhagens lustrosas, e, ao fundo, a treliça branca do caramanchão.

Agachou-se, deixando Lucy sobre o tapete vermelho-rubi. O animal arfou, e Laura pendurou sua bolsa no corrimão da escada, indo à cozinha encher uma tigela de água para a cadela. Phyllis a observava da ante-sala.

— Eu estava no jardim — disse ela — mas faz muito calor lá fora. Vamos para a sala de estar. Está fresca, as janelas estão abertas. Querida, você está tão magra. Perdeu peso ultimamente?

— Não sei. Suponho que sim. Não tinha essa intenção.

— Quer tomar alguma coisa? Acabei de preparar uma limonada. Está na geladeira.

— Adoraria.

Phyllis saiu para apanhar os copos. — Fique à vontade. Ponha os pés para cima, e conversaremos bastante. Há anos que não a vejo. Como vai seu lindo marido?

— Bem.

— Conte-me tudo.

Era maravilhoso que alguém lhe dissesse para ficar à vontade e colocar os pés para cima. Exatamente como nos velhos tempos. Laura assim o fez, recostando-se no canto do enorme e macio sofá da sala. Atrás das janelas abertas, a brisa agitava o jardim, produzindo um ligeiro farfalhar. Um cheiro de goivo pairava no ar. A mansidão do ambiente não condizia com a personalidade de Phyllis. Agitada como uma mosca, ela subia e descia as escadas da casa centenas de vezes por dia.

Era sua tia, a irmã mais nova do pai de Laura. O pai deles era um clérigo anglicano pobre, e foi necessário juntar todas as economias da família para que o pai de Laura pudesse estudar medicina na universidade.

Não sobrara nada para Phyllis.

Embora, felizmente, estivesse longe o tempo em que as filhas de um reverendo deveriam ficar em casa, submissas, ajudando a mãe com os arranjos florais da igreja ou dirigindo a escola dominical, o futuro mais promissor para Phyllis era se casar com um homem estabilizado e adequado. Mas ela, desde pequena, tinha seus próprios planos. De alguma forma, matriculou-se num curso de secretariado e se mudou para Londres — não sem antes obter a desaprovação da família — onde encontrou, em tempo recorde, não só um lugar para morar, mas também um emprego de datilógrafa na Hay Macdonalds, antiga editora da cidade. Seu entusiasmo e dedicação foram prontamente notados. Tornou-se secretária do editor de ficção, e então, aos 24 anos, foi promovida a assistente pessoal do presidente, Maurice Hay.

Os 53 anos de solteirice de Maurice indicavam que jamais se casaria. Contudo, apaixonou-se perdidamente por Phyllis, casou-se com ela e a levou — não exatamente num cavalo branco, mas num enorme e imponente Bentley branco — para morar em sua magnífica residência em Hampstead. Foram felizes durante todo o tempo que passaram juntos; entretanto, três anos depois, ele sofreu um infarto e morreu.

Para Phyllis, ele deixou a casa, a mobília e todo o seu dinheiro. Não era um homem ruim ou ciumento, e não havia em seu testamento nenhuma cláusula maldosa que a obrigasse a renunciar a tudo, caso viesse a se casar novamente. Mesmo assim, Phyllis nunca mais se casou. Tal fato passou a ser um enigma para todos que a conheciam. Não que houvesse faltado admiradores. Pelo contrário, havia sempre filas deles ao seu dispor, telefonando, mandando flores, convidando-a para jantar, viajar, ir ao teatro no inverno ou a Ascot no verão.

"Mas, queridos,", protestava ela, quando censurada por seu estilo de vida independente, "não quero casar-me de novo. Nunca encontrei alguém tão doce quanto Maurice. De qualquer modo, é muito mais divertido ser solteira. Principalmente quando se é solteira e rica."

Quando Laura era menina, Phyllis representava para ela uma lenda, e não admira. Às vezes, no Natal, os pais de Laura a levavam a Londres para apreciarem as lojas enfeitadas da rua Regent e irem ao Palladium ou ao balé. Nessas ocasiões, ficavam sempre com Phyllis, e para Laura, que fora criada em meio ao cotidiano monótono da família de um médico rural, era como estar dentro de um sonho. Tudo era tão lindo, tão brilhante, tão perfumado. E Phyllis...

"Ela é tão irresponsável", dissera a mãe de Laura, complacente, ao voltarem para Dorset, enquanto Laura, no banco de trás, estava perplexa e encantada com as lembranças glamourosas que levava da tia. "Não a imagino tendo problemas, fazendo algo de útil... ora, e por que faria?"

Mas a mãe de Laura se equivocara. Quando Laura estava com 12 anos, seus pais foram vítimas de um acidente automobilístico, ao voltar de um jantar, em uma estrada que lhes era bastante familiar. O engavetamento foi o resultado direto de várias circunstâncias inimagináveis: um entroncamento, um longo caminhão de carga, um carro veloz e sem freio. Tudo isso culminou numa tragédia. Antes mesmo que Laura pudesse entender e absorver o terrível episódio, Phyllis estava lá.

Não disse *nada* a Laura. Não lhe disse para ser forte, para não chorar, nem que aquela era a vontade de Deus. Simplesmente a abraçou e lhe perguntou com muita humildade se gostaria de morar com ela em Hampstead, por algum tempo, para lhe fazer companhia.

Laura foi, e ficou. Phyllis cuidou de tudo; do enterro, dos advogados, de dispensar a clientela, da venda da mobília. Algumas coisas preciosas e pessoais ela guardou para Laura; ficaram no quarto que mais tarde se tornou seu definitivamente. Uma escrivaninha que fora de seu pai, sua casa de bonecas, seus livros e o estojo de toucador de prata de sua mãe.

— Com quem está morando agora? — questionavam de maneira insensível as meninas de sua nova escola londrina, revelando a triste verdade da orfandade de Laura.

— Com minha tia Phyllis.

— Deus, eu não gostaria de morar com uma tia. Ela tem marido?

— Não, é viúva.

— Que coisa mais triste.

Mas Laura nada dizia, pois sabia que, se não podia morar em Dorset com seus amados pais, ia querer acima de qualquer coisa no mundo morar com Phyllis.

O relacionamento das duas era perfeito em todos os sentidos. A jovenzinha reservada e estudiosa e sua tia extrovertida e sociável tornaram-se grandes amigas; jamais discutiam ou se exasperavam uma com a outra. Só quando Laura terminou os estudos e se viu pronta para ganhar a própria vida, ela e Phyllis tiveram a primeira divergência séria de opinião. Phyllis queria que Laura trabalhasse na Hay Macdonalds; para ela, era a coisa mais óbvia e natural a ser feita.

Laura mostrou-se relutante. Acreditava ser aquela uma forma de nepotismo, além de minar sua determinação de tornar-se independente.

Phyllis afirmou que ela seria independente. Estaria ganhando a própria vida.

Laura ponderou que já lhe devia bastante. Queria começar uma carreira — qualquer que fosse — sem dever nada a ninguém.

Mas ninguém estava falando em *dívida*. Por que dar as costas a uma oportunidade como aquela simplesmente por ser sua sobrinha?

Laura argumentou que queria firmar-se sozinha.

Phyllis suspirou e explicou pacientemente que ela *poderia* firmar-se sozinha. Não era uma questão de nepotismo. Se não fosse boa para o trabalho e não conseguisse realizá-lo, não haveria compunção por ter que demiti-la.

Aquilo não era consolo. Laura murmurou qualquer coisa sobre precisar de um desafio.

Mas Hay Macdonalds *era* um desafio. Laura devia aceitá-lo como qualquer outro.

A discussão prosseguiu intermitentemente por três dias, e Laura finalmente cedeu. Mas ao mesmo tempo deu a Phyllis a notícia de que havia encontrado um pequeno apartamento de dois quartos em Fulham e que estava deixando Hampstead para morar sozinha. Tal decisão fora tomada há tempos; nada tinha a ver com a discussão do emprego. Não significava que não *queria* mais morar com Phyllis. Poderia viver para sempre naquela casinha aconchegante e luxuosa na montanha debruçada sobre Londres, mas sabia que não daria certo. As circunstâncias, subitamente, haviam mudado. Não eram mais tia e sobrinha, mas duas mulheres adultas, e o relacionamento que haviam conquistado era delicado e precioso demais para correr riscos.

Phyllis tinha sua própria vida — ocupada e excitante, apesar de estar beirando os 50. E, aos 19, Laura tinha uma vida a *construir*, e isso talvez nunca viesse a acontecer se não tivesse força de vontade para deixar o ninho protetor de Phyllis.

Após o desapontamento inicial, Phyllis compreendeu seus motivos.

— Não será por muito tempo — profetizara. — Vai-se casar.

— Por que eu me casaria?

— Porque é do tipo casadouro. Do tipo que precisa de um marido.

— Foi o que lhe disseram após a morte de Maurice?

— Você não é igual a mim, querida. Eu lhe dou três anos como profissional. Nem mais um minuto.

Mas Phyllis, pela primeira vez, se enganou. Pois se passaram nove anos até que Laura se interessasse por Alec Haverstock, e mais seis — Laura estava então com 35 — até que se casasse com ele.

— Aqui estamos... — O barulho do gelo no copo, as batidas dos saltos altos no assoalho. Laura abriu os olhos, olhou para Phyllis ao seu lado, depositando a bandeja numa mesinha baixa de café. — Estava cochilando?

— Não. Só pensando. Recordando, eu acho.

Phyllis sentou-se no outro sofá, sem se recostar, pois relaxar era algo que não combinava com ela. Sentou-se, dando a impressão de que a qualquer minuto se levantaria, às pressas, por algum motivo vital.

— Conte-me tudo. O que tem feito? Compras, espero.

Encheu um copo alto com limonada e o entregou a Laura. O copo estava gelado e difícil de ser segurado. Laura sorveu um pequeno gole e pôs o copo no chão, ao seu lado.

— Não, não fiz compras. Fui ver a Dra. Hickley. — Phyllis levantou a cabeça e, com súbito interesse, ergueu as sobrancelhas e arregalou os olhos. — Não — disse Laura — não estou esperando um bebê.

— Então por que foi vê-la?

— O velho problema de sempre.

— Ah, *querida*. — Não havia necessidade de dizer mais nada. As duas se entreolharam com pesar. Do jardim, aonde fora fazer uma visita premente, Lucy surgiu pelas portas abertas. Ao cruzar a sala, suas unhas tilintaram sobre o assoalho, e ela pulou delicadamente no colo de Laura; ali se enrolou numa bola confortável e cerrou os olhos para dormir.

— Quando aconteceu?

— Ah, já tem algum tempo, mas eu estava adiando a ida à Dra. Hickley por não querer pensar no assunto. Sabe, se não prestar atenção e esquecer, talvez isso passe.

— Foi bobagem sua.

— Foi o que ela disse. Não faz diferença. Terei que ir para o hospital novamente.

— Quando?

— O mais rápido possível. Talvez por uns dois dias.

— Mas, querida, você vai para a Escócia.

— A Dra. Hickley disse que não poderei ir.

— Não acredito. — A voz de Phyllis assumiu o mesmo tom desesperador da situação. — Você estava ansiosa para passar suas primeiras férias na Escócia com Alec... e o que ele vai fazer? Não vai querer ir sem você.

— É exatamente por isso que vim até aqui. Para lhe pedir um favor. Você se importa?

— Ainda não sei do que se trata.

— Bem, posso ficar aqui com você quando sair do hospital? Se Alec souber que estarei aqui, irá para Glenshandra com os amigos. É muito importante para ele. Há meses que está planejando essa viagem. Já reservou o hotel e um trecho do rio para pescar. Sem falar nos Boulderstones e nos Ansteys.

— Quando seria a viagem?

— Na próxima semana. Ficarei no hospital apenas por dois dias e não precisarei de cuidados especiais nem nada...

— Querida, é uma pena, mas não vou estar aqui.

— Você... — Aquilo era impensável. Laura ficou olhando para Phyllis, tentando não explodir em lágrimas. — ... não vai estar aqui?

— Vou para Florença e ficarei lá por um mês. Com Laurence Haddon e os Birleys. Combinamos tudo na semana passada. Ora, mas se estiver desesperada, posso adiar a viagem.

— É claro que não precisa adiá-la.

— E o irmão de Alec e sua cunhada? Os que moram em Devon. Não poderiam cuidar de você?

— Quer dizer ir para Chagwell?

— Não parece muito entusiasmada com a idéia. Pensei que tivesse gostado deles, quando passaram a Páscoa juntos.

— E gostei. São muito gentis. Mas têm cinco filhos, e estamos em época de férias. Jany já vai ter muito o que fazer sem mim por perto, pálida e fraca, tendo que tomar o café da manhã na cama. Além do mais, sei como me estarei sentindo após a operação. Provavelmente esgotada. Acho que tem a ver com a anestesia. E o barulho em Chagwell nunca é abaixo de um milhão de decibéis. Suponho que seja inevitável, com cinco crianças em casa.

Phyllis entendeu seu ponto de vista, descartou a idéia e buscou outra solução.

— Há também a Sra. Abney.

— Alec nunca me deixaria ficar com ela. Está ficando velha e não agüenta subir as escadas.

— A Dra. Hickley aceitaria adiar a operação?

— Não. Perguntei isso a ela, e a resposta foi negativa. — Laura suspirou. — É nessas horas, Phyllis, que gostaria de ter uma enorme família. Irmãos, irmãs, primos, avós, uma mãe e um pai...

— Oh, *querida* — disse Phyllis, e Laura arrependeu-se na mesma hora.

— Foi uma tolice o que eu disse. Sinto muito.

— Talvez — ponderou Phyllis — se arranjasse uma enfermeira para cuidar de você, então ela e a Sra. Abney poderiam trabalhar juntas...

— Ou eu poderia ficar no hospital.

— Isto está fora de cogitação. Na verdade, toda essa conversa é ridícula. Não creio que Alec queira viajar à Escócia e deixá-la para trás. Afinal de contas, vocês ainda estão em lua-de-mel!

— Estamos casados há nove meses.

— Por que ele não cancela tudo e a leva para a ilha da Madeira assim que você se recuperar?

— Porque não pode tirar férias quando bem entender. É uma pessoa importante. E Glenshandra é... uma espécie de tradição. Sempre vai para lá, em julho, com os Ansteys e os Boulderstones. Anseia por isso o ano inteiro. É tudo sempre igual, ele me disse, e é isso o que mais o atrai. O mesmo hotel, o rio, o mesmo guia, os mesmos amigos. É a sua válvula de escape, um sopro de ar puro, a única coisa que o faz continuar se escravizando na cidade pelo resto do ano.

— Bem sabe que ele ama fazer o que você chama de escravidão. Adora ser solicitado e bem-sucedido, diretor disso e daquilo.

— Mas não pode desapontar os amigos na última hora. Se não for, vão pensar que é por minha culpa, e certamente ficarei malvista se estragar suas férias.

— Não creio — arrematou Phyllis — que se importe tanto assim com os Ansteys e os Boulderstones. Tudo que tem a fazer é pensar em Alec.

— Mas é isso. Sinto que vou desapontá-lo.

— Ora, não seja ridícula. Não é sua culpa se sua saúde não vai bem. E estava tão ansiosa para ir à Escócia quanto ele. Ou não?

— Ah, Phyllis, sei lá. Se estivéssemos indo apenas eu e ele, seria diferente. Quando estamos juntos, só nós dois, eu me sinto bem. Somos felizes. Eu o faço rir. É como estar com a outra metade de mim. Mas, quando estamos com seus amigos, sinto-me como se estivesse num tipo de clube do qual, por mais que eu tente, nunca farei parte.

— Mas você quer?

— Não sei. Eles se conhecem tão bem... há tantos anos, e, na maior parte do tempo, Alec era casado com Erica. Daphne era a melhor amiga dela e madrinha de Gabriela. Erica e Alec tinham uma casa chamada Deepbrook em New Forest, que costumavam freqüentar nos finais de semana. Tudo o que eles faziam, todas as suas lembranças são de 15 anos atrás.

Phyllis suspirou.

— É assustador. Sei que não se podem arrancar as lembranças das pessoas. Mas você sabia de tudo isso quando se casou com ele.

— Não pensei em nada disso. Tudo o que sabia era que queria casar-me com ele. Não pensei em Erica nem em Gabriela. Simplesmente fingi que nunca existiram, o que foi fácil, levando-se em conta que estão a quilômetros de distância, nos Estados Unidos.

— Não esperava que Alec se esquecesse dos amigos.

Velhos amigos são parte de um homem. Parte da pessoa que ele é. Não deve ser nada fácil para eles também. Veja o lado deles.

— Não creio que seja.

— Eles mencionam Erica e Gabriela?

— Às vezes. Mas, quando acontece, há um silêncio horrível, e alguém muda de assunto rapidamente.

— Talvez você mesma devesse tocar no assunto.

— Phyllis, como posso tocar no assunto? Como posso conversar sobre a encantadora Erica, que abandonou Alec por outro homem? Como posso falar em Gabriela, quando Alec não a vê desde a separação?

— Ela escreve para ele?

— Não, mas ele escreve para ela. Do escritório. Certa vez, sua secretária esqueceu de pôr a carta no correio, e ele a trouxe para casa. Vi o endereço, datilografado. Desconfio que escreva para ela toda semana. Mas não me parece que receba resposta. Não há nenhuma fotografia de Erica em casa, mas há uma de Gabriela na penteadeira e um desenho que ela fez para o pai quando tinha cinco anos. Está numa moldura de prata. Acho que se a casa se incendiasse, e ele precisasse salvar das chamas o que houvesse de mais precioso, seria aquele desenho.

— O que ele precisa é de outro filho — disse Phyllis com firmeza.

— Eu sei. Mas talvez eu nunca venha a tê-lo.

— Claro que terá.

— Não. — Laura desviou os olhos para a almofada de seda azul e olhou para Phyllis. — Talvez não. Afinal, estou com quase 37.

— Isto não quer dizer nada.

— E, se o problema que tenho surgir novamente, a Dra. Hickley disse que terei que fazer uma histerectomia.

— Laura, não pense nisso.

— Eu quero ter um filho. Quero muito.

— Vai ficar boa. Dessa vez, tudo vai dar certo. Não fique deprimida. Pense positivamente. E quanto aos Ansteys e aos Boulderstones, eles vão entender. São pessoas boas, educadas. Eu os achei encantadores, quando os conheci naquele jantar maravilhoso que você ofereceu em minha homenagem.

Laura torceu os lábios para sorrir.

— Daphne também?

— Ela também — respondeu Phyllis, resoluta. — Sei que ela costumava flertar com Alec, mas algumas mulheres não conseguem evitar esse tipo de comportamento. Ainda que sejam adultas. Você *realmente* não acredita que houve algo entre os dois, acredita?

— Às vezes, quando estou deprimida, fico imaginando... Depois que Erica o deixou, Alec ficou sozinho por cinco anos.

— Você enlouqueceu. Acha que um homem com a integridade de Alec teria mantido um caso com a melhor amiga de sua mulher? Não acredito. Está-se subestimando, Laura. E, o que é infinitamente pior, está subestimando Alec.

Laura deitou a cabeça no encosto do sofá e fechou os olhos. Estava mais frio agora, mas o peso de Lucy funcionava como um saco de água quente sobre seu colo.

— O que devo fazer? — perguntou.

— Vá para casa — respondeu Phyllis — tome um banho e ponha o vestido mais bonito que tiver, e, quando Alec chegar, sirva-lhe um Martini gelado e discutam o assunto. E, se decidir desistir da viagem e ficar com você, concorde.

— Mas eu quero que ele vá. Realmente quero que ele vá.

— Então diga isso a ele. E diga-lhe que, se acontecer o pior, cancelarei minha ida a Florença e ficarei aqui com você.

— Ah, Phyllis...

— Mas tenho certeza de que ele terá alguma idéia luminosa, e todo esse sofrimento terá sido em vão, por isso não percamos tempo falando mais nisso. — Olhou rapidamente para o relógio de pulso. — Já são quase quatro horas. O que acha de tomarmos uma deliciosa xícara de chá chinês?

2

DEEPBROOK

Alec Haverstock, ex-aluno de Winchester e Cambridge, analista de investimentos, diretor da Corretora Forbright Northern e um dos diretores do Banco Sandberg Harpers, procedente — o que alguns achavam surpreendente — do coração do oeste da Inglaterra.

Nasceu em Chagwell, segundo filho de uma família que, por três gerações, administrou cerca de 1.000 acres de terra a oeste de Dartmoor. A casa, feita de pedra, era comprida e baixa, e continha quartos amplos para acomodar a numerosa prole. Sólida e confortável, era voltada para o sudoeste, com vistas para as verdes e íngremes pastagens do gado leiteiro de Guernsey, os viçosos campos arados e as margens juncosas do riacho Chag. Mais ao longe, avistava-se ainda o horizonte do canal da Mancha, freqüentemente anuviado por uma cortina de bruma; mas que, em dias claros e ensolarados, assemelhava-se a um tecido de seda azul.

Os Haverstocks eram uma família prolífera, com descendentes espalhados por Devon e Cornwall. Algumas dessas ramificações desviavam-se do caminho, produzindo extensa linhagem de advogados, médicos e contadores, mas, em geral, os membros masculinos do clã permaneciam obstinadamente próximos à terra: criando gado de raça, ovelhas e pôneis na charneca, pescando no verão e caçando raposas durante os meses de inverno. Era normal haver um jovem Haverstock cavalgando na caçada anual de Steeplechase, e algumas costelas quebradas eram tratadas como se fossem um resfriado corriqueiro.

Com a herança da terra passada do pai para o filho mais velho, os mais novos eram forçados a procurar outra maneira de ganhar a vida e, seguindo a tradição dos homens de Devon, geralmente voltavam-se para o mar. Da mesma maneira que sempre houve Haverstocks na comunidade rural, a Marinha, por mais de 100 anos, nunca ficara sem sua cota de Haverstocks, abrangendo desde aspirantes até capitães, e às vezes até um ou dois almirantes.

O tio de Alec chamado Gerald seguiu essa tradição e alistou-se na Marinha Real. Com Chagwell legada ao irmão mais velho, Brian, era de se esperar que Alec tomasse o mesmo rumo. Mas ele havia nascido sob uma estrela diferente de seus antepassados marinheiros, e assim seguiu a outro caminho. Ficou óbvio, após seu primeiro período letivo na escola preparatória local, que embora insubordinado e despachado, era também um aluno brilhante. Estimulado pelo diretor dessa pequena escola, Alec disputou e ganhou uma bolsa de estudos em Winchester. De lá, foi para Cambridge, onde remou, jogou rúgbi e estudou economia, terminando o último ano com uma graduação honrosa. Antes mesmo de deixar Cambridge, foi convidado por um descobridor de talentos do Sandberg Harpers, que lhe ofereceu um emprego no centro financeiro de Londres.

Alec tinha, então, 22 anos. Comprou dois ternos escuros, um guarda-chuva e uma pasta, e lançou-se num mundo novo e excitante, com o mesmo entusiasmo afoito com que um Haverstock cavalgava e vencia os obstáculos à frente. Foi escalado para trabalhar num departamento especializado em análises de investimentos, e nessa época conheceu Tom Boulderstone. Tom trabalhava no banco há seis meses, e os dois rapazes tinham muito em comum, e, quando Tom perguntou a Alec se gostaria de dividir o apartamento com ele, Alec aceitou entusiasmado.

Bons tempos aqueles. Embora trabalhassem duro, ainda encontravam tempo para divertimentos irresponsáveis, próprios da juventude. O pequeno apartamento vivia abarrotado de gente. Festas improvisadas aconteciam a toda hora; cozinhavam espaguete e empilhavam engradados de cerveja sobre a pia da cozinha. Alec finalmente comprou seu primeiro carro, e nos fins de semana ele e Tom costumavam convidar algumas garotas para acompanhá-los até a casa de campo de algum amigo, ou a jogos de críquete e caçadas de inverno.

Foi Alec quem apresentou Daphne a Tom. Ele havia estudado com o irmão dela em Cambridge e fora incumbido de tomar conta daquela criaturinha inocente que recentemente viera trabalhar em Londres. Um tanto a contragosto, Alec fez o que lhe foi pedido e ficou encantado ao descobrir que ela era bonita como uma pintura e encantadoramente interessante. Saía com ela uma ou duas vezes por semana e então, numa tarde de domingo, levou-a ao seu apartamento, onde ela lhe preparou os piores ovos mexidos de sua vida.

Apesar do desastre, e para surpresa de Alec, Tom apaixonou-se por ela. Durante muito tempo Daphne resistiu às suas investidas e continuou a sair com vários homens, mas Tom era persistente e freqüentemente implorava que se casasse com ele, apenas para ser iludido novamente com interimnáveis desculpas e protelações. Seu humor, por isso, variava desde a mais eufórica exultação à mais profunda depressão, porém, tão logo decidiu que já não nutriria esperanças e se dispôs definitivamente a esquecê-la, Daphne, talvez pressentindo tal decisão, de repente mudou sua política, renunciou a todos os outros namorados e comunicou a Tom que se casaria com ele. Alec foi o padrinho e Daphne convenientemente mudou-se para o apartamento de Tom, como a jovem e inexperiente Sra. Boulderstone.

Alec precisou mudar-se, e foi nesse período inicial de sua carreira que adquiriu a casa em Islington. Ninguém de suas relações morava ali, mas, quando a viu pela primeira vez, pareceu-lhe maior e mais atraente do que as gaiolas apertadas em que viviam seus amigos. Tinha ainda o atrativo adicional de custar bem menos do que qualquer outra propriedade londrina. E ficava a apenas alguns minutos do centro da cidade.

O banco o ajudou com a hipoteca, e ele se mudou. A casa era alta e estreita, mas com um bom porão, do qual na verdade ele não precisava. Assim, colocou um anúncio no jornal local, que foi respondido pela Sra. Abney, uma viúva de meia-idade, cujo marido fora construtor; não tinha filhos. Apenas Dicky, seu canário. Teria que levá-lo consigo. Alec dissera que não fazia objeção a canários, e ficou acertado que a Sra. Abney se mudaria para lá. Foi um contrato de satisfação mútua, pois a Sra. Abney teria um lar, e Alec alguém para tomar conta da casa e passar suas camisas.

Na ocasião em que já completava cinco anos no Sandberg Harpers, Alec foi transferido para Hong Kong.

Tom permaneceria em Londres e Daphne ficou loucamente enciumada.

— Não entendo por que você vai e Tom não.

— Ele é mais inteligente do que eu — falou o bondoso Tom.

— Ele não é nada disso. É apenas maior e mais bem-apessoado.

— Agora já chega.

Daphne ria, afetada. Adorava quando Tom era autoritário.

— De qualquer modo, Alec querido, você vai-se divertir a valer e vou-lhe dar o endereço de minha melhor amiga, que mora com o irmão.

— Ele trabalha em Hong Kong?

— Provavelmente é chinês — acrescentou Tom.

— Ora, não seja bobo.

— Sr. Hoo Flung Dung.

— Você sabe muito bem que o irmão de Erica não é chinês; é capitão do *Queen's Loyals*.

— Erica — repetiu Alec.

— Sim. Erica Douglas. É terrivelmente encantadora e boa em esportes e jogos.

— Perfeita — murmurou Tom, num humor horrível.

— Ah, está bem, *perfeita*, se quer estragar tudo. — Virou-se para Alec. — Ela não é perfeita, e sim uma pessoa maravilhosa e terrivelmente atraente.

Alec comentou que tinha certeza disso. Na semana seguinte, voou para Hong Kong e, uma vez instalado, saiu à procura de Erica. Encontrou-a passando uns tempos com amigos numa linda casa nas montanhas. Um caseiro chinês atendeu à porta e o guiou até a varanda sombreada. Abaixo, havia um jardim ensolarado e uma piscina azul reniforme. A *senholita Elica* estava nadando, informou o caseiro, fazendo um gesto suave com a mão. Alec agradeceu e desceu as escadas. Havia seis ou sete pessoas em torno da piscina. Ao se aproximar, um senhor o observou e levantou-se de sua espreguiçadeira para recebê-lo. Alec apresentou-se e explicou a razão de sua visita. O homem sorriu e virou-se para a piscina.

Uma moça percorria, solitária, toda a extensão da piscina, num nado firme e tranqüilo.

— Erica! — Ela girou o corpo macio como o de uma foca, os cabelos castanhos caindo na testa. — Alguém veio vê-la! — Nadou até a borda da piscina, ergueu o corpo e saiu da água sem esforço, indo ao seu encontro. Era uma linda mulher. Alta, esguia, bronzeada, o rosto e o corpo molhados.

— Olá. — Ela sorriu e seu sorriso era amplo, os dentes uniformes, brancos e brilhantes. — Você é Alec Haverstock. Daphne me escreveu falando a seu respeito. Recebi sua carta ontem. Venha tomar um drinque.

Ele mal podia crer em tanta sorte. Convidou-a para jantar naquela mesma noite, e depois disso raramente se separavam. Comparado à sombria Londres, Hong Kong era uma feira de prazeres a serem explorados; certamente, uma feira abundante e superlotada, onde pobres e ricos se esbarravam em cada esquina; um mundo de contrastes que chocava e encantava; um mundo cálido e ensolarado, de céu azul.

Havia, ao mesmo tempo, muita coisa para fazer. Juntos, nadavam e jogavam tênis, cavalgavam pela manhã, velejavam no barquinho de seu irmão sobre as águas azuis da baía Repulse. À noite, desfrutavam de todo o esplendor e magia da considerável vida social de Hong Kong. Jantares em locais tão luxuosos que ele jamais imaginara existir; festas e coquetéis a bordo de transatlânticos; cerimônias oficiais no aniversário da rainha e na Beating Retreat; festas navais. A vida para dois jovens a ponto de se apaixonarem não possuía limites com as boas coisas que a cidade tinha para oferecer, e finalmente ocorreu a Alec que o melhor de tudo aquilo era a própria Erica. Certa noite, ao levá-la para casa após uma festa, ele a pediu em casamento, e ela soltou um gritinho típico de puro prazer e se atirou em seus braços, quase obrigando-o a parar o carro.

No dia seguinte, ele comprou o maior anel de safira que seu salário permitia. O irmão dela ofereceu uma festa no Mess, e nessa noite bebeu-se muito champanhe em muito pouco tempo.

O bispo os casou na catedral de Hong Kong. Os pais de Erica voaram de Londres para a cerimônia, onde ela usou um delicado vestido de linho branco rebordado. Passaram a lua-de-mel em Cingapura e retornaram a Hong Kong.

E assim o primeiro ano de casamento foi no Extremo Oriente, mas o sonho chegou ao fim. O contrato de trabalho de Alec terminou, e ele foi chamado de volta a Londres. Voltaram em novembro, um mês sombrio demais para tanta felicidade, e, quando chegaram à casa em Islington, ele a tomou em seus braços e a carregou para dentro, o que significava, no mínimo, que não queria que ela molhasse os pés, pois chovia torrencialmente.

Erica não gostou muito do estado da casa. Vista através de seus olhos, Alec teve que admitir que a decoração era completamente insípida e disse a ela que fizesse as modificações que bem entendesse, que ele pagaria. Essa divertida tarefa os manteve felizes e ocupados por alguns meses, e quando a casa estava totalmente reformada, redecorada e remobiliada segundo os padrões exigentes de Erica, Gabriela nasceu.

Segurar a filha nos braços pela primeira vez foi para Alec a experiência mais extraordinária de sua vida. Nada o havia preparado para sentir a ternura e o orgulho que experimentou ao afastar o xale que recobria o bebê e olhar pela primeira vez seu rostinho delicado. Viu o azul brilhante de seus olhos, a testa alta, a crista pontuda e sedosa de seus cabelos castanhos.

— Ela é amarela — observou Erica. — Parece uma chinezinha.

— Não é nada amarela.

Alguns meses após o nascimento de Gabriela, Alec foi novamente transferido para o Oriente, desta vez para o Japão. Mas as coisas eram diferentes agora, e ele quase se sentiu envergonhado pela relutância em deixar a filhinha, ainda que por três meses. Não admitiu isso para ninguém, nem mesmo para Erica.

Muito menos para Erica, que não possuía instinto maternal. Sempre se interessara mais por cavalos do que por crianças, e demonstrara uma triste falta de entusiasmo quando se descobrira grávida. As manifestações físicas da gravidez a revoltaram... Odiava os seios inchados, a barriga volumosa. A longa espera também a incomodara, e mesmo o interesse em redecorar a casa não a compensara pelos enjôos matinais, pela lassidão e pela fadiga ocasional.

E agora odiava o fato de que Alec voltaria para o Oriente sem ela. Ressentia-se de ser deixada para trás, mofando em Londres, por culpa de Gabriela.

— Não pode culpá-la. Mesmo se não a tivéssemos, você não poderia vir comigo. Não é uma viagem de turismo.

— E o que farei aqui sozinha, enquanto você se diverte com as gueixas?

— Poderia ficar com sua mãe.

— Não quero ficar com minha mãe. Ela faz tanto estardalhaço por causa de Gabriela que tenho vontade de gritar.

— Bem, vou-lhe dizer uma coisa... — Ela estava deitada na cama, e ele sentou-se ao seu lado e pousou a mão sobre a curva de seu quadril. — Tom Boulderstone me falou sobre uma idéia que teve. Ele e Daphne querem ir à Escócia em julho... para pescar. Os Ansteys também irão, e todos acham que deveríamos ir também.

Passado um instante, ela perguntou: — Em que lugar da Escócia? — Continuava amuada, mas ele sabia que ganhara sua atenção.

— Sutherland. Chama-se Glenshandra. Há um hotel muito especial. A comida é maravilhosa, e você não vai precisar fazer nada, apenas se divertir.

— Sei. Daphne me falou sobre isso. Ela e Tom estiveram lá no ano passado.

— Vai gostar de pescar.

— E quanto a Gabriela?

— Talvez sua mãe possa ficar com ela. O que acha?

Erica deitou-se de costas, afastou o cabelo dos olhos e encarou o marido. Começou a sorrir e disse: — Preferia ir para o Japão.

Ele se inclinou e beijou sua boca entreaberta e sorridente. — Será nossa próxima viagem.

— Certo. Nossa próxima viagem.

Com o passar dos anos, seu padrão de vida melhorou e sua carreira deslanchou. Cresciam cada vez mais suas responsabilidades, e a cada ano subia mais um degrau na escalada do sucesso. Gabriela estava então com quatro anos. Aos cinco, entrou para a escola. Nas raras ocasiões em que tinha tempo de parar e observar a família que formara, achava que eram perfeitamente felizes. Obviamente, enfrentavam os altos e baixos comuns à rotina da vida, mas havia sempre — como um belo troféu ao final de cada longa jornada — as férias na Escócia, que se tornaram um evento anual. Até mesmo Erica gostava da viagem e a aguardava tão ansiosamente quanto Alec. Atleta nata, paciente e perspicaz, ela se afeiçoou à pescaria como um pato à água. Seu primeiro salmão a reduzira a um misto de risos e lágrimas, e sua jovialidade e excitamento infantis quase fizeram Alec se apaixonar por ela novamente.

Eram felizes na Escócia. Os dias descompromissados eram renovadores, como uma rajada de vento fresco numa casa abafada, dispersando ressentimentos, purificando o ar.

Quando Gabriela cresceu um pouco mais, resolveram incluí-la no passeio.

— Ela vai ser um incômodo — disse Erica, mas Gabriela nunca foi incômodo algum. Era uma criança encantadora, e foi em Glenshandra que Alec começou realmente a conhecer a filhinha — conversava com ela e apreciava sua companhia silenciosa, quando ela se sentava na beira do rio e o observava jogar a isca nas águas turfosas.

Mas ainda assim Glenshandra não era o bastante, e Erica estava insatisfeita. Ainda se ressentia dos compromissos de além-mar de Alec e de suas constantes viagens ao exterior. Sempre que havia uma viagem, havia também uma discussão, e ele partia infeliz, acompanhado do som de palavras ásperas ecoando em seus ouvidos. E então Erica concluiu que odiava a casa. No início, estava entusiasmada com ela, mas agora a achava pequena demais. Estava entediada com a casa. Entediada com Londres. Alec imaginava se um dia ela lhe diria que também estava entediada com ele.

Mas Alec era turrão. Ao final de um dia longo e cansativo e diante de uma mulher desalentada, ele sabia ser mais turrão do que nunca. Comunicou a ela que não tinha intenção de trocar sua casa por outra maior, fora de Londres, pois lhe custaria uma fortuna e ficaria ainda mais longe de seu trabalho.

Erica perdeu a paciência. — Você nunca pensa em ninguém além de si mesmo. Não tem que passar os dias nessa casa abominável, encarcerada, cercada pelas ruas de Islington. E Tom e Daphne? Compraram uma casa em Campden Hill.

Foi então que, ouvindo-a, Alec pensou pela primeira vez que havia uma chance, uma possibilidade de um dia seu casamento com Erica terminar. Ela o acusava de não pensar em ninguém além de si mesmo, e, embora isso não fosse inteiramente verdade, a grande maioria das horas de seus dias era dedicada ao trabalho. Contudo, para Erica era diferente. A vida doméstica e maternal não lhe eram suficientes, e mesmo que suas noites fossem recheadas de acontecimentos sociais — a ele parecia que nunca jantavam em casa —, era óbvio que sua ilimitada energia ansiava por mais.

Quando não tinha mais do que reclamar e ficou em silêncio, ele lhe perguntou o que ela realmente queria.

— Quero espaço. Um jardim maior, espaço para a Gabriela. É isso o que quero. Espaço e liberdade. Árvores. Um lugar para cavalgar. Sabe, não ando a cavalo desde que saímos de Hong Kong. E antes disso eu montava diariamente. Quero um lugar para ficar, quando você estiver viajando. Quero poder receber as pessoas. Quero...

O que ela queria, obviamente, era uma casa de campo.

Alec a comprou. Em New Forest. Erica a encontrou após três meses de uma busca frenética, e Alec respirou fundo e assinou o oneroso cheque.

Era uma transigência, claro, mas ele tinha reconhecido os perigosos sinais de desespero da mulher e agora que se encontrava numa situação financeira estável podia arcar com as despesas de um luxo como aquele. Mas seria realmente um luxo? Afinal, finais de semana e férias no campo para Gabriela, uma nova propriedade — e com o aumento da inflação aquele talvez fosse um bom investimento.

A casa se chamava Deepbrook. Construída no início da era vitoriana, possuía vários aposentos, uma estufa, um acre de jardim, um estábulo para quatro cavalos e três acres de pastagem. A fachada era recoberta por uma gigantesca glicínia florida e, diante dela, espalhava-se um vasto relvado com um cedro no centro, rodeado por roseiras excessivamente grandes e antiquadas, porém charmosas.

Erica finalmente estava feliz. Mobiliou a casa, contratou um jardineiro e comprou dois cavalos e um pequeno pônei para Gabriela. A menina estava então com sete anos e não gostava muito do pônei, preferindo brincar no balanço que Alec fixara no grande cedro.

Embora parecessem felizes, Gabriela e sua mãe nunca tiveram muito em comum. Quando completou oito anos, Erica quis mandá-la para um internato. Alec ficou horrorizado. Não aprovava a idéia de crianças serem internas em tão tenra idade, muito menos meninas. Discutiram o assunto por algum tempo, sem chegar à conclusão alguma, e o encerraram abruptamente devido a uma viagem de três meses que Alec faria a Nova Iorque.

Dessa vez não houve recriminação ou reclamação por parte de Erica. Estava treinando um cavalo para exposição e não pensava em nada além da tarefa que executava. Mas ao voltar de Nova Iorque Alec ficou surpreso em saber que a mulher encontrara um internato perfeito para Gabriela, que a havia matriculado e que a menina se iniciaria no período seguinte.

Era domingo. Chegara em Heathrow naquela manhã e guiara imediatamente para Deepbrook. Erica o presenteara com seu *fait accompli* na sala de estar, enquanto ele lhe servia um drinque, e foi ali, encarando-se como antagonistas ferozes, que travaram sua mais retumbante discussão.

— Você não tinha o direito...

— Eu lhe avisei que tomaria essa atitude.

— E eu lhe disse que não a tomasse. Não quero que Gabriela seja abandonada num internato...

— Não a estou *abandonando*. Estou *mandando-a* para lá. Para o seu próprio bem...

— Quem é você para decidir o que é bom para ela?

— Sei o que não é bom para ela, como estudar naquela escola ordinária de Londres. É uma menina inteligente...

— Ela só tem 10 anos.

— É uma criança solitária. Precisa de companhia.

— Você poderia fazer-lhe companhia se não estivesse tão ocupada com aqueles malditos cavalos...

— É mentira... E por que não posso ter meus cavalos? Deus sabe que abdiquei de grande parte do meu tempo cuidando dela... Não que não tenha tido ajuda sua... Mas você esteve fora metade do tempo. — Erica começou a andar de um lado para o outro da sala. — Tentei fazer com que ela se interessasse pelas coisas que faço... Deus sabe que tentei. Comprei-lhe aquele pônei, mas ela prefere assistir à televisão ou ler. Como vai fazer amigos se não faz nada além disso?

— Não quero que ela vá para um internato...

— Ah, pelo amor de Deus, deixe de ser egoísta...

— Estou pensando nela. Será que não entende? Estou pensando em *Gabriela*...

Alec estava vermelho de raiva, podia senti-la como se fosse algo físico, atado contra seu peito. Erica não disse nada. Virando-se para o canto do sala, ela parou de repente, olhando, não para Alec, mas para além dele. Sua expressão não se modificou; permaneceu pálida e fria, com as mãos tensas agarradas à lã da suéter escarlate.

No silêncio que se seguiu, Alec deixou de lado o copo e virou-se lentamente. Atrás dele, parada à porta, estava Gabriela, vestindo *jeans* velhos e uma camiseta com a estampa do Snoopy. Seus pés estavam descalços, e os cabelos castanhos eram como uma cortina de seda caindo sobre os ombros.

Por um longo momento, Alec olhou dentro de seus olhos e então baixou o olhar; ela continuou ali, remexendo na maçaneta da porta, esperando que lhe dissessem alguma coisa. Qualquer coisa.

Ele inspirou profundamente e perguntou: — O que foi?

— Nada. — Seus ombros pequeninos se curvaram. — Ouvi vocês brigando.

— Sinto muito.

Erica disse: — Acabei de contar ao papai sobre a escola, Gabriela — disse Erica. — Ele não quer que você vá, pois acha que é ainda muito pequena.

— O que acha de tudo isso? — perguntou Alec delicadamente.

Gabriela tornou a brincar com a maçaneta.

— Não me importo — respondeu ela finalmente.

Sabia que Gabriela diria qualquer coisa para encerrar a discussão; e então lhe ocorreu, à medida que a raiva passava e cedia lugar à tristeza, que tinha duas alternativas. Ou faria da situação um problema, o que inevitavelmente envolveria Gabriela nas discussões subseqüentes, ou se omitiria e deixaria o barco correr. O que quer que decidisse, sabia que Gabriela sairia perdendo.

Mais tarde, após tomar banho e se trocar, foi até o quarto da menina a fim de lhe desejar boa-noite. Ela estava de camisola e chinelos, ajoelhada no escuro, diante da luz bruxuleante da televisão. Alec sentou-se na cama e olhou seu rosto, o perfil erguido para a tela, as feições iluminadas pela claridade. Aos 10 anos, ela era bonita, e mais tarde deveria tornar-se uma linda mulher, mas para Alec era tão preciosa, tão vulnerável, que seu coração doía só de pensar no que teria que enfrentar.

Terminado o programa, Gabriela se levantou, desligou a televisão, acendeu a luz do abajur da cabeceira e foi fechar as cortinas. Era uma criança extremamente organizada. Nesse instante, ele a segurou pelo braço e a puxou gentilmente para si, segurando-a entre os joelhos e beijando-a.

— A discussão terminou. Sinto muito. Não tínhamos o direito de fazer tanto barulho. Espero que não esteja chateada.

Ela deitou a cabeça em seu ombro. Ele segurou sua mão e alisou seu cabelo.

— A maioria das crianças vai para um internato mais cedo ou mais tarde — disse a menina.

— Está chateada?

— Você vai-me visitar?

— Claro que vou. Sempre que puder. Vai haver as férias e tudo mais. E os feriados.

— A mamãe me levou para conhecer a escola.

— O que achou?

— Cheira a verniz. Mas a diretora parece legal. E é jovem. E não se importa que eu leve meus ursinhos e outros brinquedos.

— Olhe... se *não* quiser ir...

Ela se afastou e deu de ombros. — Não me importo — tornou a dizer.

Foi tudo o que ele pôde fazer. Beijou-a e desceu as escadas.

Erica vencera mais uma vez, e três semanas mais tarde, Gabriela, vestida com o uniforme e agarrada ao ursinho, partiu para a nova escola. Deixá-la foi como deixar parte de si, e levou algum tempo para se acostumar à casa vazia.

Agora a vida se modificara totalmente. Livre da responsabilidade de Gabriela, Erica encontrava um sem-número de desculpas para não ir a Londres e ficar sozinha no campo: um novo cavalo para treinar, alguns eventos para expô-lo ou uma gincana do Clube do Pônei para organizar. Alec tinha a impressão de que nunca se encontravam. Às vezes, quando havia alguma festa em Londres ou precisava ir ao cabeleireiro e comprar roupas novas, Erica ia à cidade no meio da semana, e ele voltava para casa, em Islington, e sentia no ar o perfume das flores de Deepbrook. Via seu casaco pendurado no cabideiro ou ouvia sua voz ao telefone com alguma amiga — provavelmente Daphne.

— Só por um ou dois dias. Vai à casa dos Ramseys hoje à noite? Ora, vamos almoçar juntas amanhã. No Caprice? Combinado. À uma hora. Farei a reserva.

Quando ela não estava, a Sra. Abney cuidava de Alec.

Com passos pesados, ela subia a escada do porão e preparava um bolo de carne ou um guisado no forno. E, à noite, estava sempre sozinho, com um copo de uísque e soda na mão, assistindo à televisão ou lendo jornal.

Ainda que só pelo bem de Gabriela, contudo, era importante manter as aparências de um casamento perfeito e duradouro. Provavelmente tal fachada não convencia ninguém além de si mesmo, mas se estivesse em Londres — pois seus compromissos no exterior eram agora mais urgentes do que antes — guiaria, consciencioso, para Deepbrook na sexta-feira à noite.

Novamente, porém, as coisas não eram mais as mesmas. Ultimamente, Erica gostava de encher a casa de visitas nos finais de semana. Era como se estivesse se defendendo dele, como se relutasse em passar umas poucas horas ao seu lado. Nem bem descia, exausto, do carro e já estava cumprimentando convidados, carregando malas, preparando drinques, abrindo garrafas de vinho. No passado, gostava da terapia de se ocupar da jardinagem, podando uma sebe ou aparando o gramado. Tinha tempo para trabalhar na olaria, plantar alguma coisa, podar as roseiras, serrar lenha, consertar um portão com defeito.

Mas agora havia tanta gente à sua volta que não sobrava mais tempo para si, e ele era um anfitrião cortês demais para perder a paciência com toda aquela horda exigente e lhes dizer para acharem sozinhos o caminho até o National Trust Garden, pegarem suas próprias espreguiçadeiras e servirem seus próprios drinques.

Certa noite de sexta-feira, no início de setembro daquele verão causticante de 1976, Alec entrou em seu carro, bateu a porta e rumou para Deepbrook. Ele amava Londres, era sua casa, e, como Samuel Pepys, nunca se cansava dela. Mas daquela vez sentiu-se aliviado por poder fugir da cidade. O calor implacável, a estiagem, a poeira e a sujeira tornaram-se seus inimigos. Os parques, normalmente tão verdes, murcharam, desérticos. A grama pisoteada jazia morta e marrom, e por todo canto brotavam sinistras e desconhecidas ervas daninhas. O próprio ar estava seco e abafado, portas ficavam abertas durante as noites sem brisa, e o tom alaranjado do poente contra o céu enevoado prometia apenas mais um dia abrasador.

Dirigindo, ele esquecia deliberadamente os problemas da semana. Suas responsabilidades eram tão maiores agora que aprendera a treinar a mente para lidar com elas; e descobrira que a disciplina era algo valioso, pois, quando voltava ao escritório na segunda de manhã, seu cérebro estava limpo e refeito, e com freqüência seu subconsciente estava pronto para presenteá-lo com a solução de algum problema antes aparentemente insolúvel.

Em vez disso, rumando para o sul pelos subúrbios abafadiços, ele pensava nos dois dias que teria pela frente. Não temia esse final de semana em particular. Pelo contrário, aguardava-o ansiosamente. Desta vez, a casa não estaria cheia de estranhos. Há um mês, haviam voltado de Glenshandra, e Erica planejara então o final de semana, convidando os Ansteys e os Boulderstones.

— Teremos um tempo só para nós — ele lhe dissera —, falando de Glenshandra e trocando histórias sobre peixes.

Gabriela também estava em casa. Tinha 13 anos agora. Nesse verão, Alec havia comprado um pequeno caniço de truta só para ela, e Gabriela se divertira com Jamie Rudd, o guia, aprendendo a usar o novo brinquedo. O colégio que tanto preocupava Alec provara ser, por mais irritante que fosse, um sucesso. Erica não era tola e encontrara dificuldades para achar um estabelecimento que atendesse as necessidades de Gabriela, e após quase um semestre longe de casa ela parecia ter-se adaptado e conquistado seus próprios amigos. Os Boulderstones e os Ansteys já eram praticamente da família — reuniam-se com tanta freqüência que saberiam cuidar-se sozinhos. Alec levaria Gabriela para passear à tarde. Talvez fossem nadar. A idéia o encheu de prazer. O trânsito estava bom. Alcançou a auto-estrada e engatou uma marcha mais econômica. O possante automóvel subitamente ganhou velocidade.

Estava quente também em New Forest, mas era um calor campestre. Deepbrook adormecia. A sombra do cedro jazia negra por sobre a grama, e rosas desabrochadas perfumavam o ar fresco do entardecer. O toldo da varanda estava aberto, sombreando as cadeiras do jardim, e do lado de dentro Erica fechara as cortinas para refrescar o ambiente. Isso dava à casa uma aparência apagada, como se as janelas fossem os olhos de um homem cego.

Estacionou o carro sob a sombra mosqueada de um vidoeiro cor de prata e saltou, feliz por poder esticar as pernas e aliviar a tensão dos ombros suados. Ali, parado, ouviu Gabriela chamá-lo "Papai!" e correr em sua direção. Ela usava apenas um pequenino biquíni e um par de sandálias de borracha, e havia amarrado os cabelos num coque, no alto da cabeça, o que a fazia parecer mais velha. Na mão, trazia um maço de flores amarelas.

— Olhe — falou ela, mostrando-lhe as flores. — Ranúnculos.

— Onde as encontrou?

— Na beira do córrego, lá embaixo. Mamãe disse que queria algumas flores para a mesa do jantar, e o jardim está todo murcho, porque não podemos gastar água. De vez em quando, é claro que o regamos, mas não há muito o que colher. Como vai, papai? — Ela se esticou para alcançá-lo, e ele se abaixou para beijá-la. — Não está um forno? Não está quente como um forno?

Ele concordou. Abriu a porta do carro e retirou sua

mala do banco traseiro; juntos, caminharam lentamente sobre os cascalhos em direção a casa.

— Onde está a mamãe? — ele perguntou, seguindo-a até a cozinha.

— No estábulo, eu acho. — Encheu um vaso de água e mergulhou os ranúnculos. Alec abriu a geladeira e se serviu de um copo de suco de laranja. — Ela me pediu para botar a mesa, pois não terá tempo. Os convidados ainda não chegaram, os Boulderstones e os Ansteys. Venha ver a mesa de jantar e diga se acha que está bonita. Mamãe é tão detalhista que é provável que diga que esqueci alguma coisa.

A sala de jantar, com as cortinas cerradas, estava escura e cheirava vagamente a outros jantares, charutos, vinho. Gabriela entrou para abrir as cortinas.

— Está mais fresco agora, mamãe não vai ligar. — O brilho amarelado do sol atravessou as janelas em feixes de grãos de poeira, refletindo na prataria polida, nos cristais e vidros. Olhou para a mesa e disse que estava perfeita, o que era verdade. Gabriela havia usado jogos americanos de linho e guardanapos amarelo-claros. As velas, nos castiçais de prata, eram do mesmo tom de amarelo. — Foi por isso que lembrei dos ranúnculos, para combinar com o resto... Achei que se os colocasse num jarro de prata ficariam bem... A mamãe é tão boa em fazer arranjos... — Olhou para ele. — O que foi?

Alec franziu o cenho. — Você colocou oito lugares à mesa. Pensei que fôssemos apenas seis.

— Sete comigo. Vou jantar com vocês. E há um homem chamado Strickland Whiteside.

— Strickland Whiteside? — Ele quase riu diante do nome absurdo. — Quem é esse tal de... Strickland Whiteside? — Mas, no momento em que repetia as palavras, algo familiar soou como um eco em sua mente. Tinha ouvido aquele nome antes.

— Ah, papai, ele é o novo amigo da mamãe e é muito famoso. É um americano da Virgínia muito rico, e ele monta.

A lembrança chegou. Alec estalou os dedos. — É isso. Sabia que tinha ouvido falar dele. Havia uma reportagem no *The Field* sobre ele e seus cavalos. Havia um cavalo em particular. Um animal do tamanho de um elefante.

— Isso mesmo. O nome dele é White Samba.

— O que ele faz quando não está montando?

— Não faz mais nada. Não vai para o escritório nem nada dessas chatices. Ele só monta. Tem uma casa enorme em James River e muitos acres de terra — mostrou-me as fotografias — e ganha campeonatos de salto por toda a América, e agora veio para cá treinar alguns dos nossos.

— Parece ser um homem e tanto.

Gabriela riu. — Você conhece os amigos da mamãe. Mas ele é bastante simpático... de um certo modo.

— Ele vai ficar?

— Ah, não, ele não pode ficar. Alugou uma casa em Tickleigh.

Alec ficou intrigado. — Onde a mamãe o conheceu?

— No campeonato de Alverton, eu acho. Não tenho certeza. Olhe, acha que eu escolhi os copos de vinho certos? Sempre confundo os de xerez com os do porto.

— Não. É, estão certos. Você acertou. — Sorriu. — Temos que chamá-lo de Strickland? Se tiver que chamá-lo assim, acho que não vou poder ficar sério.

— Todos o chamam de Strick.

— O que é pior.

— Ah, ele não é tão mau assim. E pense que a divertida Daphne Boulderstone vai tentar fazer charme para ele. Não há nada que ela goste mais do que carne nova. Ele é bem diferente do velho e chato George Anstey.

— E que tal o velho e chato papai?

Gabriela o segurou pela cintura e apertou seu rosto contra seu peito.

— Você *não* é velho nem chato. É legal, lindo e gentil. — Ela se afastou, parecendo responsável e atarefada. — Agora tenho que fazer o arranjo de flores.

Estava no banho frio, quando ouviu Erica subir as escadas e entrar no quarto. Ele a chamou, e ela apareceu na porta, os braços cruzados, o ombro encostado na parede. Estava corada, suada e exausta. Usava o cabelo preso num lenço de algodão, calças *jeans* velhas e sujas, um par de botas e uma camiseta que um dia pertencera a ele. Era seu traje de montaria.

— Oi — cumprimentou ele.

— Olá. Chegou cedo. Não o esperava já.

— Quis me refrescar antes que os outros chegassem.

— Como estava Londres?

— Um forno.

— Aqui também tem feito calor. Não tem chovido ultimamente.

— Ouvi dizer que temos um novo convidado para o jantar de hoje à noite.

Seus olhares se cruzaram, e ela sorriu. — Gabriela lhe contou?

— Ele parece ser interessante.

— Não sei se vai achá-lo particularmente interessante, mas achei que seria educado convidá-lo para jantar e conhecer nossos amigos.

— Fico feliz. Talvez venhamos a descobrir que temos amigos americanos em comum, e poderemos conversar sobre eles. O que vamos comer?

— Salmão defumado e depois uma ave.

— Ótimo. Vinho branco ou tinto?

— Acho que os dois, o que acha? Não se demore muito, está bem, Alec? Quero tomar banho também e está quente demais para fazer as coisas com pressa. — Virou-se e voltou para o quarto. Ele ouviu a porta espelhada do guarda-roupa se abrir. Imaginou-a ali, tentando decidir o que vestir. Pensativo, espremeu a esponja e alcançou a toalha.

Alec, com a mulher e os convidados já sentados, moveu-se ao redor da mesa para servir o vinho. As janelas da sala de jantar estavam escancaradas. Lá fora, ainda estava claro e quente. Não havia sequer uma única brisa, e o jardim adormecia em meio ao perfume da noite. Sobre a mesa, as chamas da vela brilhavam tenuamente, emitindo ligeiros reflexos nos cristais e na prataria. Os reluzentes ranúnculos amarelo-manteiga pareciam possuir luz própria.

Alec pousou a garrafa de vinho no aparador e voltou a tomar seu lugar na cabeceira da mesa.

— ... é claro que você iria achar enfadonho depois de ter pescado naqueles rios selvagens dos Estados Unidos, mas há algo de muito especial em Glenshandra. Nós adoramos o lugar... nos faz sentir como crianças.

Aquela era Daphne, em plena investida, monopolizando a conversa.

Strickland, Strick (Alec não conseguia decidir qual dos dois era pior...) assumiu uma expressão de modéstia: — Na verdade, não sou um grande pescador.

— É claro que não, eu sou uma tola, você não teria tempo para isso.

— Por que ele não teria tempo? — perguntou Tom.

— Ora, querido, é claro que ele não teria tempo se está sempre treinando para algum evento eqüestre internacional.

— Eqüestre. — Esse era George. — Daphne, nunca pensei que você conhecesse tal palavra.

Ela fez um beicinho para ele, e Alec lembrou-se da menininha que ela não era mais.

— Mas esta é a palavra correta, não é?

— Claro — respondeu Strickland. — É a palavra correta.

— Ah, obrigada. É muita gentileza sua me defender. — Pegou o garfo e espetou uma fatia delicada do rosado salmão defumado.

Erica havia disposto os convidados como normalmente fazia quando havia oito pessoas presentes. Alec estava sentado em seu lugar habitual, à cabeceira, mas Erica cedera seu lugar a Strickland Whiteside, na qualidade de convidado de honra, de modo que ele e Alec se sentaram frente a frente através da extensão da mesa. Na verdade, embora estivessem sentados assim, não tinham uma visão particularmente boa um do outro, visto que o candelabro alto de prata se punha entre os dois. Quando Erica se sentava ali, Alec às vezes se irritava, pois falar com ela ou olhá-la nos olhos exigia dele uma certa manobra. Contudo, naquela noite, considerou sua posição um bom agouro.

Queria apreciar o jantar sem tomar conhecimento dos olhos irritantemente azuis de Strickland Whiteside.

Daphne e Erica ladeavam Strickland, e Marjorie Anstey e Gabriela estavam ao lado de Alec. Tom e George sentavam-se frente a frente no centro da mesa.

Strickland Whiteside também alcançou seu garfo. — Você monta? — perguntou a Marjorie.

— Ó, céus, não. Nunca montei, nem mesmo no colégio. Sempre morri de medo.

— Ela não sabe diferenciar a traseira da pata de um cavalo — comentou George, e sua mulher disse *George*, num tom de extrema desaprovação, e ele olhou para Gabriela.

— Desculpe, Gabriela, esqueci que estava aqui.

Gabriela ficou embaraçada, mas Erica jogou a cabeça para trás e riu da piada e do constrangimento de George.

Observando-a, Alec concluiu que o tempo gasto ponderando diante do guarda-roupa não fora em vão. Ela usava um cafetã de seda tailandesa azul-pastel, os brincos que ele lhe dera em algum aniversário longínquo e um par de braceletes de ouro nos pulsos delicados e morenos. Parecia incrivelmente jovem naquela noite. Os traços ainda belos, os contornos firmes do queixo, os cabelos sem um único fio grisalho. De todos, ele decidira, ela era a que menos envelhecera e mudara. Pois, embora não fossem velhos, nem estivessem na meia-idade, eles, que foram jovens juntos, não o eram mais.

Imaginou o que Strickland achava de todos. Qual seria sua impressão, sentados ali, bem vestidos e animados, em volta da mesa de jantar? Eram os amigos mais antigos de Alec; conhecia-os há tanto tempo que se acostumara com a aparência de cada um. Porém, agora, observava deliberadamente cada um dos convidados com os olhos do estranho que ocupava o lugar de Erica. Daphne, pequena e magra como sempre, mas seus cabelos louros agora prateavam. George Anstey, pesado e enrubescido, os botões da camisa quase saltando da volumosa barriga. Marjorie, que dentre os demais parecia ser a única feliz em amadurecer, aproximava-se da solidez da meia-idade sem jamais ter sido uma pessoa agradável.

E Tom. Tom Boulderstone. O coração de Alec se enchia de afeição pelo homem que há tantos anos era seu melhor amigo. Mas essa era uma avaliação objetiva e não sentimental. Então o que Alec via? Um homem de 43 anos, os cabelos rareando, usando óculos, pálido, inteligente. Um homem que mais parecia um padre do que um banqueiro e cuja expressão sombria escondia uma gargalhada reprimida. Um homem que, quando solicitado, era capaz de fazer um discurso tão espirituoso que seria lembrado por meses.

Daphne finalmente se calou, e George Anstey tirou

vantagem da calmaria subseqüente para se inclinar sobre a mesa e perguntar a Strickland o que o trazia àquele país.

— Bem — o americano passou os olhos em torno da mesa e arreganhou os dentes num sorriso forçado e depreciativo — parece que já participei de tudo que existe nos Estados Unidos, e achei que aqui pudesse encontrar um verdadeiro desafio.

— Isso deve exigir de você muita organização — observou Marjorie. Ela se interessava por organização. Organizava almoços de caridade. — Quero dizer, alugar um lugar para ficar e trazer os cavalos... Como se arranjou sem os cavalariços?

— Eu os trouxe comigo, e também dois rapazes de estrebaria.

— Brancos ou negros? — Daphne quis saber.

Strickland sorriu. — Ambos.

— Trouxe alguma empregada? — insistiu Marjorie. — Não diga que trouxe uma governanta também?

— Trouxe sim. Não teria sentido ficar em Tickleigh Manor sem alguém para cuidar de mim.

Marjorie recostou-se na cadeira e suspirou. — Bem, não sei, mas isso tudo parece o paraíso para mim. Eu tenho apenas uma diarista que vem duas vezes por semana e que nunca viajou de avião.

— Devia agradecer por isso — disse Tom secamente. — A nossa voou para Maiorca nas férias, casou-se com um garçom e nunca mais voltou.

Todos riram, mas Tom sequer esboçou um sorriso. Alec imaginou o que ele estaria pensando de Strickland Whiteland, mas seu rosto pálido e perspicaz nada revelava.

O americano chegara depois que todos se haviam servido de drinques, já banhados, vestidos, perfumados e na expectativa de sua vinda. Ao ouvir o carro se aproximando da casa, Erica se apressou em saudá-lo e trazê-lo para dentro. Voltaram juntos, e não havia motivo para imaginar que se teriam abraçado, mas Erica trouxe com ela, além da fragrância noturna, um brilho nervoso no olhar, como um nimbo de luz. Formalmente, apresentou-o ao marido e aos amigos. Ele não pareceu nem um pouco embaraçado diante de tantos desconhecidos que se conheciam tão bem. Pelo contrário, seu jeito era quase amável, satisfeito, como se soubesse que a situação se inverteria e que era ele quem os deixaria à vontade.

Tivera, julgou Alec, esmero em se vestir. Usava uma jaqueta marrom de gabardine com botões de bronze, confeccionada sob medida, um suéter azul-claro com gola pólo e calças de tecido xadrez marrom e azul-claro. Os sapatos eram brancos. Trazia no pulso um pesado relógio de ouro e na mão esquerda um anel com um sinete dourado. Era um homem alto, magro e musculoso, com certeza tremendamente forte, mas era difícil adivinhar sua idade, pois embora possuísse uma aparência descomunal — nariz aquilino, maxilar saliente, pele bronzeada e olhos claros — seus cabelos eram louros e abundantes como os de um menino, surgindo do meio da testa numa onda gigantesca.

— Muito prazer — cumprimentou, quando Alec o recebeu e apertou sua mão. Foi como apertar um cabo de aço. — Erica nos falou muito a seu respeito. É realmente um prazer conhecê-lo finalmente.

O homem deu continuidade a sua sedução. Beijou Gabriela. — Minha amiguinha — disse. Permitiu-se tomar um Martini, sentou-se no meio do sofá com a longa perna suspensa sobre o joelho musculoso. Iniciou a conversa perguntando sobre Glenshandra, como se soubesse que o assunto interessaria a todos, e dessa forma quebrando o gelo. Marjorie desarmou-se; Daphne mal conseguia desviar os olhos dele e não parou de falar durante os cinco primeiros minutos, até perder o fôlego.

— Como é a casa em Tickleigh Manor? Os Gerrards não moravam lá?

— Ainda moram — acrescentou Erica. Nesse momento, enquanto degustavam a ave, Alec servia o vinho tinto.

— Ora, eles não podem estar morando lá com Strick.

— Não, foram passar uns meses em Londres.

— Já estavam para sair ou Strickland os afugentou?

— Eu os afugentei — respondeu Strickland.

— Ofereceu-lhes dinheiro — explicou Erica a Daphne. — Você sabe, aquele papel velho que se costuma guardar na carteira.

— Quer dizer que ele os *subornou*!...

— Oh, *Daphne*...

Erica ficou rindo da amiga, mas havia uma certa exasperação em sua voz. Alec às vezes se perguntava como a amizade de duas pessoas tão diferentes durara tanto. Conheciam-se desde os dias de colégio, e não havia um único segredo que não houvessem compartilhado; ainda assim, analisando-as, nada tinham em comum. Talvez fosse isso que cimentava o relacionamento das duas. Seus interesses nunca se sobrepunham, e a relação não era ameaçada pelo toque destrutivo do ciúme.

Daphne só se interessava por homens. Era assim que ela era e assim que seria ainda que vivesse até os 90 anos. Só se animava se houvesse um homem em jogo, e, se não tivesse um admirador escondido na manga para convidá-la para almoçar ou para falar ao telefone pela manhã, assim que Tom saísse para o trabalho, então a vida perdia todo o sentido, e ela se tornava mal-humorada e desesperançada.

Tom sabia disso e aceitava o fato. Certa vez, tarde da noite, ele conversou com Alec. — Sei que ela é uma tola — confidenciara —, mas é uma doce tola, e não pretendo perdê-la.

Ao passo que Erica... Erica não se interessava por outros homens. Alec tinha certeza disso. Nos últimos anos, ele e a mulher tinham vivido mais ou menos separados, e ainda assim ele não tinha o hábito de se martirizar, imaginando como ela ocupava seu tempo; na verdade, isso nunca passara por sua cabeça.

Ela sempre fora, se não exatamente frígida, sexualmente fria. As emoções de que outras mulheres precisavam — paixão, excitação, desafio e afeição — eram aparentemente supridas por sua obsessão por cavalos. Às vezes Alec se lembrava das meninas que freqüentavam o clube. Ingênuas, o cabelo preso em rabos-de-cavalo, passavam o dia limpando selas e lavando seus pôneis. "É um substitutivo do sexo", alguém lhe havia assegurado, quando ele comentou acerca do fenômeno. "Deixe-as chegar aos 14 ou 15 e não se interessarão mais por cavalos, mas por homens. Isso é certo. O curso natural das coisas."

Erica deve ter sido uma criança assim. *Cavalguei todos os dias de minha vida até ir para Hong Kong.* Mas, por alguma razão, jamais cresceu. Talvez, ainda que pouco, ela amasse Alec, mas nunca esteve em seus planos ter uma filha, nem possuía os instintos maternais das outras jovens mães. Tão logo lhe foi humanamente possível, retornou à sua paixão original. Por isso, ela o fez comprar Deepbrook. Por isso, basicamente, Gabriela fora para um internato.

Sua vida agora girava em torno dos cavalos. Eram o centro de sua vida, tudo o que realmente importava para ela. E seus novos amigos eram aqueles que montavam.

Dois meses após esse final de semana, numa tarde escura e chuvosa de novembro, Alec guiou para Islington, voltando da cidade no fim do dia, esperando, como de costume, encontrar a casa vazia. Não fizera planos para a noite e sentia-se feliz por isso, pois sua pasta estava abarrotada de documentos que não tivera tempo de ler durante o dia, e havia uma reunião de diretores agendada para a manhã seguinte, para a qual teria que preparar minucioso relatório. Jantaria cedo, acenderia a lareira, colocaria os óculos e mergulharia no trabalho.

Enfim, fez a curva na rua City e entrou em sua própria, a Abigail Crescent. Sua casa era uma das últimas da rua, e ele percebeu as luzes acesas que iluminavam as janelas. Erica, estranhamente, voltara para Londres.

Ficou intrigado. O tempo estava ruim, e ele sabia que em sua agenda social não havia nenhum compromisso para a semana. Uma hora marcada no dentista ou talvez o *check-up* anual com seu médico, na rua Harley?

Estacionou o carro e permaneceu ali, olhando fixamente para a casa iluminada. Acostumara-se a viver sozinho, mas nunca se conformara com a situação. Lembrou-se de quando vieram morar ali, ao retornarem de Hong Kong, antes de Gabriela nascer. Lembrou-se de Erica arrumando os móveis, pendurando as cortinas e estudando os pesados livros de amostras de tapetes, porém sempre encontrando tempo para saudar sua chegada. Foi assim no começo. Por um breve espaço de tempo, mas foi assim. Por um instante, ele imaginou que os anos nunca tivessem passado, que nada mudara. Talvez dessa vez ela fosse recebê-lo, beijá-lo e lhe preparar um drinque. Sentar-se-iam com seus drinques e trocariam as experiências do dia, e então ele ligaria para algum restaurante e a levaria para jantar...

As janelas iluminadas o encaravam de volta. De repente, sentiu-se cansado. Fechou os olhos, encobrindo-os com a mão, como se quisesse espantar a fadiga. Passado um tempo, alcançou a maleta no banco traseiro, saiu do carro e caminhou pela calçada encharcada pela chuva, a maleta pesada batendo contra o joelho. Tirou a chave do bolso e abriu a porta.

Viu o casaco jogado sobre a cadeira da ante-sala, o lenço Hermès de seda. Sentiu seu perfume. Fechou a porta e deixou a maleta no chão.

— Erica.

Foi até a sala de estar e a encontrou sentada no braço da poltrona, olhando para ele. Estivera lendo o jornal, que dobrou e jogou no chão ao seu lado. Vestia um suéter amarelo, uma saia de lã cinza e botas compridas de couro marrom. Seus cabelos, iluminados pelo abajur que acendera para ler, brilhavam feito madeira envernizada.

— Olá — cumprimentou ela.

— Que surpresa. Não esperava que viesse.

— Pensei em telefonar para o seu escritório, mas não me pareceu boa idéia. Sabia que viria para cá.

— Por um momento pensei que tivesse esquecido alguma festa ou jantar marcado para esta noite. Não esqueci, esqueci?

— Não. Não há nada para hoje à noite. Só queria conversar com você.

Isso era incomum.

— Quer um drinque? — ele ofereceu.

— Quero. Se for beber também.

— O que prefere?

— Uísque está bom.

Foi até a cozinha servir os drinques e retirar os cubos de gelo da bandeja, e então voltou, carregando os dois copos até onde ela estava.

Entregou-lhe o copo. — Não há grande coisa na geladeira. Se quiser, podemos sair para jantar...

— Não posso ficar para jantar. — Ele ergueu a sobrancelha, e ela continuou, tranqüila: — Não posso ficar muito tempo, por isso não se preocupe comigo.

Alec puxou uma cadeira e se sentou diante dela.

— Então por que veio?

Erica tomou um trago do uísque e depositou o copo delicadamente sobre a mesinha de mármore, ao lado da poltrona.

— Vim-lhe dizer que vou deixá-lo, Alec.

Ele nada respondeu de imediato. Através do espaço que os separava, seus olhares se encontraram, o dela sombrio, frio, sem pestanejar.

Após breve silêncio, ele perguntou, calmo: — Por quê?

— Não quero mais viver com você.

— Nós mal vivemos juntos.

— Strickland Whiteside quer que eu vá para a América com ele.

Strickland Whiteside. — Vai morar com *ele*? — perguntou, sem poder conter a incredulidade na voz.

— Está surpreso?

Alec lembrou-se de como se haviam conhecido naquela noite quente e perfumada de setembro. Lembrou-se da maneira como ela estava, não apenas linda, mas radiante.

— Está apaixonada por ele?

— Não acho que saiba exatamente o significado de estar apaixonada. Mas sinto por ele o que jamais senti por alguém. Não é apenas paixão. Fazemos tudo juntos, compartilhamos os mesmos interesses. Tem sido assim desde que nos conhecemos. Não posso mais viver sem ele.

— Não pode viver sem Strickland Whiteside? — O nome ainda lhe soava absurdo. Toda a frase era absurda, como uma farsa ridícula, e Erica explodiu de raiva.

— Ora, pare de repetir tudo o que digo. Não posso ser mais direta do que já estou sendo. Repetir o que digo não vai mudar o que estou tentando lhe dizer.

Ele fez um comentário ridículo: — Ele é mais jovem do que você.

Por um instante, ela pareceu um tanto embaraçada. — É verdade, mas que diferença isso faz?

— Casado?

— Não. Nunca se casou.

— Quer-se casar com você?

— Quer.

— Então vai querer o divórcio?

— Vou. Quer você concorde ou não. Estou deixando-o. Irei para a Virgínia morar com ele. Já passei da idade de me preocupar com o que os outros possam dizer. Não me importam mais as convenções.

— Quando vai partir?

— Tenho reserva num vôo para Nova Iorque na semana que vem.

— Strickland vai com você?

— Não. — Pela primeira vez, ela baixou o olhar. Cabisbaixa, alcançou o copo. — Ele já voltou para os Estados Unidos. Está na Virgínia, esperando por mim.

— E o que me diz de todas as competições em que ele estava inscrito?

— Desistiu delas... cancelou tudo.

— E por quê?

Erica levantou os olhos. — Achou que seria melhor.

— Quer dizer que fugiu de mim? Não teve coragem de me encarar e me dizer tudo ele mesmo?

— Não é verdade.

— Ele deixou que você fizesse isso.

— É mais fácil para mim. Não o deixei ficar. Eu o fiz ir embora. Não queria discussões, desavenças, acusações.

— Você não esperava que eu ficasse feliz.

— Estou indo, Alec. E não vou voltar.

— Vai abandonar Deepbrook?

— Vou.

Isso o assustou mais do que o próprio fato de ela o estar abandonando.

— Sempre achei que a casa significava mais para você do que tudo.

— Não significa mais. De qualquer forma, a casa é sua.

— E os seus cavalos?

— Irão comigo. Strickland já se encarregou de embarcá-los para a Virgínia.

Como sempre, Erica estava-lhe apresentando um plano previamente elaborado, seu método habitual de colocar em prática o que pretendia. Strickland, Deepbrook, os cavalos, tudo fora meticulosamente estudado, mas para Alec nada disso importava. Havia apenas um único assunto em jogo. Erica nunca fora covarde. Esperou em silêncio que ela continuasse, mas ela ficou ali, observando-o com um olhar desafiador, e Alec percebeu que ela aguardava o primeiro disparo da batalha pela única coisa que realmente importava.

— Gabriela?

— Ela vai comigo — respondeu.

A guerra teve início. — Ah, não vai, não!

— Não vamos começar a brigar por causa disso. Você precisa-me escutar. Sou mãe dela e tenho tanto direito quanto você — e mais ainda — de fazer planos para nossa filha. Vou para a América. Vou morar lá, e nada vai mudar isso. Se levar Gabriela comigo, ela poderá morar conosco, Strickland possui uma bela casa, com bastante espaço, quadras de tênis, piscina. É uma grande oportunidade para uma garota de sua idade — os jovens podem-se divertir mais na América, a vida é organizada para eles. Dê-lhe essa chance. Deixe que ela a aproveite.

— E quanto à escola? — perguntou ele, frio.

— Vou tirá-la da escola. Ela pode erá estudar lá. Há uma muito boa, em Maryland...

— Não a deixarei ir. Não vou perdê-la.

— Ah, Alec, não vai perdê-la. Vamos dividi-la. Poderá vê-la sempre que quiser. Ela poderá viajar para cá e ficar com você. Vai poder levá-la para Glenshandra com os outros. Nada vai mudar muito.

— Não vou deixá-la ir para a América.

— Não está vendo que não tem alternativa? Ainda que arrastemos este assunto até o tribunal, e você abra fogo contra mim, a custódia de Gabriela será dada a *mim* por 10 a um, pois eles só separam uma criança da mãe sob as mais extremas circunstâncias. Eu teria que ser uma viciada em drogas ou totalmente incapaz de criar minha filha para que o juiz lhe desse ganho de causa. E imagine o mal que esse cabo-de-guerra público faria a ela, do jeito que é sensível, se lhe infligíssemos esse tipo de tortura.

— Será pior do que ter os pais divorciados? Pior do que ter que viver num país estranho, numa casa estranha, sob o teto de um homem que mal conhece?

— E qual é a alternativa? Precisamos decidir agora, Alec. Não há como adiar a questão. É por isso que estou aqui. Ela precisa saber o que vai acontecer.

— Não vou deixá-la ir.

— Certo. Então o que quer? Ficar com ela? Não poderia cuidar dela, Alec. Não teria tempo. Mesmo que ela ficasse num internato neste país, ainda assim haveria as férias. Como seria então, com você trabalhando o dia inteiro? E não me diga que poderia deixá-la com a Sra. Abney. Gabriela é uma menina inteligente, e não há como dizer que a Sra. Abney seja uma companhia estimulante. Só sabe conversar sobre dois assuntos: a última edição da *Crossroads* ou sobre seu maldito canário. E o que faria com Gabriela quando precisasse viajar a negócios para Tóquio ou Hong Kong? Não ia poder levá-la junto.

— Não posso simplesmente dá-la a você, Erica. Como se fosse um bem material que não tem mais utilidade para mim — enfatizou ele.

— Não entende, se fizermos da minha maneira, *não* a estará dando a mim. Certo, estamos nos separando e isso é algo terrível para fazer com uma criança, mas já aconteceu antes e continuará a acontecer, e temos que arranjar um modo de agir que seja o menos doloroso possível para ela. E acho que é o meu plano. Ela vai comigo na semana que vem.

Dessa forma, a separação será rápida e, antes mesmo que ela tenha tempo de pensar, estará vivendo uma vida inteiramente nova, freqüentando uma nova escola, fazendo novos amigos. — Ela sorriu, e pela primeira vez ele teve um vislumbre da antiga Erica, usando todo o seu charme, simpatia e poder de persuasão. — Não vamos brigar por ela, Alec. Sei como se sente em relação a Gabriela, mas é minha filha também, e fui eu quem a criou. Não acho que tenha feito um trabalho tão ruim assim e creio que mereço algum crédito por isso. Só porque você não vai estar por perto, não significa que não darei continuidade à sua educação. E Strick a adora. Ela terá o que há de melhor conosco. Uma boa vida.

— Achei que lhe estivesse proporcionando tudo isso — disse ele.

— Oh, Alec, e está. E pode continuar a proporcionar. Sempre que quiser, ela virá visitá-lo. Nisso concordamos. Poderá tê-la só para si. Vai adorar. Concorde. Pelo bem de todos. Deixe-a vir comigo. É o melhor que pode fazer por ela. Sei que é. Faça um sacrifício... pelo bem de Gabriela.

— Sei que sua mãe lhe contou o que aconteceu, o que vai acontecer. Mas queria lhe contar eu mesmo, de modo que se houver alguma coisa com que esteja preocupada... — começou ele.

Sabia o quanto estava sendo ridículo. O mundo de Gabriela estava-se desmoronando, e ele falava como se fosse um probleminha doméstico que, em questão de segundos, poderia resolver.

— Sabe... tudo aconteceu de repente. Não houve tempo de discutir o assunto, e você vai embora na próxima semana. Não queria que partisse pensando que eu não... tentei conversar. Queria ter tido mais tempo para discutir as coisas... Ficou magoada por não termos discutido o assunto com você?

Gabriela deu de ombros. — Não teria feito muita diferença.

— Ficou surpresa quando sua mãe lhe contou sobre ela e Strickland?

— Sabia que ela gostava dele. Mas ela gosta de um monte de gente que monta. Nunca pensei que fosse querer viver com ele na América.

— Eles vão-se casar.

— Eu sei.

Os dois caminhavam lado a lado, porém separados, em volta de uma quadra de esportes deserta. O dia estava horrível, o pior do típico inverno inglês. Frio, silencioso, úmido, nevoento. Nenhuma brisa tangia as árvores, e apenas o grasnido das gralhas quebrava o gélido silêncio. Ao longe, estava o prédio da escola, onde antes havia uma elegante casa de campo, com jardins e estábulos convertidos em ginásios e salas de aula. Lá dentro, as crianças estudavam, mas Gabriela fora dispensada da aula de biologia para conversar com o pai. Mais tarde, sem dúvida um sino soaria, e o lugar se encheria de meninas vestidas para jogar hóquei ou basquete, agasalhadas com suéteres e cachecóis listrados, correndo e chamando umas pelas outras, reclamando do frio. Agora, exceto por algumas raras janelas iluminadas que se destacavam na névoa, o lugar parecia deserto, morto.

— Pode ser uma aventura ir para a América.

— Foi o que a mamãe disse.

— Pelo menos não vai ter que praticar esporte com um tempo desse. É diferente fazer esporte ao sol. Pode até se tornar uma campeã de tênis.

Gabriela, cabisbaixa, as mãos enfiadas nos bolsos, chutou um graveto. Era sacrifício demais para o tênis. Alec estava confuso, desorientado por não saber o que dizer, pois tudo era tão inadequado. Sempre achou fácil dialogar com a filha. Porém agora não estava tão seguro disso.

— Não queria que isso acontecesse por nada desse mundo. Deve saber disso. Mas não há nada que eu possa fazer para que sua mãe fique comigo. Sabe como ela é quando decide fazer alguma coisa. Cavalos selvagens nunca a fizeram desviar o caminho.

— Nunca sequer imaginei que vocês pudessem algum dia se divorciar — comentou ela.

— Receio que também aconteça com um monte de crianças. Deve ter um monte de amigas com pais divorciados.

— Mas está acontecendo *comigo*.

Mais uma vez, ele ficou sem ter o que dizer. Caminharam em silêncio em torno da quadra, passando por um mastro, onde havia uma bandeira vermelha encharcada.

— O que quer que aconteça, sempre será minha filha. Vou pagar suas mensalidades escolares e lhe dar uma mesada para que não precise pedir nada a Strickland. Jamais será sua devedora. Você... gosta dele, não gosta? — perguntou.

— Ele é legal.

— Sua mãe disse que ele gosta muito de você.

— Ele é jovem demais. Muito mais jovem do que a mamãe.

Alec respirou fundo. — Creio que — disse ele cuidadosamente — quando se gosta de alguém, a idade não importa.

Abruptamente, Gabriela parou. Alec parou também, e os dois se entreolharam, duas figuras solitárias no meio do nada. Nem uma vez, durante todo o encontro daquela tarde, seus olhos se encontraram. Agora, ela olhava, enraivecida, para baixo, para os botões de seu casaco.

— Eu não podia ficar com você? — ela quis saber.

Ele foi tomado pelo impulso de abraçá-la, de tomar sua filhinha nos braços, de quebrar os protocolos com uma demonstração de amor que a convenceria de que a penosa separação de que falavam era tão abominável para ele quanto para ela. Mas prometera a si mesmo, a caminho do colégio, que não faria isso. *Não a deixe chateada*, implorara Erica. *Vá encontrar-se com ela para conversar, mas não a deixe chateada. Ela já aceitou a situação. Se você se mostrar emocionado, então voltaremos ao ponto de partida, e irá deixar seu coração em pedaços.*

Ele tentou sorrir. — Não há nada que eu queira mais — reconheceu ele, tranqüilo. — Mas não dará certo. Não poderia tomar conta de você. Tenho tantos compromissos, estaria fora a maior parte do tempo. Você precisa de sua mãe. Por enquanto, deve ficar com ela. É melhor assim.

Ela cerrou os dentes como se criasse coragem para aceitar o inevitável. Virou-se para a frente, e os dois continuaram a caminhar.

— Você vai voltar para me ver — Alec lhe prometeu. — Iremos a Glenshandra no próximo verão. Talvez este ano você tenha mais sorte com o salmão.

— O que vai acontecer com Deepbrook?

— Suponho que terei que vendê-la. Não há motivo para mantê-la se sua mãe não vai estar lá.

— E você?

— Ficarei em Islington.

— Meu quarto em Londres... — indagou ela com pesar.

— Ainda é seu quarto. Sempre será...

— Não é isso. São só alguns livros que gostaria de levar comigo. Eu... fiz uma lista. — Tirou a mão do bolso, junto com um pedaço de papel arrancado do caderno escolar. Ele pegou o papel e o desdobrou. E leu:

O Jardim Secreto
Aventura do Mundo
E o Vento Levou...

Havia outros títulos, mas, por algum motivo, ele não conseguiu terminar de lê-los.

— Claro — disse ele secamente, empurrando o pedaço de papel no bolso do próprio casaco. — Há... mais alguma coisa?

— Não. Só os livros.

— Não sei se sua mãe lhe contou, mas vou levá-las ao aeroporto. Levarei os livros comigo. Por isso, se lembrar de mais alguma coisa, me telefone.

Ela meneou a cabeça. — Não quero mais nada.

A neblina se transformara em chuva, que molhara os cabelos e a superfície áspera do casaco azul-marinho da menina. Haviam caminhado em torno do campo e estavam voltando para o colégio. Saíram da grama e andaram sobre os cascalhos ruidosos. Nada mais parecia haver para ser dito. Diante dos degraus que conduziam à imponente porta principal, ela parou e virou-se mais uma vez para ele, dizendo:

— Preciso trocar de roupa para a ginástica. É melhor você não entrar.

— Vou-me despedir aqui mesmo. Não quero dizer adeus no aeroporto.

— Então, adeus.

As mãos de Gabriela permaneceram resolutamente enterradas nos bolsos do casaco. Ele segurou seu queixo e ergueu seu rosto.

— Gabriela.

— Adeus.

Alec se inclinou e a beijou. Pela primeira vez naquela tarde, ela olhou dentro de seus olhos, e nos dela não havia vestígio de lágrimas nem censura. Em seguida, subiu os degraus e, sob a pretensiosa colunata, atravessou a porta e desapareceu.

Viajaram para a América na quinta-feira seguinte, mulher e filha, no vôo noturno para Nova Iorque. Como prometera, Alec as levou ao aeroporto e, após o chamado do vôo e da despedida, subiu ao terraço. Era uma noite úmida e sombria, com nuvens baixas, e ele ficou ali, olhando através do vidro molhado, esperando o avião decolar. Na hora exata, o enorme jato iniciou sua trajetória rumo ao céu, os faróis iluminando a escuridão. Ele o viu subir e desaparecer, segundos depois, engolido pelas nuvens. Permaneceu ali até que o ruído dos motores não mais pudessem ser ouvidos. Só então se virou e iniciou a longa caminhada pelo piso lustroso até a escada rolante. O lugar estava cheio de gente, mas ele não viu ninguém, e ninguém se virou para vê-lo sair. Pela primeira vez na vida, soube o que era ser uma nulidade, um fracasso.

Guiou de volta até a casa vazia. As más notícias viajam com a velocidade da luz, e naquela altura já era de conhecimento público que seu casamento terminara, que Erica o trocara por um americano rico, e que levara Gabriela com ela. Isso, até certo ponto, era um alívio, pois significava que não precisaria contar a ninguém, mas ele se esquivou de qualquer contato social ou solidariedade, e, embora Tom Boulderstone o tivesse chamado para jantar em Campden Hill, ele recusara o convite, e Tom compreendera.

Estava acostumado a viver sozinho, mas agora sua solidão possuía uma nova dimensão. Subiu as escadas, e o quarto, desprovido dos pertences de Erica, parecia vazio, desconhecido. Tomou um banho, vestiu-se e desceu para preparar um drinque, que levou para a sala de estar. Sem os bonitos adornos de Erica, sem as flores, o local parecia desolado; cerrou as cortinas e prometeu a si mesmo que no dia seguinte pararia num florista e compraria um vaso de planta.

Eram quase oito e meia, mas ele estava sem fome;

exausto demais, esgotado demais para pensar em comida. Mais tarde, veria o que a Sra. Abney preparara e deixara no forno para ele. Mais tarde. Então, ligou a televisão e prostrou-se diante do aparelho, o drinque na mão, o queixo apoiado no peito.

Permaneceu absorto diante da tela bruxuleante. Após um instante, percebeu que assistia a um documentário, um programa que tratava dos problemas da agricultura marginal. A fim de ilustrar o caso, os apresentadores escolheram uma fazenda em Devon e mostraram carneiros pastando nas montanhas íngremes de Dartmoor... a câmara girou num movimento panorâmico, descendo a montanha até a casa... exuberantes declives do mais puro verde da Baixa Escócia ..

Não era Chagwell, mas era muitíssimo parecido. A filmagem fora feita no verão. Ele viu o céu azul, as nuvens alvas e altas, suas sombras passeando pela encosta, onde a luz do sol faiscava sobre as águas de um borbulhante rio de trutas.

Chagwell.

O passado é outro país. Há muito tempo atrás, Alec fora concebido, nascera e crescera naquele lugar; suas raízes jaziam profundas no solo rico e avermelhado de Devon. Porém, com o passar dos anos, entretido com o próprio sucesso, com as próprias ambições e com as exigências de uma vida em família, quase perdera o contato.

Chagwell. Seu pai falecera. Brian e a mulher, Jenny, administravam a fazenda desde então. Durante sete anos, Jenny dera a Brian cinco filhos louros e sardentos, e a velha casa inchava de animais domésticos, carrinhos, bicicletas e brinquedos.

Erica nunca tivera tempo para Brian e Jenny. Não eram exatamente o seu tipo de gente. Apenas por duas vezes em todo o tempo em que estiveram casados, Alec a levara a Chagwell. Mas as duas ocasiões foram tão desagradáveis e sem graça para todos que, como se através de um consentimento mútuo, nunca tornaram a se repetir. O relacionamento da família restringiu-se a uma troca de cartões de Natal e cartas esporádicas, mas Alec não via Brian há mais de cinco anos.

Cinco anos. Era tempo demais. As más notícias viajam com a velocidade da luz, mas não teriam chegado a Chagwell. Brian teria que ser informado sobre o divórcio. Alec escreveria no dia seguinte, sem perda de tempo, pois seria inadmissível que Brian tomasse conhecimento da separação do irmão através de outra pessoa qualquer.

Ou lhe poderia telefonar...

O telefone, ao seu lado, começou a tocar. Alec alcançou o aparelho.

— Pronto?

— Alec?

— Sim.

— Aqui é o Brian.

Brian. Foi tomado por uma sensação de obscura irrealidade, como se sua imaginação houvesse alcançado os limites de seu próprio desespero. Por um segundo pensou que estivesse enlouquecendo. Automaticamente, inclinou-se para frente e desligou a televisão.

— Brian?

— Quem mais? — Era o mesmo Brian de sempre, jovial, animado; a voz clara como um sino. Qualquer que fosse o motivo de seu telefonema, certamente não seria para comunicar uma má notícia.

— De onde está ligando?

— Chagwell, é claro, de onde mais?

Alec o imaginou sentado à velha e judiada escrivaninha de tampo corrediço, no antigo cômodo empoeirado e apinhado de livros que servia de gabinete na fazenda em Chagwell. Imaginou as pilhas de formulários do governo, os arquivos marcados com orelhas, as fotografias do gado de raça premiado, orgulho da família.

— Parece surpreso — disse Brian.

— Faz cinco anos.

— Eu sei. Muito tempo. Mas achei que gostaria de ouvir uma notícia inesperada. O tio Gerald vai-se casar.

Gerald. Gerald Haverstock, de Tremenheere. Almirante G. J. Haverstock, Comandante da Ordem do Império Britânico, Honorário do Serviço da Ordem, Honorário do Serviço da Cruzada, da Marinha Real, conhecido como o melhor partido da Marinha.

— Quando ficou sabendo?

— Hoje de manhã. Em Hampshire.

Gerald finalmente ia-se casar. — Ele deve estar com 60, agora.

— Ora, você sabe o que dizem por aí, os melhores vinhos estão nas garrafas mais velhas.

— Quem é a noiva?

— O nome dela é Eve Ashby. Viúva de um velho companheiro de bordo. Bastante conveniente.

Ainda assim, Alec custava a acreditar, pois aquela era realmente uma notícia inesperada. Gerald, de todas as pessoas, o marinheiro de carreira, o eterno solteirão, desejado por inúmeras mulheres que desprezava. Gerald, com quem Brian e Alec passaram um divertido verão, os únicos jovens hospedados na casa de campo. Fazendo o que bem queriam nas praias de Cornwall e jogando críquete no gramado, foram tratados — pela primeira vez na vida — como adultos. Tinham permissão para ficar acordados após o jantar, beber vinho, sair de barco sozinhos. Gerald se tornara para eles um herói, e eles acompanharam sua meteórica carreira com orgulho.

Gerald fora padrinho de tantos casamentos que era difícil imaginá-lo como noivo.

— Vai ao casamento? — perguntou Alec.

— Vamos todos. Inclusive as crianças. Gerald pediu a presença de todos nós. E a sua também. Não fica muito longe de Deepbrook. Você podia viajar para lá à noite. Não creio que Erica queira ir, mas talvez você e Gabriela...?

Ele parou, esperando alguma reação à sua sugestão. Os lábios de Alec tornaram-se secos de repente. Novamente, viu o jato decolando, subindo, desaparecendo na escuridão da noite e perdendo-se nas nuvens. Ela se fora. Gabriela se fora.

Após um instante, num tom de voz preocupado, Brian perguntou:

— Está tudo bem, garotão?

— Por que pergunta?

— Bem, para dizer a verdade, tenho pensado muito em você nos últimos dias... tive a sensação de que estava com problemas. Na realidade, eu queria muito ligar para você, falar com você. Contar sobre o casamento de Gerald foi apenas uma boa desculpa para pegar o telefone.

Queria muito falar com você.

Foram muito unidos quando meninos. Nem a barreira da distância, o passar dos anos, as esposas incompatíveis ou a falta de comunicação conseguiram destruir sua amizade. Sempre mantiveram contato, ligados por um laço forte e invisível de sangue e nascimento. Talvez esse telefonema inesperado, por qualquer que fosse o motivo, representasse um tipo de corda salva-vida.

Alec se agarrou a ela. — É, está tudo errado — desabafou ele, contando tudo a Brian, em poucas palavras.

Quando terminou, Brian comentou apenas: — Entendo.

— Ia escrever para você amanhã. Ou telefonar... Sinto muito não lhe ter contado antes.

— Está tudo bem, garotão. Olhe, estou indo para Londres na semana que vem para a mostra de gado de corte, em Smithfield. Quer se encontrar comigo?

Sem comentários, sem condolências desnecessárias. — Mais do que tudo — respondeu Alec ao irmão. — Venha ao meu clube e lhe pagarei um almoço.

Acertaram o dia e a hora.

— E o que devo dizer a Gerald? — Brian quis saber.

— Diga a ele que irei ao casamento. Não perderia isso por nada nesse mundo.

Brian desligou. Lentamente, Alec colocou o aparelho no gancho. O passado é outro país.

Imagens encheram sua mente. Lembrou-se de Chagwell, de Gerald e de Tremenheere. A velha casa de pedra bem ao final de Cornwall, onde crescem as palmeiras, as camélias e as verbenas, e os jasmins brancos perfumados encobrem as laterais das estufas no jardim cercado.

Chagwell e Tremenheere. Eram suas raízes, sua identidade. Ele era Alec Haverstock e iria resistir. Não era o fim do mundo. Gabriela se fora; separar-se dela havia sido horrível, mas o pior já passara. Chegara ao fundo do poço e a única coisa a fazer era começar a subir de novo.

Levantou-se e, carregando o copo vazio, foi à cozinha procurar algo para comer.

3

ISLINGTON

Eram cinco horas, quando Laura finalmente chegou em casa. A brisa cessara, e Abigail Crescent cochilava sob o sol dourado do final de tarde. Dessa vez, a rua estava quase deserta. Ao que parecia, os vizinhos descansavam nos quintais ou haviam levado os filhos aos parques próximos, para alívio da grama e das árvores sombreiras. Apenas uma velha senhora, que arrastava um carrinho de feira e um vira-lata pela coleira, caminhava na calçada. Ao parar em frente de casa, Laura olhou para trás e viu que ela também sumira, feito um coelho na toca, nos degraus de algum porão.

Juntou as compras do dia, a bolsa e a cadela, e saiu do carro, cruzando a calçada e subindo a escada da entrada da frente. Precisava lembrar a si mesma que aquela era a porta de sua casa sempre que encaixava a chave na fechadura e girava a maçaneta. Pois a casa, onde morava há nove meses, ainda não lhe era totalmente familiar. Não se acostumara com seu aspecto, seu ritmo. Pertencia a Alec, e pertencera a

Erica, e Laura sempre entrava sobressaltada, incapaz de estancar a sensação de estar invadindo uma propriedade alheia.

O silêncio cálido entrou, impetuoso, denso como a bruma. De baixo, do território da Sra. Abney, não veio ruído algum. Provavelmente saíra ou estava dormindo. Gradativamente, o zumbido da geladeira na cozinha se fez ouvir. Em seguida, o tique-taque do relógio. No dia anterior, Laura trouxera rosas e fizera com elas um bonito arranjo. Agora, o perfume doce e intenso exalava da sala de estar.

Cheguei em casa. Esta é a minha casa.

Não era uma casa grande. Havia o porão, onde residia a Sra. Abney e, acima, três pavimentos — dois cômodos em cada nível e nenhum deles particularmente espaçoso. Ali, a ante-sala exígua e a escadaria; de um lado, a sala de estar e, do outro, a cozinha, que também servia de sala de jantar. Em cima, o quarto principal e o banheiro, e o quarto de vestir de Alec, que também funcionava como escritório. No último andar — com trapeiras e teto inclinado — o sótão. Um quarto de hóspedes comum, normalmente entulhado de malas e móveis, e o quarto infantil, que um dia fora de Gabriela. Nada mais.

Pôs Lucy no chão e foi à cozinha descarregar as compras e as costeletas que comprara para o jantar. Havia móveis de pinho, porcelanas azuis e brancas, uma mesa envernizada e cadeiras com encosto e rodinhas. As janelas de batente davam para um deque com degraus também em madeira, que descia para um pequeno jardim onde florescia uma cerejeira e alguns vasos de gerânios. Laura destrancou as janelas, abrindo-as em seguida. O ar renovado percorreu a casa. No deque, havia um par de espreguiçadeiras e uma mesinha de ferro batido. Mais tarde, quando Alec chegasse, e enquanto as costeletas assassem, tomariam seus drinques lá fora, em meio à penumbra do entardecer, olhando o sol se esconder e saboreando o frescor do fim do dia.

Talvez fosse esta a hora exata de lhe contar que não iria para a Escócia. Sentiu um aperto no peito ao pensar no assunto, não por medo, mas por odiar estragar os planos do marido. O relógio da cozinha marcava cinco horas e 10 minutos. Ele não chegaria antes de uma hora. Subiu as escadas e despiu-se, vestindo um roupão leve e se deitando na enorme cama de casal. Por meia hora, prometeu a si mesma; e então tomaria um banho e se trocaria. Meia hora. Quase que instantaneamente, porém, adormeceu.

Era um hospital: corredores compridos, azulejados de branco, um zumbido alto ecoava em seus ouvidos semiconscientes, rostos com máscaras brancas. Não havia nada com que se preocupar, lhe diziam. Nada com que se preocupar. Uma campainha soou. Um incêndio, talvez. Alguém a tinha amarrado. Nada com que se preocupar. A campainha continuava a soar.

Abriu os olhos e fixou o olhar no teto. Seu coração batia acelerado, assustado com o sonho. Automaticamente, ergueu o pulso e consultou o relógio. Cinco e meia. A campainha soou novamente.

Deixara a porta aberta a fim de ventilar o quarto, e agora ouvia a Sra. Abney subindo do porão com passos ruidosos, porém lentos. Permaneceu imóvel, escutando. Ouviu o clique do trinco e a porta principal se abrindo.

— Ah, Sra. Boulderstone, é a senhora!

Daphne. *Daphne?* O que ela estaria fazendo ali às cinco e meia da tarde? O que será que queria? Talvez, com sorte, a Sra. Abney achasse que Laura não estivesse e a dispensasse.

— Estou tocando a campainha há *horas*. — O tom de voz agudo de Daphne era inconfundível. — Sabia que havia alguém em casa, pois vi o carro da Sra. Haverstock estacionado.

— Eu sei. Olhei pela janela, quando ouvi a campainha. Deve estar em seu quarto. — Deve ter morrido, pensou. — Entre, vou subir e verificar.

— Espero não tê-la acordado, Sra. Abney.

— Não, estava fritando uns bolinhos de peixe para o chá.

A Sra. Abney subiu as escadas. Laura sentou-se bruscamente, pôs de lado a colcha e jogou as pernas para o lado da cama. Sentada ali, sonolenta e desorientada, viu a Sra. Abney surgir, parando apenas para dar uma ligeira batidinha na almofada da porta com os nós dos dedos.

— Então não está dormindo. — Era a Sra. Abney, de cabelos ondulados e grisalhos, chinelos de dormir e meias de lã, que nada fazia para disfarçar os nódulos protuberantes de suas incômodas veias varicosas. — Não ouviu a campainha?

— Eu *estava* dormindo. Desculpe não ter atendido a porta antes de você.

— Estava tocando sem parar. Pensei que tivesse saído.

— Desculpe — pediu Laura novamente.

— É a Sra. Boulderstone.

Lá de baixo, Daphne escutava a conversa das duas. — Laura, sou eu! Não saia da cama, estou subindo...

— Não.. — Não queria Daphne em seu quarto. — Não vou demorar.

Mas de nada adiantaram seus protestos, pois no instante seguinte Daphne surgiu. — Meu Deus, me desculpe. Nunca imaginei que fosse tirá-la da cama a essa hora. Pobre Sra. Abney. Obrigada por vir em meu socorro. Agora já pode voltar para os seus bolinhos de peixe. Estávamos preocupadas com você, Laura. Pensei que tivesse desaparecido para sempre.

— Ela não ouviu a campainha — explicou a Sra. Abney, sem necessidade. — Bom, agora está tudo bem. — E saiu, arrastando pesadamente os chinelos e fazendo ranger os degraus da escada.

Daphne fez uma careta engraçada ao vê-la descer. — Tentei telefonar, mas ninguém atendeu. Não estava em casa?

— Fui tomar chá com Phyllis, em Hampstead.

Daphne jogou os óculos escuros e a bolsa aos pés da cama de Laura e foi até o espelho da penteadeira dar uma espiada em sua aparência. — Estive no cabeleireiro. Estava horrorosa.

— Ficou ótimo. — Estava claro, não só pelo penteado esmerado do cabelo prateado, mas pelo cheiro forte de laquê que a acompanhava, que Daphne viera direto do salão de beleza. Sua aparência, pensou Laura, era terrivelmente chique, com calças de algodão e blusa de seda rosa-clara. Seu corpo era esbelto como o de uma criança, e como sempre sua pele estava intensamente bronzeada, impecavelmente maquiada, perfumada e elegante. — Quem penteou seu cabelo?

— Um rapaz chamado Antony. É totalmente efeminado, mas corta bem. — Aparentemente satisfeita com a própria figura, Daphne saiu da frente do espelho e se afundou na pequena poltrona de veludo rosa, ao lado da janela. — Estou exausta — proclamou.

— O que fez o dia todo?

— Bem, fiz algumas compras... Comprei umas calças divinas na Harrods, achei que seriam de grande utilidade em Glenshandra. Deixei-as no carro, senão eu as mostraria para você. Depois almocei maravilhosamente bem no Meridiana e em seguida tive que ir até Euston buscar uma encomenda para Tom. É um caniço novo para salmão, que ele mandou fazer em Inverness, e eles o enviaram de trem. Então... como estava vindo para esses lados, pensei em visitá-la e combinar os detalhes da viagem. Não é excitante?

Recostou-se na poltrona, esticando as pernas. Seus olhos grandes e incrivelmente azuis percorreram todo o quarto. — Andou fazendo algumas mudanças por aqui, não foi? Essa cama não é nova?

Sua falta de percepção, de tato, era algo com que Laura, acanhada como era, dificilmente se acostumaria.

— É nova, sim. Alec comprou quando nos casamos.

— E as cortinas também. São de uma bonita chita.

Ocorreu a Laura que Daphne já devia ter estado naquele quarto milhares de vezes, fofocando com Erica, do mesmo modo como agora se sentava e conversava com ela. Imaginou-as provando roupas, compartilhando confidências, falando de alguma festa, fazendo planos. Seu roupão fino estava encharcado de suor. Mais do que tudo, precisava de um banho. Desejou que Daphne se fosse e a deixasse sozinha.

Como às vezes acontece em situações realmente desesperadoras, ela teve uma brilhante idéia.

— Gostaria de um drinque?

— Seria ótimo — concordou Daphne prontamente.

— Sabe onde Alec guarda as bebidas... naquele armário da cozinha. Lá tem gim e tônica. E tem limão na geladeira... e gelo. Por que não vai lá embaixo e se serve? Estarei lá em um minuto. Preciso vestir alguma coisa. Não posso ficar aqui o resto do dia, e Alec deve chegar a qualquer minuto.

Com isso, Daphne, visivelmente animada, não precisou ser mais persuadida para cair no plano improvisado de Laura. Levantou-se da poltrona, pegou a bolsa e os óculos e desceu. Laura esperou até ouvir a porta do armário da cozinha se abrir e o tilintar dos copos. Só então, quando ficou certa de que Daphne não apareceria de surpresa novamente, levantou-se da cama.

Quinze minutos depois, banhada e vestida, desceu ao primeiro andar e encontrou Daphne relaxada no sofá, com um cigarro aceso e um drinque na mesinha ao lado. A sala estava ensolarada e perfumada de rosas. Daphne folheava as páginas lustrosas de uma nova edição da *Harpers and*

Queens. Quando Laura apareceu, deixou de lado a revista e disse:

— Você não mudou nada nesta sala, mudou? Quero dizer, fora alguns objetos?

— Não havia necessidade. Está ótima como está.

— Gosta de morar aqui? Sempre achei Islington um pouco distante de tudo.

— Mas daqui o acesso é fácil até a cidade.

— É o que Alec sempre diz, aquele velho turrão. Foi por isso que Erica o fez comprar Deepbrook.

Laura, embaraçada, não conseguiu pensar em nenhuma resposta. Daphne nunca fizera uma referência tão direta ao passado, beirando a provocação. Por que não? Provavelmente porque Tom não estava ali para estancar sua falta de papas na língua. Estavam sozinhas, e ela obviamente não via necessidade de usar de subterfúgios ou rodeios. Laura sentiu o coração apertar no peito. Caíra na armadilha.

Daphne sorriu. — Nunca falamos de Erica, não é mesmo? Todos evitam o assunto como se fosse algo proibido. Mas, afinal, aconteceu, e agora são águas passadas.

— Suponho que sim.

Daphne apertou os olhos. Acendeu outro cigarro, falando em seguida. — Deve ser estranho ser a segunda mulher. Sempre achei que devia ser difícil para você. Uma experiência totalmente nova, mas isso já aconteceu antes, com outra mulher. É uma situação clássica, claro.

— O que quer dizer?

— Ora, pense em Jane Eyre ou na segunda Sra. de Winter em *Rebecca*.

— Exceto pelo fato de que Alec não é bígamo nem assassino.

Daphne ficou pálida. Talvez não fosse tão culta quanto imaginava. Laura pensou em explicar, mas desistiu. Observou que o copo de Daphne estava vazio.

— Tome outro gim tônica.

— Seria ótimo. — Esse parecia ser seu estoque de respostas para perguntas do gênero. — Ou prefere que eu mesma me sirva?

— Não. Eu faço isso.

Na cozinha, ela encheu o copo com bebida e gelo. Daphne tinha almoçado fora — provavelmente com um de seus admiradores. Sem dúvida, se excedera em martinis e vinhos. Laura imaginou se ela estaria levemente embriagada. O que mais provocaria tanta franqueza? Olhou para o relógio e desejou que Alec chegasse para salvá-la daquela situação. Levou o copo de volta para a sala.

— Ah, que maravilha. — Daphne o segurou. — Não vai beber nada?

— Não, eu... não tenho sede.

— Bem, saúde! — Sorveu a bebida e depositou o copo na mesinha novamente. — Eu estava pensando... sabe, faz quase seis anos que Erica foi para a América. Nem parece que foi há tanto tempo. Suponho que, quanto mais envelhecemos, mais rápido o tempo parece passar. Mas não parece que faz tanto tempo. — Ajeitou-se de maneira mais confortável no canto do sofá, enfiando os pés sob o corpo, como se estivesse se preparando para uma conversa íntima. — Ela era a minha melhor amiga. Sabia disso?

— Sabia.

— Estudamos juntas. Sempre fomos amigas. Fui eu quem a apresentou a Alec. Bem, eu não a apresentei, pois ela estava em Hong Kong, mas foi graças a mim que os dois se conheceram. Fiquei espantada quando se casaram, mas na verdade eu estava com uma pontinha de ciúme. Você entende, Alec foi um dos meus primeiros namorados. Eu o conheci antes mesmo de conhecer Tom. Pode parecer bobagem sentir tal coisa por um homem, mas vamos encarar os fatos, não há amor que se compare ao primeiro.

— A não ser o último.

O rosto de Daphne assumiu, ao mesmo tempo, uma expressão de surpresa e mágoa, como se tivesse sido mordida por um verme. — Não quis parecer uma cadela, eu juro. Foi apenas uma pequena confissão. Afinal de contas, ele é um homem bastante atraente.

— Suponho — disse Laura, num tom um tanto desesperado — que sinta muito a falta de Erica.

— Oh, terrivelmente. No início, não podia acreditar que ela não fosse mais voltar, e então houve o divórcio, e Alec vendeu Deepbrook. Depois disso, imaginei que nunca mais nos veríamos. Foi como o fim de uma era. Os finais de semana sem Deepbrook para espairecer pareciam estranhos. Alec nos preocupava, vivendo solitário, mas ele reatou a velha amizade com o irmão e costumava viajar para Devon nas noites de sexta-feira. Suponho que ele a tenha levado lá.

— Está falando de Chagwell? Sim, estivemos lá, na Páscoa. Mas passamos aqui a maior parte do tempo. — (Aqueles finais de semana foram os melhores. Apenas os dois e Lucy, a porta fechada e as janelas abertas. A pequena casa só para eles.)

— Gosta deles? De Brian Haverstock e sua esposa? Erica não suportava ir até lá. Dizia que os móveis eram cobertos de pêlos de cachorro e que as crianças não paravam de gritar.

— Numa família tão numerosa, fatalmente as crianças são bagunceiras e barulhentas... mas são divertidas também.

— Erica não tolerava crianças indisciplinadas. Gabriela era encantadora. — Apagou o cigarro. — Alec tem notícias de Gabriela?

A situação estava ficando cada vez pior. Incontrolável. Laura mentiu: — Ah, tem. — E ficou espantada com a própria frieza.

— A essa altura, provavelmente já é uma americanazinha. Os jovens de lá se divertem muito. Acho que é por isso que ela nunca voltou para visitar o pai. Ele sempre achou que ela viesse. Todo ano ele se entusiasma com a nossa ida a Glenshandra, aluga um quarto no hotel para ela, programa tudo. Mas ela nunca aparece. Foi sobre esse assunto — continuou ela, sem modificar o tom de voz — que vim falar com você e não sobre o meu passado. Glenshandra. Está preparada para enfrentar o frio do norte? Espero que tenha bastante agasalho para levar, porque faz muito frio no rio, mesmo em julho. Certo ano, choveu sem parar, e quase congelamos. E vai precisar de trajes formais para a noite, caso sejamos convidados para algum jantar. Sobre esse tipo de coisa os maridos nunca se lembram de nos alertar, e não há uma butique num raio de quilômetros, por isso não vai poder comprar nada por lá.

Ela parou e esperou que Laura fizesse algum comentário. Laura não pensou em nada para dizer. Daphne continuou a ladainha.

— Alec nos contou que você nunca pescou, mas vai tentar, não vai? Senão, não terá nada para fazer, sozinha no hotel. Não parece muito entusiasmada. Está ansiosa para ir?

— Bem... estou... mas...

— Não há nada de errado, há?

Ela teria que saber mais cedo ou mais tarde. Todos teriam que saber. — Não... não acho que poderei ir.

— Você *não* vai?

— Terei que ser internada. Não é nada sério... uma pequena cirurgia, mas a médica disse que vou precisar de repouso. Disse que não poderei ir à Escócia.

— Mas *quando*? Quando vai internar-se?

— Em um ou dois dias.

— Isso significa que *Alec* não poderá ir? — Daphne parecia horrorizada com a situação, como se a ausência de Alec comprometesse toda a viagem.

— Claro que poderá ir. Não há motivo para ele ficar.

— Mas... você não se *importa*?

— Quero que ele vá. Quero que viaje com vocês.

— Mas, e *você*? Pobrezinha. Que coisa deplorável foi acontecer. E quem vai cuidar de você? A Sra. Abney?

— Talvez eu fique com Phyllis.

— Sua tia que mora em Hampstead?

Lá fora, um carro estacionava na rua. O motor foi desligado; a porta bateu. Laura rezou para que fosse Alec.

— Foi por isso que fui vê-la esta tarde. — Passos. A chave na porta. — Alec chegou.

Encontraram-se à porta da frente, e ela nunca desejou tanto vê-lo como naquele instante.

— Laura...

Antes que tivesse tempo de beijá-la, ela disse em alto e bom som: — Oi. Não é maravilhoso, Daphne está aqui.

Alec ficou paralisado, o braço em torno da mulher, a outra mão segurando a pasta. — Daphne? — perguntou, surpreso.

— Sim, sou eu! — disse Daphne, da sala de estar. Alec pôs a pasta no chão e fechou a porta. — Não é uma boa surpresa?

Ele atravessou a passagem até a sala, com Laura atrás, e parou ali, com as mãos nos bolsos, sorrindo para Daphne.

— O que está fazendo aqui?

Ela sorriu de volta, balançando a cabeça, de maneira que os brincos penderam para um dos lados.

— Apenas fofocando. Tive que buscar uma encomenda em Euston e me pareceu uma boa oportunidade. Não é sempre que venho para esses lados.

Ele se inclinou para beijar seu rosto. — Prazer em vê-la.

— Na verdade, vim conversar com Laura sobre Glenshandra...

Atrás de Alec, Laura fez uma careta de agonia, mas ou

Daphne não entendeu a mensagem ou estava entretida demais com Alec para prestar atenção. — ... mas ela acabou de me contar que não vai poder viajar.

Naquele instante, Laura teve vontade de estrangulá-la. Ou estrangular a si mesma por ter sido tão idiota de confiar em Daphne.

Alec se virou e olhou para ela, franzindo a testa, completamente perdido. — Não vai poder viajar?...

— Oh, Daphne, eu ainda *não* lhe havia contado. Ele não sabia de nada até você falar.

— Queria contar você mesma! Que desagradável! E agora eu estraguei tudo. Tom sempre diz que falo demais. Eu não fazia idéia...

— Mas eu *lhe* disse. Fui ao médico esta tarde!

— Não sabia que iria ao médico — disse Alec.

— Não quis lhe contar. Até ter ido. Até ficar sabendo. Não queria que se preocupasse... — Para seu próprio espanto, ela notou a exasperação em seu tom de voz. Mas Alec também notou e veio em seu socorro, freando seu sofrimento.

— Não temos que discutir isso agora, pode me contar depois. Quando Daphne for embora.

— Oh, querido, isso é um sinal? Significa que tenho que ir embora?

— Não, claro que não. Vou tomar um drinque. Aceita outro?

— Bem... — Ela entregou-lhe o copo. — Quem sabe mais um gole. Não muito forte, porque tenho que dirigir, e Tom me mata se eu bater com o carro.

Finalmente, ela se foi. Viram o carro desaparecer na esquina.

— Espero que não se mate — disse Alec. Entraram em casa, e ele fechou a porta. Imediatamente, Laura explodiu em lágrimas.

Quase que no mesmo instante ele a abraçou.

— Agora se acalme. Calma. O que está havendo?

— Não queria que fosse *ela* a lhe contar. Eu mesmo queria ter-lhe dito, enquanto tomássemos um drinque... Não queria contar a ela, mas ela começou a tagarelar sobre Glenshandra, e no final não pude fazer nada...

— Não tem importância. É você que me importa... Tenha calma. — Com os braços ao seu redor, ele a levou para a sala, sentou-a onde Daphne havia estado e colocou seus pés sobre o sofá. A almofada sob a cabeça de Laura estava com o cheiro de Daphne. Ela não parava de chorar.

— Eu... estava adiando minha visita à Dra. Hickley porque não queria que ela me dissesse que teria que operar novamente, e porque pensei que tudo fosse voltar ao normal. Mas não voltou. As coisas só pioraram.

As lágrimas escorriam por todo o seu rosto. Ele sentou-se na beirada do sofá e lhe estendeu um lenço limpo de linho que tirara do bolso. Laura assoou o nariz, mas não adiantou muito.

— Quando terá que ir para o hospital?

— Dentro de um ou dois dias. A Dra. Hickley ficou de me telefonar...

— Sinto muito. Mas afinal não é o fim do mundo.

— Será, se dessa vez não resolverem o problema, porque se acontecer de novo... ela disse que terei que fazer uma histerectomia, e não quero que isso aconteça. Estou com medo... Não sei se conseguirei suportar... Quero ter um bebê... Quero ter um filho seu...

Ela olhou para ele, mas não enxergou seu rosto, pois seus olhos estavam embaçados de lágrimas. E depois também não pôde vê-lo porque ele a havia tomado em seus braços, e seu rosto estava enterrado em seu ombro quente e macio.

— Não vai acontecer de novo — tranqüilizou.

— Foi o que Phyllis disse, mas não temos certeza. — Ela chorou em sua camisa azul-marinho de risca de giz. — Quero ter certeza.

— Não podemos ter certeza de tudo.

— Quero ter um filho... — *Quero-lhe dar um filho para compensar sua filha Gabriela.*

Por que ela não conseguia dizer isso? O que estava errado em seu casamento a ponto de não conseguir pronunciar o nome de Gabriela? O que havia de errado a ponto de Alec jamais mencionar sua filha, escrever cartas do escritório, e, se é que ela lhe respondia, mantê-las em segredo? Não deveriam existir segredos entre eles. Deveriam conversar sobre tudo, contar tudo um ao outro.

Gabriela não sumira dali sem deixar pistas. Lá em cima, no sótão, estava seu quarto, com seus móveis, seus brinquedos, suas fotografias, sua escrivaninha. Sobre a cômoda do quarto de vestir havia uma fotografia de Gabriela, o desenho que ela fizera para ele, orgulhosamente emoldurado em prata. Será que ele não entendia que sua recusa em admitir a existência da filha criava uma distância intransponível entre eles?

Suspirou profundamente e afastou-se dele, recostando-se na almofada, odiando-se por ter chorado tanto, por se esconder, por ser tão infeliz. O lenço ficara encharcado pelo pranto, e, com violência, ela correu os dedos pela bainha do pano, dizendo: — Se não posso lhe dar um filho, então não lhe posso dar *nada*.

Sendo quem era, Alec não se prestou a abrandar a situação utilizando-se de algum chavão. Entretanto, depois de algum tempo, disse de maneira absolutamente natural:
— Já tomou um drinque?

Laura meneou a cabeça.

— Vou-lhe servir um conhaque. — Levantou-se e saiu da sala. Ela ouviu o marido se mover pela cozinha. Lucy, perturbada com sua presença, saiu de sua cestinha. Laura ouviu suas unhas arranhando o chão. Então veio até a sala e pulou em seu colo. Lambeu seu rosto, e provando suas lágrimas salgadas, tornou a lambê-lo. Enrolou-se e tornou a dormir. Laura assoou o nariz mais uma vez e afastou do rosto um cacho disperso do cabelo castanho. Alec voltou, com um copo de uísque para si e um de conhaque para Laura. Entregou-lhe o copo, puxou uma banqueta baixinha e sentou-se de frente para ela. Sorriu, e ela sorriu de volta, suavemente.

— Está melhor?

Ela concordou.

— Conhaque é um ótimo remédio — Laura afirmou. Encheu a boca e sentiu o líquido descer, queimando, por sua garganta até o estômago. Era confortante.

— Agora — continuou — vamos falar de Glenshandra. A Dra. Hickley disse que você não pode ir?

— Disse que não.

— E não há como adiar a cirurgia?

Laura negou, balançando a cabeça.

— Nesse caso, vamos ter que cancelar Glenshandra.

Ela respirou fundo. — Era *exatamente* isso o que eu não queria. Não quero que deixe de ir.

— Mas não posso deixá-la aqui sozinha.

— Eu... pensei em contratar uma enfermeira ou coisa assim. Sei que a Sra. Abney não pode cuidar de mim sozinha, mas podíamos arranjar alguém para ajudá-la.

— Laura, não posso deixá-la aqui.

— *Sabia* que diria isso. *Sabia*.

— Bem, o que esperava que eu dissesse? Laura, Glenshandra não é importante.

— É importante, sim. Você sabe que é. — Começou a chorar de novo, e não havia maneira de estancar a torrente de lágrimas. — Você espera por isso o ano inteiro, são as suas férias, você tem que ir. E os outros...

— Eles vão entender.

Laura se lembrou da expressão horrorizada de Daphne e de seu comentário: *Isso significa que Alec não irá?*

— Eles não vão entender. Vão-me considerar imprestável e chata, como consideram a tudo e a todos.

— Está sendo injusta.

— Quero que vá. Quero muito. Não entende que é por isso que estou tão chateada, porque sei que estou estragando tudo?

— Não pode ser internada e se submeter a uma cirurgia nesse estado.

— Então pense em alguma coisa. Phyllis disse que você pensaria em alguma coisa.

— Phyllis?

— Fui a sua casa esta tarde. Ao sair do consultório. Pensei em pedir a ela para ficar comigo quando saísse do hospital, pois achei que, se você soubesse que eu ficaria com ela, então iria para Glenshandra, mas ela não vai poder, pois está indo para Florença. Disse que adiaria a viagem, mas não acho justo...

— Não, claro que não é justo.

— Disse a ela que era a primeira vez na vida que desejei ter uma família. Uma de verdade, com parentes bem íntimos. Nunca desejei isso antes. Queria ter uma mãe, alguém com quem pudesse contar, que pusesse sacos de água quente em minha cama.

Olhou para ele a fim de verificar se estava rindo de sua tola fantasia, mas ele não achara graça. Disse apenas, gentilmente: — Você não tem família, mas eu tenho.

Laura havia pensado na idéia, e então falou, com notória falta de entusiasmo: — Quer dizer, Chagwell?

Ele riu. — Não, Chagwell não. Adoro meu irmão, sua mulher e sua penca de filhos, mas Chagwell é um lugar em que você só poderia ficar se estivesse gozando de boa saúde.

Laura respirou aliviada. — Ainda bem que disse isso antes de mim.

— Poderia ir para Tremenheere — sugeriu ele.

— Onde fica Tremenheere?

— Em Cornwall. Bem no finalzinho de Cornwall. É o paraíso na Terra. Uma mansão elisabetana com vista para a baía.

— Você fala como um agente de viagem. Quem mora lá?

— Gerald e Eve Haverstock. É meu tio, e ela é um amor.

Laura se lembrou. — Eles nos mandaram cálices de vinho de cristal como presente de casamento.

— Isso mesmo.

— E um simpático cartão.

— Exatamente.

— E ele é um almirante aposentado.

— Que se casou aos 60 anos.

— Que família complicada você tem.

— Mas muito charmosa. Como eu.

— Quando esteve nesse lugar... Tremenheere? — A palavra era difícil de pronunciar, principalmente depois de um conhaque puro.

— Quando era garoto. Brian e eu passamos um verão inteiro lá.

— Mas eu não os conheço. Gerald e Eve.

— Não tem importância.

— Nem sabemos se poderão ficar comigo.

— Vou telefonar para eles mais tarde e descobrir.

— E se eles negarem seu pedido?

— Não vão negar, mas, se o fizerem, pensaremos em outra coisa.

— Serei um incômodo.

— Não creio.

— Como eu iria para lá?

— Eu a levarei quando sair do hospital.

— Vai estar em Glenshandra.

— Não irei para Glenshandra antes de entregá-la a eles, como se fosse uma encomenda.

— Vai perder alguns dias de pescaria.

— Isso não vai matar-me.

Seus argumentos se esgotaram finalmente. Tremenheere seria a solução, mas ainda era apenas um plano. Implicaria conhecer novas pessoas, hospedar-se numa casa estranha, mas pelo menos significava que Phyllis iria a Florença, e Alec, à Escócia.

Ela virou o rosto e olhou para ele, sentado ali, com o copo preso entre os joelhos. Olhou seus cabelos grossos, negros, raiados de branco, feito o pêlo de uma raposa prateada. Os traços interessantes e marcantes de seu rosto eram de uma beleza pouco convencional. Observou seu tamanho, facilmente acomodado sobre a banqueta, as longas pernas flexionadas, as mãos envolvendo o copo. Olhou em seus olhos, castanhos como os seus, e ele sorriu. O coração de Laura disparou.

Afinal, ele é um homem muito atraente.

Phyllis dissera: *Pode imaginar um homem com a integridade de Alec tendo um caso com a melhor amiga de sua mulher?* Mas Daphne adoraria tê-lo só para ela em Glenshandra.

O pensamento encheu Laura de dor, uma dor absurda, uma vez que havia gasto a última meia hora tentando persuadi-lo a viajar. Envergonhada por seus pensamentos e saciada pelo amor de Alec, ela estendeu a mão, e ele a segurou.

— Se Gerald e Eve disserem que poderão ficar comigo, e se eu decidir ir, promete que irá à Escócia?

— Se é o que você quer.

— É o que quero, Alec.

Ele inclinou a cabeça e beijou a palma de sua mão,

fechando os dedos de Laura a fim de guardar ali o beijo, como um presente precioso.

— De qualquer forma, eu não seria uma boa pescadora — observou ela — e você não terá que passar todo o tempo me ensinando.

— Haverá outro ano.

Outro ano. Talvez no outro ano tudo esteja bem.

— Fale-me de Tremenheere.

4

TREMENHEERE

Era um dia perfeito. Longo, quente, ensolarado. A maré estava baixa, e a praia, vista do mar, onde Eve nadara com vitalidade e depois se deixara levar ditosamente pelo sobe-e-desce das ondas, revelava suas curvas no rochedo, na meia-lua das rochas, e, mais adiante, na linha circular da areia extensa e branca.

A praia estava particularmente cheia. Agora, no final de julho, a estação de férias ia no auge e o cenário se mostrava salpicado de pintas coloridas: toalhas de banho, crianças com roupas amarelo-canário e escarlate, guarda-sóis listrados e enormes bóias infláveis. Acima, as gaivotas grasnavam e se empoleiravam sobre o penhasco ou mergulhavam na areia a fim de devorar os despojos espalhados de centenas de piqueniques. Seus gritos se igualavam aos dos humanos e se fundiam no ar. Meninos jogavam futebol, mães achavam graça de seus trôpegos bebês e uma mocinha gritava alegremente, cercada por seus amigos que brincavam de tentar afogá-la.

A princípio, o mar lhe parecera gélido, mas a natação ativara sua circulação, e agora ela sentia apenas o frescor revigorante da água salgada. Boiando, observava o céu desprovido de nuvens e guardava na mente vazia e despreocupada a beleza e perfeição do lugar.

Há tempos percebera que uma das vantagens de ter 58 anos era poder desfrutar tranqüilamente de momentos maravilhosos como aquele. Não que significassem exatamente a felicidade. Anos atrás, a felicidade deixara de ser, para ela, a sensação arrebatadora que nos toma de assalto na juventude e passara a ser algo melhor, mais sereno. Jamais gostou de se ver arrebatada por qualquer sentimento que fosse, bom ou ruim, e ser apanhada de surpresa era algo que sempre a assustava.

Embalada pelo balanço do mar, deixou-se levar até a praia pela maré. As ondas tomaram um pequeno impulso, envergaram-se sobre o banco de areia e quebraram na praia. Suas mãos tocaram o fundo. Mais uma onda, e ela se viu encalhada, deixando o mar fluir sobre seu corpo; após ter nadado em águas mais profundas, elas agora lhe pareciam quentes.

Isso era tudo. Não havia mais tempo. Levantou-se e caminhou até a areia seca, em direção ao afloramento rochoso, onde deixara o robe de toalha. Vestiu o roupão grosso, sentindo a quentura do tecido contra a frieza dos ombros e braços. Amarrou a faixa, enfiou os pés nas sandálias de couro e deu início à longa caminhada até a vereda estreita que levava ao topo do penhasco e ao estacionamento.

Eram quase seis horas. Os primeiros turistas começavam a se aprontar para partir, e as crianças, relutantes, protestavam, berrando de cansaço e pelo excesso de sol. Algumas pessoas estavam bronzeadas, mas outras, que provavelmente chegaram há um ou dois dias, estavam rosadas feito lagostas e ficariam em maus lençóis por alguns dias, agonizando, descascando, antes de ousarem expor-se ao sol novamente. Nunca aprendiam a lição. Todo verão era a mesma coisa, e os consultórios médicos viviam abarrotados deles, na sala de espera, com os rostos em fogo e as costas empoladas.

A vereda do penhasco era íngreme. No topo, Eve parou para respirar, virando-se para olhar o mar, emoldurado entre dois baluartes de pedra. Perto da costa, a grama sobre a areia era verde feito jade, e mais adiante havia uma faixa de intenso azul-anil. O horizonte estava enevoado, cor de lavanda, e o céu, azul-celeste.

Uma jovem família a alcançou, o pai carregando o bebê, a mãe trazendo o filho mais velho pela mão. O garoto berrava.

"Não *qué* ir *pá* casa amanhã. *Qué* ficar aqui mais um pouco. *Qué* ficar aqui sempre."

Eve observou a jovem mãe. Estava à beira de um colapso nervoso. Identificou-se com ela. Lembrou-se de quando tinha a mesma idade, com Ivan, um garotinho louro e forte, agarrado à sua mão. Podia sentir a mãozinha seca e áspera do menino segurando a sua. Não se zangue com ele, teve vontade de dizer. Não estrague tudo. Antes que perceba, ele vai crescer, e você o perderá para sempre. Saboreie cada instante fugaz da vida de seu filho, ainda que ele, de vez em quando, a tire do sério.

— Não *qué* ir *pá* casa — prosseguia a má-criação. A mãe lançou um olhar resignado para Eve, que sorriu de volta, cúmplice. Entretanto, seu coração amoroso doía por eles, que teriam que deixar Cornwall e dar início à longa e tediosa viagem de volta a Londres; de volta às multidões, às ruas e escritórios, aos ônibus e odores de gasolina e fumaça. Parecia excessivamente injusto que eles tivessem que partir e ela pudesse ficar. Ficaria ali para sempre, pois era ali que morava.

Andando em direção ao carro, rezou para que o tempo

permanecesse bom. Alec e Laura chegariam a tempo para o jantar, por isso não podia demorar-se na praia. Viriam de Londres, e na manhã seguinte, bem cedinho, Alec partiria em sua longa jornada até a Escócia, para pescar salmão. Laura ficaria em Tremenheere por cerca de 10 dias, e só então o marido voltaria para buscá-la.

Alec, Eve conhecia. Pálido e empedernido, ainda em frangalhos pelo casamento recém desfeito, ele comparecera ao seu casamento, e ela o admirava por isso. Desde então, voltara uma ou duas vezes, já menos abatido, para ficar com Gerald e Eve. Mas Laura era uma estranha. Estivera doente, no hospital. Viria para Tremenheere a fim de se recuperar.

Por isso era tão importante que o tempo permanecesse convenientemente perfeito. Laura tomaria o desjejum na cama e ficaria no jardim, tranqüila, sem ninguém para incomodá-la. Descansaria e se recuperaria. Quando estivesse mais fortalecida, talvez ela, Eve, a trouxesse aqui, e as duas lagarteariam na praia e nadariam juntas.

Tudo ficaria mais fácil se o tempo ajudasse. Morando ali, na região mais remota de Cornwall, Eve e Gerald recebiam visitas todos os verões: parentes, amigos londrinos, jovens famílias sem condições de arcar com o custo absurdo dos hotéis. Todos se divertiam, pois Eve se encarregava disso. Algumas vezes, ela mesma desanimava com as chuvas constantes e os ventos intempestivos, e, ainda que soubesse perfeitamente que não, nunca conseguia se ver livre da idéia de que a culpa era sua.

Tais pensamentos lhe passaram pela cabeça quando já estava no interior abafado do carro, apesar de tê-lo estacionado sob a sombra escassa de um jovem pilriteiro. Enrolada no roupão, com a janela aberta e o vento agitando seus cabelos úmidos, ela voltou para casa. Subiu a montanha da angra rumo à estrada principal. Passou por um vilarejo.

Costeou o oceano. A estrada cruzava a ferrovia por uma ponte e então seguia paralelo à linha do trem, em direção à cidade.

Antigamente, Gerald lhe contara, antes da guerra, ali havia apenas terra cultivada, pequenas fazendas e recônditas aldeotas com suas igrejinhas e torres quadradas. As igrejas ainda estavam de pé, mas os campos, onde antes brotavam brócolis e batatas temporãs, cederam espaço ao desenvolvimento e ao progresso. Residências de veraneio, prédios de apartamentos, postos de gasolina e supermercados se perfilavam à margem da estrada.

Havia o heliporto que servia as ilhas Scilly e, logo atrás, os grandes portões de uma mansão, agora transformada em hotel. Antes, havia árvores atrás dos portões, mas haviam sido arrancadas e deram lugar a uma piscina azul cintilante.

Entre o hotel e os limites da cidade, uma estrada fazia a curva rumo à montanha, e uma placa indicava Penvarloe. Eve virou nessa estrada, fugindo do trânsito. A via estreita, de uma única pista, era ladeada por sebes altas até alcançar o topo da montanha. Logo, ela estava de volta à incólume zona rural. Pequenas campinas muradas com pedras, onde pastavam gados de raça. Vales profundos, escurecidos pelo bosque cerrado. Após cerca de um quilômetro e meio, a estrada se entortava, escarpada. O vilarejo de Penvarloe se estendia à frente, com chalés baixos que se agarravam à beirada da rua. Eve passou pelo *pub* — onde as mesas ficavam ao ar livre, sobre o átrio de pedras — e pela igreja milenar, encravada na terra como uma rocha pré-histórica, cercada por teixos e velhos túmulos modestos.

A agência local dos correios funcionava como mercadinho e vendia legumes, bebidas gasosas e guloseimas congeladas para a freguesia de verão. A porta aberta (que não fechava antes das sete da noite) estava orlada de caixotes de frutas, e, enquanto Eve se aproximava, uma mulher esguia, com os cabelos anelados e grisalhos presos numa rede, saiu por ela. Usando um par de óculos de sol e um vestido de alças azul-claro, carregava uma cesta de vime cheia de compras. Eve tocou a buzina, a mulher a viu e acenou Eve diminuiu a marcha e parou no acostamento.

— Silvia.

Silvia Marten atravessou a rua, aproximou-se e se inclinou, apoiando a mão no teto do carro. A distância, sua aparência era incrivelmente jovem; contudo, de perto, sua pele enrugada e castigada pelo tempo, o ângulo saliente da mandíbula e a carne flácida embaixo do queixo eram atributos, de certo modo, assustadores. Depositou a cesta no chão e empurrou os óculos para o alto da cabeça, e Eve pôde ver os olhos amarelados e grandes, guarnecidos de uma espessa camada de rímel. A maquiagem sobre os olhos era verde-clara translúcida e as sobrancelhas haviam sido meticulosamente arrancadas e torneadas.

— Olá! — disse. Sua voz era grave e rouca. — Foi nadar?

— Fui. Em Gwenvoe. Estive atarefada o dia inteiro e resolvi relaxar um pouco.

— Você tem tanta energia. Gerald não quis acompanhá-la?

— Está aparando o gramado, eu acho.

— Vai ficar em casa hoje à noite? Cortei algumas mudas de crisântemos que havia prometido a ele, e estou sem espaço na estufa para guardá-las. Pensei em passar por lá e tomar um drinque com vocês.

— Ah, quanta delicadeza. Claro. — E então hesitou. — O problema é que Alec e Laura estão para chegar a qualquer momento...

— Alec? Alec Haverstock?... — Ela sorriu de repente, e

seu sorriso era franco como o de uma criança, transformando sua expressão, dissolvendo a tensão de suas feições.
— Ele vem para ficar?

— Não, não vai ficar. Só por uma noite. Laura é que vai ficar um pouco mais. Esteve internada; está vindo descansar. É claro!... — E bateu a palma da mão contra o volante do carro. — ... sempre me esqueço que Alec é um velho conhecido seu.

— Costumávamos brincar na praia há séculos. Bem... então... é melhor não aparecer esta noite. Outro dia, quem sabe.

— Não. — Eve não suportava desapontar Silvia, imaginá-la voltando para a casa vazia em que morava, passar o resto de um dia tão lindo sozinha. — Venha. Venha, assim mesmo. Gerald vai adorar revê-la. Se eu pedir, ele nos preparará um de seus drinques.

— Bem, se acha assim.

Eve meneou a cabeça, concordando.

— Céus, eu adoraria. — Tornou a alcançar a cesta. — Vou levar isso para casa e apanhar as mudas. Talvez daqui a meia hora.

Separaram-se. Sílvia subiu a rua, em direção à casinha em que morava. Eve passou por ela e seguiu adiante, atravessando toda a extensão do vilarejo, mais cerca de um quilômetro além do último chalé, alcançando os jardins de Tremenheere. Havia um muro de pedra e, logo depois, espessas moitas de rododendros. Os portões estavam abertos, e o caminho circundava um canteiro de azaléias e terminava numa área pavimentada com seixos, diante da entrada principal. A porta era emoldurada por madressilvas; enquanto descia do carro, Eve aspirou sua intensa fragrância, um doce torpor em meio à calidez da tardinha sem vento.

Em vez de entrar, saiu à procura de Gerald através do arco de escalônias que levava ao jardim. Observou a extensão do gramado recém-cortado, cuidadosamente raiado em dois tons de verde. Avistou o marido no socalco lajeado, deitado numa espreguiçadeira, com seu velho chapéu de marinheiro, um copo de gim tônica convenientemente à mão e uma edição do *Times* no colo.

Vê-lo, como sempre, lhe trazia grande satisfação. Uma das maiores virtudes de Gerald era jamais zanzar de um lado para o outro. Alguns maridos que Eve conhecia passavam o dia inteiro zanzando, sempre na iminência de fazer alguma coisa, mas nunca chegando a realizar nada. Gerald estava sempre terrivelmente ocupado ou terrivelmente ocioso. Passara o dia podando a grama; agora, iria descansar por uma ou duas horas.

O robe branco de Eve chamou sua atenção. Ergueu a cabeça e olhou para ela. Colocou de lado o jornal, tirou os óculos.

— Olá, querida. — Eve aproximou-se dele, pôs as mãos nos braços da espreguiçadeira e se inclinou para beijá-lo. — Como estava o mar?

— Delicioso.

— Sente-se e me conte.

— Não posso. Preciso colher as framboesas.

— Fique um pouco mais.

Ela sentou-se aos seus pés, de pernas cruzadas. Tomilhos perfumados brotavam entre as fissuras das lajes; ela arrancou um raminho e o comprimiu entre os dedos, liberando o cheiro aromático da erva.

— Acabei de encontrar a Silvia — comentou. — Vai passar aqui mais tarde para tomar um drinque e lhe trazer algumas mudas de crisântemos. Disse a ela que talvez você nos preparasse um de seus drinques.

— Ela não pode vir outra noite? Alec e Laura provavelmente vão chegar enquanto ela estiver por aqui.

— Creio que ela vai gostar de se encontrar com Alec.

Eles disseram que não chegariam antes da hora do jantar. Talvez... — Estava pronta para sugerir que convidassem Silvia para jantar, mas Gerald a interrompeu.

— Você não vai convidá-la para jantar.

— Por que não?

— Porque Laura não está em condições de conhecer ninguém, não ainda. Não depois de passar dois dias no hospital e ter que vir de tão longe num dia quente como hoje.

— Mas é tão embaraçoso quando as pessoas aparecem para um drinque e são expulsas porque está na hora da sopa. É tão inóspito.

— Você não saberia ser inóspita. Com um pouco de sorte, Silvia já vai ter partido antes que cheguem.

— Você é muito insensível, Gerald. Silvia é sozinha. Não tem ninguém. Afinal, não faz muito tempo que Tom morreu.

— Ele está morto há um ano. — Gerald nunca media as palavras nem usava chavões. — Não sou insensível. Tenho bastante carinho por Silvia e a considero extremamente bonita e divertida. Mas temos nossa própria vida e não quero que você fique esgotada, cuidando de todos os desamparados do mundo. Ela terá que aguardar sua vez na fila. E esta noite é a vez de Laura.

— Gerald, espero que ela seja simpática.

— Tenho que certeza que é.

— Como pode ter tanta certeza? Não suportava Erica. Disse que ela afastou Alec de sua família.

— Eu nunca disse isso. Nunca a conheci. Era o Brian que não a suportava.

— Mas os homens que se casam pela segunda vez quase sempre seguem o mesmo padrão. Freqüentemente escolhem uma mulher parecida com a primeira.

— Não creio que isso tenha acontecido com Alec. Brian a aprovou.

— Ela é jovem demais. Só um pouco mais velha do que Ivan.

— Nesse caso, você vai poder cuidar dela como se fosse sua filha.

— É... — ponderou Eve, enquanto cheirava o ramo de tomilho e fitava o jardim.

Olhando do socalco, o gramado em declive sumia de vista, orlado por camélias de folhas acetinadas, que em maio floresciam numa profusão de flores cor-de-rosa e brancas. A paisagem, zelosamente projetada por algum jardineiro já falecido, envolvia o panorama ao longe, tal qual uma moldura que circunda uma pintura. Eve avistou a baía, a orla do mar azul, salpicada pelas velas brancas de vários barquinhos.

Ainda preocupada com Silvia, comentou: — Se convidássemos também o Ivan, então teríamos três casais exatos para o jantar, e Silvia poderia...

— Não — disse Gerald, dirigindo um olhar implacável para a esposa. — Definitivamente, não.

Eve capitulou. — Está certo. — Os dois sorriram, em total acordo.

Ela era sua primeira mulher, e ele, seu segundo marido, mas ela o amava — embora de uma forma totalmente diferente — tanto quanto amara Philip Ashby, pai de Ivan. Gerald estava com 66 anos — calvo, grisalho, de óculos, mas ainda tão distinto e atraente como quando Eve o conheceu, na qualidade de comandante de seu marido e melhor partido da Marinha. Ativo e vigoroso, conservava firme as longas pernas (todos os Haverstocks possuíam longas pernas) e o abdome musculoso; nas festas, era constantemente cercado por jovens senhoras ou encurralado no canto do sofá por outras mais idosas, que se lembravam de Gerald ainda moço e nunca desistiam de tentar seduzi-lo. Eve não se importava nem um pouco com isso. Ao contrário, orgulhava-se, pois, ao final do dia, era ela quem ele procurava e levava para casa, em Tremenheere.

Gerald colocou os óculos e voltou a ler os resultados do críquete. Eve levantou-se e entrou em casa.

O império britânico foi construído com os recursos particulares dos oficiais de Marinha. Embora Gerald Haverstock tivesse nascido 100 anos mais tarde para tomar parte nesse empreendimento, a essência do velho ditado procedia. Seu sucesso no serviço militar se devia, em grande parte, à sua capacidade pessoal, além da coragem de correr riscos e apostar em sua carreira. Isso só foi possível porque ele pôde dar-se a esse luxo. Amava a Marinha e era profundamente ambicioso, mas sua promoção, embora desejada, nunca foi para ele financeiramente essencial. Como comandante, encarando dilemas exasperantes que envolviam a segurança de seus subordinados, equipamentos dispendiosos e até relações internacionais, nunca tomava as decisões mais simples ou óbvias. Seu comportamento arrojado o compensou, rendendo-lhe uma reputação de homem de fibra, o que lhe foi útil para conquistar o direito de usar a bandeira de chefe-de-esquadra à frente de seu carro oficial preto.

Tivera, obviamente, uma boa dose de sorte, e Tremenheere era parte dela. Foi o legado de sua velha madrinha, quando ele tinha apenas 26 anos. Junto com a propriedade, ele herdara uma fortuna razoável, originalmente acumulada em sagazes negociações com a Great Western Railway, o que lhe asseguraria o futuro financeiro pelo resto da vida. Pensou em deixar a Marinha, fixar-se em Cornwall e recomeçar a vida como proprietário rural; mas amava demais o seu trabalho, e Tremenheere foi, de certo modo, abandonada à própria sorte até o dia de sua aposentadoria.

Um corretor de terras assumiu a administração do lugar, contratando um caseiro para cuidar da fazenda. Às vezes, por longos períodos, a casa era alugada. Entre uma locação e outra, um zelador se encarregava da propriedade, e um jardineiro cultivava o gramado e os canteiros de flores, revolvendo a terra dos dois pomares cercados e plantando legumes e verduras.

Em certas ocasiões, em retorno de alguma viagem ao exterior e com uma dispensa oficial, Gerald passava algum tempo lá e enchia Tremenheere de sobrinhos, sobrinhas e amigos da Marinha. E então a velha casa ganhava vida novamente e vibrava com vozes e risos. Os carros eram estacionados à porta da frente, e as crianças jogavam críquete na grama; portas e janelas permaneciam escancaradas, e enormes refeições eram compartilhadas à mesa da cozinha ou, em reuniões formais, à luz de velas na sala de jantar revestida de madeira.

A casa suportou esse tratamento heterodoxo por muitos anos. Permaneceu intocável, imutável, como se houvesse uma antiga e serena ligação entre ela, a casa e o que havia nela: a velha mobília da madrinha, as cortinas que ela escolhera, as estampas já descoradas das poltronas, os móveis vitorianos, os porta-retratos de prata, os quadros, a porcelana.

Eve, trazida para cá há seis anos como esposa de Gerald, fizera apenas algumas poucas modificações. "Está em péssimo estado" Gerald lhe dissera, "mas poderá fazer as mudanças que achar necessário. Mude tudo, se quiser." Mas ela não quis, pois Tremenheere, para ela, era perfeita. Inspirava paz, tranqüilidade. Adorava a decoração vitoriana, as cadeiras de assento baixo, as camas de bronze, os tapetes florais desbotados. Relutou até mesmo em trocar as cortinas, e quando finalmente se reduziram a farrapos ela gastou dias e dias procurando o que queria em livros de amostras, tentando encontrar uma estampa semelhante à original.

Eve entrou em casa pelas portas de batente que ligavam o socalco à sala de estar. Finda a claridade do dia, seu interior se encontrava frio e escuro e recendia a ervilhas-de-cheiro que, naquela manhã, Eve arrumara numa tigela grande e colocara sobre a mesa marchetada e redonda no meio do cômodo. Atrás da sala de estar, um corredor largo de piso de carvalho levava à ante-sala, onde uma escadaria de madeira e balaústres entalhados passava por uma janela alta e se estendia ao andar superior. Ali, havia retratos antigos e um armário que no passado era usado para guardar as roupas de cama. A porta do quarto do casal estava aberta, e seu interior era arejado pelas primeiras brisas do entardecer, que agitavam o cortinado cor-de-rosa. Eve tirou o robe de toalha e o maiô, e seguiu para o banheiro, onde se lavou e retirou o sal do cabelo ressecado. Vestiu roupas limpas, calças cor-de-rosa e blusa de seda creme. Penteou os cabelos, que outrora foram louros e agora branqueavam, passou nos lábios o batom e perfumou-se com uma colônia.

Estava pronta para colher framboesas. Saiu do quarto e percorreu o corredor até alcançar a porta da escada dos fundos que descia até a cozinha. Porém, segurando a maçaneta, ela hesitou, mudou de idéia e tomou o corredor que levava ao antigo quarto de criança, que agora pertencia a May.

Bateu na porta. — May?

Ninguém respondeu.

— May? — Abriu a porta e entrou. O aposento, uma salinha antes do quarto de criança e que dava para os fundos da casa, estava mal ventilado. A janela possuía uma vista deslumbrante para o átrio e os prados distantes, mas se encontrava hermeticamente fechada. May sentia muito frio e não via motivo para sofrer com o que chamava de "correntes de ar uivantes". Além de abafada, a saleta, que continha ainda a mobília original de Tremenheere, estava apinhada de bugigangas que May trouxera de Hampshire: sua poltrona, seu carrinho de chá envernizado, um tapete de lareira estampado com rosas-de-cem-folhas que a irmã bordara para ela. O console da lareira era enfeitado com lembranças de balneários esquecidos que disputavam lugar com uma infinidade de porta-retratos, onde Eve e seu filho, Ivan, apareciam como crianças. Em outros tempos, May havia sido a ama-seca de Eve e, mais tarde, sem muita opção, babá de Ivan.

Havia uma mesa, no meio da saleta, que May usava para fazer refeições e colagens. Eve viu o caderno, a tesoura, o pote de cola. As colagens eram a mais nova ocupação de May. Comprara o caderno na Woolworth's, em uma de suas idas semanais a Truro, onde costumava almoçar com alguma velha amiga e olhar vitrines. Era um caderno infantil, com o Mickey Mouse na capa, e começava a ser preenchido com os recortes. Eve hesitou e então o abriu. Fotos do príncipe de Gales, de um barco à vela, de uma vista de Brighton e de um bebê desconhecido no carrinho — todas recortadas de jornais e revistas, cuidadosamente dispostas, porém sem nenhuma ligação aparente.

Oh, May.

Fechou o livro. — May? — Não houve resposta. O coração de Eve foi tomado por um pânico súbito. Ultimamente, preocupava-se demais com ela, sempre esperando o pior. Um infarto ou talvez um derrame. Cruzou a saleta em direção ao quarto e olhou para dentro, enchendo-se de coragem para descobrir May prostrada sobre o tapete ou morta na cama. Mas o quarto também estava vazio, arrumado e abafado. Havia um pequeno relógio de corda sobre a mesa de cabeceira e, sobre a cama, uma colcha de crochê feita pela própria May.

Desceu as escadas e encontrou a velha senhora exatamente onde temia encontrá-la, na cozinha, andando de um lado para o outro, guardando a louça nos lugares errados, fervendo água na chaleira...

May não devia trabalhar na cozinha, mas estava sempre enfiada nela quando Eve não estava olhando, na esperança de achar alguns pratos para lavar ou batatas para descascar. Tudo porque queria sentir-se útil, coisa que Eve compreendia e por isso lhe dava inofensivas tarefas para executar, como descascar ervilhas ou passar lencinhos, enquanto ela mesma preparava o jantar.

Mas May, zanzando pela cozinha, era uma eterna preocupação. Suas pernas trêmulas a deixavam sem equilíbrio, e freqüentemente precisava agarrar-se a alguma coisa para não cair. Ademais, sua vista não andava boa e sua coordenação motora começava a falhar, de modo que a mais trivial das tarefas, como picar legumes, preparar chá ou subir e descer escadas tornaram-se extremamente perigosas para ela. Eve temia que se cortasse, que se queimasse ou fraturasse o quadril, e então teriam que chamar o médico ou uma ambulância para levá-la ao hospital. Sem dúvida, no hospital, May traria problemas. Iriam examiná-la e provavelmente seriam insultados por isso. Agiria de maneira insana e irracional, roubaria as uvas de outros pacientes ou jogaria o jantar pela janela. As autoridades ficariam desconfiadas e começariam a fazer perguntas. Certamente a internariam num asilo.

Esse era o x do problema, pois Eve sabia que May estava ficando senil. O caderno do Mickey Mouse era apenas uma de suas desconcertantes aquisições. Há cerca de um mês, ela voltara de Truro com um gorro de lã infantil, que usava para abafar o chá ou enfiar sobre as orelhas sempre que saía de casa. Uma carta que Eve lhe pedira para enviar foi encontrada três dias depois dentro da geladeira e, em outra ocasião, despejara na tina dos porcos a comida que Eve acabara de preparar.

Eve dividiu suas aflições com Gerald, e ele lhe disse firmemente que só começasse a se preocupar quando houvesse motivo. E lhe assegurara que não se importava se May estava totalmente biruta, uma vez que não faria mal a ninguém, e contanto que não ateasse fogo às cortinas nem gritasse desesperadamente por socorro no meio da noite, como a pobre Sra. Rochester, ela podia ficar em Tremenheere até esticar as canelas e morrer.

— Mas e se ela sofrer um acidente?

— Só cruzamos a ponte depois de tê-la alcançado.

Até então nada havia acontecido.

— Oh, May querida, o que está fazendo?

— Não gostei do cheiro dessa leiteira. Vou escaldá-la.

— Está absolutamente limpa; não precisa ser escaldada.

— Você não costuma escaldar a louça nessa época do ano, e é por isso que temos diarréia.

Outrora, May havia sido carnuda e roliça, porém agora, beirando os 80, tornara-se terrivelmente magra, as juntas dos dedos se retorciam como raízes de árvores velhas, as meias escorregavam e se enrugavam nas pernas, os olhos se mostravam pálidos e míopes.

Fora uma babá perfeita, amorosa, paciente e bastante sensível. Mas, mesmo jovem, sustentava fortes opiniões, freqüentava a missa dominical e era adepta fervorosa da absoluta abstinência de álcool. A velhice lhe rendera uma intolerância que beirava o fanatismo. Quando veio morar com Eve em Tremenheere, recusava-se a comparecer à igreja da cidade, mas ia a uma capela obscura, num prédio sinistro no fim de uma ruela estreita, onde o pastor estava sempre alcoolizado, e May, com o resto da congregação, renovava suas promessas e erguia a voz estridente em triste louvor.

A chaleira apitou.

— Pode deixar que eu escaldo a leiteira — informou

Eve. E assim fez. May fez uma careta, irritada. Tinha que pensar em alguma coisa para acalmá-la. — Ah, May, por que não enche o saleiro e o coloca na mesa para mim? Já arrumei os pratos e o arranjo de flores, mas me esqueci do sal. — Ela estava procurando no armário da cozinha. — Onde está a tigela grande com listras azuis? Preciso dela para colher framboesas.

May, com certo sorriso de satisfação nos lábios, retirou-a da prateleira onde ficavam as caçarolas.

— A que horas vão chegar o Sr. e a Sra. Alec? — perguntou ela, embora Eve já tivesse respondido vinte vezes.

— Disseram que chegariam a tempo para o jantar. Mas a Sra. Marten está trazendo umas mudas... deve chegar a qualquer momento e vai tomar um drinque conosco. Se a vir chegar, diga-lhe que o almirante está na varanda. Ele vai entretê-la até eu voltar.

May enrugou a boca e apertou a dentadura postiça, franzindo a testa. Essa era sua expressão de desaprovação, já esperada por Eve, uma vez que May não aprovava bebidas nem a Sra. Marten. Embora nunca houvessem mencionado, todos — inclusive May — sabiam que Tom Marten falecera por excesso de álcool. Isso fazia parte da tragédia de Silvia, pois a deixara viúva e pobre. E era por isso que Eve sentia tanta pena da amiga e tentava ajudá-la sendo gentil.

Além do mais, May considerava Silvia um tanto leviana. "Está sempre beijando o almirante", costumava reclamar, e não lhe adiantava explicar que se conheciam há anos. May não se convencia de que Silvia não nutria por ele uma recôndita paixão.

— É bom para ela vir aqui. É uma pessoa muito solitária — continuou Eve.

— Hmm — fazia May, contrariada. — Solitária... Sei de coisas que você não ia gostar de ouvir.

Eve perdeu a paciência. — Não quero mesmo ouvir nada — afirmou, encerrando o assunto, dando-lhe as costas e saindo pela porta. A saída levava diretamente ao átrio amplo, abrigado do vento e, agora, inundado pelo sol do entardecer. Os quatro lados do pátio quadrangular eram formados pelas paredes da garagem, da antiga cocheira e de um chalé, onde antes morava o jardineiro. Atrás de um muro alto, ficava um dos pomares, e no centro havia um abrigo para pombos, onde se empoleirava um bando de pássaros brancos, arrulhando brandamente e agitando as asas em breves ímpetos de vôo. Entre o abrigo de pombos e a parede da garagem ficavam os varais de secar roupas, onde se penduravam fronhas e panos de prato alvejados, e babadores não tão brancos, tudo seco e endurecido. Pelo chão, havia uma variedade de tinas, plantadas com gerânios e ervas. No ar, um aroma picante de alecrim.

Quando Gerald se aposentou e voltou de vez para Tremenheere, a cocheira e o chalé ficaram vazios por um longo tempo. Abandonados, tornaram-se depósitos de máquinas quebradas, arreios velhos, ferramentas enferrujadas e tudo o mais que ofendia seu senso de ordem militar. Depois ele gastara tempo e dinheiro para reformá-los. Devidamente mobiliados, foram alugados, sem maiores dificuldades, como casas de veraneio.

Agora ambas as casas estavam ocupadas, mas não por veranistas. Ivan, filho de Eve, alugava a antiga cocheira há quase um ano, pagando a Gerald uma soma generosa por tal privilégio. O chalé do jardineiro era agora habitado pela misteriosa Drusilla e seu bebê gorducho e moreno chamado Joshua. Os babadores pendurados no varal pertenciam a ele. Até então, Drusilla nunca havia pago o aluguel.

Ivan não se encontrava em casa. Seu carro não estava ali, e a porta da frente, adornada com tinas de madeira com pelargônios cor-de-rosa, estava fechada. Isso porque, naquela manhã, ele e o sócio, Mathie Thomas, carregaram um caminhão com alguns móveis de sua fábrica em Carnellow e guiaram para Bristol na esperança de obterem pedidos regulares de algumas das grandes lojas que lá havia. Eve não fazia idéia de quando voltariam.

A porta de Drusilla, contudo, estava aberta. Não havia sinal dela ou do bebê, mas, parada ali, Eve podia ouvir o doce som do instrumento de sopro que vinha da casa, e a tarde quente e perfumada encheu-se dos acordes flutuantes da música. Eve, escutando, fascinada, reconheceu Villa-Lobos.

Drusilla praticava flauta. Sabe Deus o que Joshua estaria fazendo.

Suspirou.

Não quero que fique esgotada, cuidando de todos os desamparados do mundo.

Tantos desamparados. Silvia, Laura, May, Drusilla, Joshua...

Eve estancou o pensamento. Não. Ivan, não. Ele não era um desamparado. Era um homem de 33 anos, arquiteto formado, totalmente independente. Um tanto nervoso, talvez, e terrivelmente atraente, mas, ainda assim, perfeitamente capaz de cuidar de si mesmo.

Colheria as framboesas. Não começaria a se preocupar com Ivan.

Quando terminou de colhê-las, Silvia já havia chegado. Eve saiu pelas portas de batente em direção ao socalco e a encontrou com Gerald, relaxadamente sentada, conversando. Enquanto Eve colhia as frutinhas, Gerald havia preparado uma bandeja com copos, garrafas, fatias de lima e um balde de gelo, que agora se encontrava entre os dois, numa mesinha.

Silvia voltou os olhos para Eve e ergueu o copo.

— Aqui estou, muito bem recepcionada!

Eve puxou outra cadeira e sentou-se ao lado do marido.

— O que vai querer, querida?

— Gim.

— Você tem lima, que maravilha! — exclamou Silvia. — Onde as conseguiu? Há anos que não as vejo.

— No supermercado da cidade.

— Preciso ir até lá comprar algumas antes que se acabem.

— Desculpe não estar aqui quando chegou. Teve dificuldade em encontrar Gerald?

— Bem, não exatamente. — Silvia lançou um sorriso maroto. — Entrei na casa e fiquei chamando por você, pateticamente, pois parecia não haver ninguém, mas May por fim veio em meu socorro e me disse que Gerald estava aqui fora. Devo dizer que — Silvia torceu o nariz — parece que ela não gostou muito de me ver. Mas, pensando bem, ela nunca parece gostar.

— Não ligue para ela.

— Ela é muito engraçada, não é? Sabiam que eu a encontrei outro dia na cidade, usando um gorro de lã esquisito, e fazia um calor danado. Não acreditei. Ela devia estar derretendo.

Eve se recostou na cadeira e balançou a cabeça, sorrindo, dividida entre a angústia e o divertimento.

— Oh, querida, eu sei. Não é horrível? Ela o comprou em Truro há algumas semanas e desde então não o tira da cabeça. — Automaticamente, baixou o tom de voz, embora fosse improvável que May, onde quer que estivesse, pudesse ouvi-la. — Ela também comprou um caderno com o Mickey Mouse na capa e começou a recortar figuras de jornal e colá-las ali.

— Não há nada de horrível nisso — comentou Gerald.

— Não. É apenas... imprevisível. Estranho. Nunca sei qual será sua próxima mania. Eu... — Parou, percebendo que falara demais.

— Acha que ela está senil? — O tom de Silvia era de horror, e Eve respondeu, resoluta: — Não, claro que não. — Intimamente, temia por isso, mas não queria que ninguém desconfiasse. — Só está envelhecendo.

— Bem, não sei, mas acho que você e Gerald são dois santos que olham por ela.

— Não sou santa. May e eu passamos a vida inteira juntas. Cuidou de mim durante anos a fio, e de Ivan também. Esteve sempre ao meu lado nas adversidades, firme como uma rocha. Quando Philip adoeceu... Bem, eu não teria suportado passar o que passei se não fosse por May. Não sou santa. Se há um santo aqui, é o Gerald, que a trouxe para cá, quando nos casamos, e lhe deu um lar.

— Não tive muita opção — opinou Gerald. — Pedi Eve em casamento, e ela respondeu que, se aceitasse, eu teria que me casar com May também. — Tendo servido um drinque para a esposa, ele agora lhe entregava o copo. — Ela não me deu escolha.

— E May não se importou em deixar Hampshire e vir para cá?

— Ah, não, ela aceitou muito bem.

— Ela foi ao nosso casamento — acrescentou Gerald — usando um chapéu fantástico, como se fosse um bolo coberto de rosas. Foi uma dama-de-honra velha e rabugenta.

Silvia soltou uma gargalhada. — Ela foi com vocês para a lua-de-mel?

— Não, porque não permiti. Mas quando voltamos para Tremenheere, ela já estava instalada e fizera uma listinha das coisas que não aprovava.

— Ah, Gerald, isso não é justo...

— Eu sei. Só estou brincando. Além do mais, ela passa minhas camisas e cirze minhas meias, embora eu leve uma hora para achá-las, porque sempre as guarda na gaveta errada.

— E também lava toda a roupa suja de Ivan — disse Eve — e tenho certeza de que está louca para pôr as mãos nos babadores encardidos de Joshua e dar-lhes uma boa fervida. Na verdade, acho que está louca para pôr as mãos em Joshua também, mas até agora não se prontificou. Suponho que esteja dividida entre seus instintos de ama-seca e o fato de não ter uma opinião definida a respeito de Drusilla.

— Drusilla — Silvia repetiu o nome inverossímil. — Pensando bem, ela não poderia ter outro nome, não é? Totalmente exótico, como ela. Há quanto tempo está aqui?

— Não faço idéia — respondeu Gerald pacatamente.

— Ela não é um tanto inconveniente?

— Nem um pouco — assegurou-lhe Eve. — Nós não a vemos muito. Na verdade, ela é mais amiga de Ivan. À tardinha, os dois costumam sentar-se do lado de fora da casa e tomar um cálice de vinho. E com o varal de roupa, o arrulhar dos pombos, os gerânios e os dois boêmios ao ar livre, Tremenheere subitamente se parece com Nápoles ou com aqueles quintais espanhóis. É bonito de ver. E em outras ocasiões nós a ouvimos tocar flauta. Estava tocando hoje à tarde. É muito romântico.

— É o que ela e Ivan estão fazendo agora? Tomando vinho sob a sombra do varal de roupa?

— Não, Ivan e Mathie foram a Bristol, a negócios.

— Como vai a fábrica?

Foi a vez de Gerald responder: — Até onde sabemos, está tudo bem. Acho que não vão falir. Silvia, seu copo está vazio... tome mais uma dose.

— Bem... — Ela fez menção de examinar o relógio de pulso. — Alec e a esposa não estão para chegar?...

— Ainda não chegaram.

— Adoraria... mas depois desse drinque irei embora.

— Sinto-me tão mal — explicou-se Eve — por não convidá-la para jantar conosco, mas acho que Laura vai estar exausta, e provavelmente jantaremos cedo para que ela descanse.

— Estou ansiosa para conhecê-la.

— Venha jantar aqui outra noite, quando ela estiver mais disposta a eventos sociais.

— ... e vou adorar rever Alec.

— Poderá vê-lo quando ele vier buscá-la.

— A última vez que ele esteve aqui, Tom ainda era vivo... Oh, Gerald, você se lembra? Fomos todos jantar no Lobster Pot.

Sim, pensou Eve, *e Tom encheu a cara*. Imaginou se Silvia também se lembrava disso. Achou que não, de outra forma não teria mencionado o assunto. Talvez o passar do tempo, desde a morte de Tom, lhe tivesse feito bem, apagando as lembranças ruins e dissipando os maus momentos que tivera, deixando que viessem à tona apenas os bons. Isso acontecia com algumas pessoas, Eve sabia, mas nunca acontecera com ela. Quando Philip morreu, não havia más recordações, apenas as lembranças agradáveis dos 25 anos de companheirismo, alegria e amor que passara com o marido. Fora abençoada com muita sorte; Silvia, ao que parecia, tivera muito pouca. A vida, quando se tratava de distribuir felicidade, era terrivelmente injusta.

O sol agora estava baixo no céu. Esfriava, mas os mosquitos começavam a atacar. Silvia bateu em um deles e se inclinou na cadeira, admirando a relva recém-cortada. E disse:

— Tudo em Tremenheere está sempre na mais perfeita ordem. Não há uma erva daninha à vista. Como as contém, Gerald?

— Borrifando veneno — admitiu Gerald.

— Tom também costumava fazer isso, mas eu uso a enxada. De alguma forma, acho que o trabalho fica melhor, e pelo menos elas não nascem de novo. Falando nisso, o vigário me disse que você está encarregado do quiosque de plantas para a festa do mês que vem. Precisa de mais alguma?

— Preciso sim.

— Tenho certeza de que posso encontrar alguma diferente na minha estufa. — Silvia terminou o segundo drinque. Colocou o copo vazio sobre a mesinha e apanhou a bolsa, preparando-se para partir. — Peguei algumas mudas daqueles pequeninos gerânios, cujas folhas cheiram a limão...

Eve parou de ouvi-los. Em meio ao silêncio do entardecer, ela ouviu o ruído suave do motor de um carro que subia a estrada. O automóvel trocou a marcha e atravessou o portão. Eve ouviu o rangido dos pneus avançando sobre o cascalho e ficou de pé. — Chegaram.

Os outros também se levantaram, e os três atravessaram o gramado, passando pelo arco de escalônias, a fim de saudar os novos visitantes. Em frente a casa, ao lado do carro velho de Silvia, estava estacionado um belo BMW cupê vermelho-escuro. Alec já havia descido do automóvel e segurava a porta para a esposa, com a mão sob seu cotovelo, ajudando-a a sair.

A impressão inicial de Eve foi de que a moça era mais jovem do que esperava. Uma mulher esguia, de olhos castanhos e cabelos castanhos e grossos, soltos sobre os ombros. Vestia, como uma adolescente, *jeans* desbotados e uma blusa azul larga de algodão. Calçava sandálias e trazia nas mãos um pequeno cão bassê de pêlo comprido (que parecia, pensou Eve, uma mistura de raposa com esquilo), e a primeira coisa que disse a Eve foi: — Sinto muito, espero que não se importe de hospedar Lucy também.

Silvia voltou para casa em seu velho carrinho. O motor fazia um barulho esquisito, e o afogador parecia estar com algum problema. O portão, com a inscrição *Roskenwyn*, ficara aberto. Um nome pretensioso, ela sempre achou, para uma casa comum e diminuta, mas era assim que se chamava quando ela e Tom a compraram e nunca pensaram em outro melhor.

Estacionou em frente à porta principal, alcançou a bolsa no banco ao lado e entrou em casa. O exíguo vestíbulo trazia no ar um silêncio mortal. Procurou a correspondência, esquecendo-se de que o carteiro já havia passado, sem deixar nada. Largou a bolsa ao pé da escada. O silêncio doloroso era quebrado apenas pelo lento tique-taque do relógio no patamar do andar superior.

Atravessou o corredor até a sala de estar, onde cabia apenas um sofá, um par de poltronas e uma estante com prateleiras e livros. Na lareira jaziam as cinzas do fogo, embora ela não o acendesse há dias.

Achou um cigarro e o acendeu, inclinando-se para ligar a televisão; apertou o botão para trocar o canal, achou a programação aborrecida e a desligou. Após a repentina explosão de vozes inexpressivas, o silêncio tornou a reinar. Ainda eram oito horas. Pensou em tomar um drinque, mas já havia tomado dois com Eve e Gerald, e era melhor ter cuidado com o álcool. Jantaria, então? Mas não tinha fome, nem vontade de comer.

Uma porta envidraçada ficara aberta e deixava à mostra o jardim. Atirou o cigarro semi-inteiro na lareira vazia e saiu, abaixando-se para pegar uma tesoura numa cesta de vime. O cair da tarde deixava o gramado escurecido, com longas sombras. Cruzou-o em direção às roseiras e começou a aparar desnorteadamente as flores mortas.

Uma roseira brava teimou em se enroscar na bainha de seu vestido, puxando o fio da roupa. Impaciente, nervosa, tentou se desvencilhar da planta, mas em sua inépcia furou o dedo num espinho pontudo.

Soltou um gemido de dor, segurando a mão para examinar o machucado. O sangue escorreu do pequenino corte. Um pingo de sangue, uma gota, um fio. Observou seu progresso, a miniatura de um rio escarlate que fluía para a palma da mão.

Como que em solidariedade, lágrimas inundaram seus olhos, transbordaram e escorreram. Silvia permaneceu sob o melancólico crepúsculo, entorpecida pelo tormento da solidão, sangrando e chorando por si mesma.

O quarto que lhes deram parecia, comparado ao de Abigail Crescent, enorme. Tinha um tapete rosado de estampa florida, uma lareira e duas janelas compridas com cortinado de chita de tons pastéis, com cordames adornados de borlas. A cama de bronze era grande para combinar com o cômodo, e os lençóis e as fronhas que cobriam os enormes e macios travesseiros eram de linho bordado. Havia uma penteadeira de mogno para Laura e uma cômoda alta para Alec. Havia ainda um banheiro privativo para ambos. Esta peça outrora fora um quarto de vestir, que conservava ainda o carpete, a lareira e um par de confortáveis cadeiras. A cama dera lugar a uma banheira.

Laura estava deitada à espera de Alec. Após o jantar, tinha ido direto para a cama, subitamente acometida por exaustão física, mas Alec permanecera na sala, para sorver um cálice de vinho do Porto na companhia de Gerald e pôr os assuntos em dia, afastando a cadeira da mesa e enchendo o ar com o cheiro da fumaça do charuto.

Laura achou a casa animadoramente confortável. Fragilizada pela cirurgia, propensa a lágrimas e depressão, ela se sentira naturalmente insegura durante a viagem, temendo ser abandonada na companhia de estranhos. Omitira de Alec seus receios a fim de que o marido não mudasse de idéia no último instante e decidisse esquecer de vez Glenshandra e o salmão que o esperava no rio; à medida que prosseguia a longa viagem e que se aproximavam de seu destino, Laura decidira se calar.

Temera que Tremenheere fosse opressivamente grandiosa, que o brilhante Gerald fosse assustadoramente sofisticado, que não tivesse assunto com Eve, e que os dois a achassem tola e enfadonha e amaldiçoassem o dia em que permitiram que Alec os convencesse a ficar com ela.

Mas tudo saíra bem. A expressão de genuína alegria em seus rostos, a notória afeição que nutriam por Alec e a calorosa receptividade dissiparam os receios de Laura e diluíram sua timidez. Mesmo a inesperada companhia de Lucy fora bem aceita. E a casa, longe de ser grandiosa, era na verdade um tanto castigada, porém confortável e charmosa. Laura subira ao quarto para tomar o banho pelo qual tanto ansiava. Tomaram um cálice de xerez na sala de estar e seguiram para a sala de jantar, à luz de velas e decorada com magníficas telas vitorianas. Para o jantar, havia truta e salada, e para a sobremesa, framboesas com creme.

— As framboesas são do nosso próprio pomar — confidenciou Eve. — Amanhã colheremos mais. Se não as comermos, poderemos congelá-las.

Amanhã. Amanhã, Alec já teria ido.

Fechou os olhos e mexeu os pés, que começavam a ficar dormentes, pois Lucy, deitada sob a colcha, dormia sobre eles. Seu corpo, debaixo do lençol fresco e macio, jazia estendido, fraco... e de alguma maneira desnudo. A operação não a deixara dolorida, mas sugara toda a sua energia; por isso seu corpo estava tão pesado e exausto, e era uma bênção encontrar-se finalmente na cama.

Ainda estava acordada quando Alec chegou, fechou a porta e caminhou até a cama a fim de beijar sua testa. Então afastou a colcha e retirou Lucy de seu esconderijo, colocando-a na cestinha ao lado da lareira. A expressão da cadelinha foi de desaprovação e frieza, contudo, rendendo-se, acomodou-se e permaneceu ali.

De costas para Laura, Alec esvaziou os bolsos, depositando as chaves, o relógio, os trocados e a carteira numa fileira ordenada sobre a cômoda do quarto. Afrouxou a gravata e despiu-se.

Observando-o, Laura sentiu-se protegida na cama, enquanto aguardava que o marido se juntasse a ela. Lembrou-se de quando, anos atrás, sempre que se via adoentada, sua mãe permitia que dormisse com ela. Na cama da mãe ela a observava, com os olhos pesados de sono, escovar os cabelos, untar o rosto de creme e vestir a camisola delicada.

Alec apagou a luz e se deitou na cama ao seu lado. Laura ergueu a cabeça do travesseiro para que ele pudesse colocar o braço sob ela. Agora estavam realmente juntos. Ele se virou para Laura, deitando o outro braço sobre suas costelas. Seus dedos moveram-se lentamente, acariciando-a, confortando-a. Pelas janelas abertas, o vento cálido da noite soprava sobre eles, carregado de aromas suaves e inexplicáveis ruídos rurais.

— Vai ficar bem aqui — garantiu.

Era uma afirmação, não uma pergunta.

— Claro — concordou.

— Eles a adoraram. Acharam-na encantadora. — Ela percebeu a alegria em sua voz.

— O lugar é adorável. Eles também.

— Estou começando a desejar não ter de ir para a Escócia.

— Alec!

— Tremenheere sempre exerceu um fascínio sobre mim.

Tal comentário, pensou Laura, faria com que outras esposas, mais corajosas, respondessem irritadas: *Tremenheere! Quisera ser eu o motivo para você querer ficar.* Mas Laura não tinha coragem de abrir seu coração dessa maneira.

Em vez disso, falou: — No instante em que cruzar o portão, vai desejar mais do que tudo estar em Glenshandra.

— Os outros já estariam lá, esperando por ele. Seus velhos amigos. Ficaria absorvido por sua vida anterior a Laura, a respeito da qual ela conhecia tão pouco e, no entanto, o suficiente. Seus olhos se encheram de lágrimas. Mas é isso que eu *quero* que ele faça. E acrescentou, tentando parecer prática: — Sempre leio nas revistas que ficar longe de vez em quando é como acrescentar molho ao casamento.

— Parece receita culinária.

As lágrimas rolaram. — E dez dias não é *tanto* tempo assim.

Enxugou as lágrimas. Alec a beijou. — Quando voltar, — ele lhe disse — quero encontrá-la mais forte e corada, em perfeita saúde. Agora durma.

Ele ajustara o despertador, que tocou, estridente, às cinco e meia da manhã seguinte, acordando ambos. Ele se levantou, mas Laura permaneceu na cama, sonolenta, enquanto o marido tomava banho e se barbeava; ela o viu se vestir e guardar seus poucos pertences numa maleta de viagem. Quando enfim estava pronto, ela também se levantou e vestiu o robe. Tirou Lucy da cestinha, e os dois deixaram o quarto e desceram a escada. A velha casa e seus ocupantes dormiam. Alec destrancou a porta da frente, e saíram os dois na alvorada gelada e nevoenta. Laura largou Lucy no chão e, tremendo, observou o marido guardar a bagagem no carro, procurar uma flanela e secar o orvalho matinal do pára-brisa. Jogou o pano dentro do carro e virou-se para ela.

— Laura.

Ela foi ao seu encontro, e ele a abraçou. Através do seu suéter, da camisa, ela escutou as batidas de seu coração. Imaginou a viagem que ele faria, rumo ao norte pelas amplas auto-estradas que levavam à Escócia.

— Não se acidente — recomendou ela.

— Vou tentar.

— Pare para pernoitar se estiver muito cansado.

— Prometo que sim.

— Você é precioso demais para mim.

Ele sorriu e a beijou. Entrou no carro, ajustou o cinto de segurança e bateu a porta. Deu a partida no possante motor. No momento seguinte, partiu, passando pelas azaléias e cruzando o portão, estrada abaixo pelo vilarejo. Ela ficou ali, parada, escutando até que não houvesse nada mais para escutar. Então chamou Lucy, entrou novamente na casa e subiu ao seu quarto. Estava com frio, mas quando voltou para cama notou que ela estava aquecida. Antes de sair, Alec ligara o cobertor elétrico.

Dormiu até o meio-dia e, quando acordou, deparou a claridade do sol dentro do quarto. Saiu da cama e foi até a janela. Inclinou-se, os braços nus sobre a quentura do peitoril. O jardim fervia no calor do dia. Um homem de macacão trabalhava num dos canteiros; o mar longínquo era como um cálice de água azul.

Vestiu-se e desceu à cozinha, de onde vinham sons e vozes. Encontrou Eve de avental, mexendo alguma coisa no fogão a gás, e uma velha senhora sentada à mesa, descascando ervilhas. As duas a olharam.

— Sinto ter-me levantado tão tarde.

— Não tem problema algum, você devia mesmo dormir. Alec saiu sem problemas?

— Saiu mais ou menos faltando quinze minutos para as seis.

— Ah, Laura, essa é May... você não a conheceu ontem à noite. May mora aqui conosco.

Laura e May apertaram as mãos. A mão de May estava fria por causa das ervilhas e nodosa pela artrite.

— Como vai?

— Muito prazer — cumprimentou May, voltando às ervilhas.

— Posso ajudar em alguma coisa?

— Não precisa fazer nada. Deve descansar.

— Vou me sentir inútil se não puder fazer alguma coisa.

— Nesse caso — Eve ergueu a caçarola e se curvou a fim de procurar uma tigela no armário — vamos precisar de mais framboesas para esta noite.

— Onde posso colhê-las?

— Vou-lhe mostrar.

Guiou-a até o átrio e apontou para a porta que levava ao pomar. — No fim da passagem há uma abertura, embaixo de uma rede de proteção, para que os pássaros não comam as frutas. E, se vir alguém colhendo ervilhas, deve ser Drusilla. Disse a ela que podia colher algumas.

— Quem é Drusilla?

— Ela mora ali, naquele chalé. Toca flauta. Tem um bebê chamado Joshua. Espero que esteja lá com ela. Parece um tanto esquisita, mas é completamente inofensiva.

O pomar era bastante antigo, os vários canteiros quadrangulares eram ordenadamente separados uns dos outros por sebes de buxo. Dentro dos muros protetores estava abafadíssimo, sem um sopro de brisa. O ar cheirava a buxo, hortelã, tomilho e a terra nova revolvida. Laura percorreu a passagem. No final, avistou um carrinho de bebê grande e antiquado, onde havia uma criança gorda. Não usava chapéu nem roupas e seu tom de pele era amarronzado feito uma baga. Perto dali, encoberta pelo verde da plantação de ervilhas, sua mãe entretia-se no trabalho.

Laura parou para admirar o bebê. Drusilla, perturbada, olhou para ela, e seus olhares se encontraram por sobre a plantação.

— Olá! — Laura a saudou.

— Oi! — Drusilla deitou a cesta no chão e aproximou-se para conversar, cruzando os braços e escorando o ombro numa estaca.

— Que lindo bebê.

— Seu nome é Joshua.

— Eu sei. Eve me contou. Sou Laura Haverstock.

— Drusilla.

Seu sotaque era do norte do país, o que surpreendia, uma vez que suas características físicas eram de uma pessoa estrangeira. A moça era pequena e magra demais — difícil acreditar que o garoto robusto possuísse origens tão descarnadas — de olhos claros e uma grande quantidade de espessos cabelos cor de estopa, que pareciam jamais ter visto uma tesoura. Na tentativa de deixá-los menos rebeldes, Drusilla os havia trançado. Em cima, eles se avolumavam como uma touca de banho; embaixo, salientavam-se grossos, ressecados e frisados.

Suas roupas não eram mais convencionais do que o estilo do penteado. Vestia uma camiseta decotada preta que fazia seus seios parecerem chatos como os de uma criança. Por cima, apesar do calor, uma jaqueta de veludo, salpicada de retalhos de pele roída por traças. A saia grossa de algodão chegava quase aos tornozelos. Seus pés estavam descalços e sujos.

A fim de completar a vestimenta bizarra, Drusilla acrescentara certos adornos: um único brinco de pedras azuis, um colar de contas em torno do pescoço e mais uma ou duas correntes. Algumas pulseiras chocalhavam em seus pulsos finos e muitos anéis enfeitavam suas mãos surpreendentemente pequenas e elegantes. Era fácil imaginá-las tocando flauta.

— Eve me disse que eu a encontraria aqui. Vim colher framboesas para ela.

— Estão bem ali. Você chegou ontem à noite, não foi?

— Isso mesmo.

— Pretende ficar quanto tempo?

— Acho que uns 10 dias.

— Eve disse que você não estava muito bem.

— Estive internada dois dias. Nada muito sério.

— Vai melhorar aqui. É tranqüilo. Tem boas vibracões. Não acha? Não acha que há boas vibrações aqui?

Laura respondeu que sim. Havia boas vibrações em Tremenheere.

— É uma ótima pessoa a Eve. É muito boa. Ela me emprestou o carrinho de bebê, pois eu não tinha um para Josh. Costumava arrastá-lo por aí numa caixa de papelão, e ele pesa uma tonelada. A vida fica mais fácil com um carrinho de bebê.

— Com certeza.

— Bem... — Drusilla se desencostou da estaca. — Tenho que continuar minha colheita. Teremos ervilhas para o almoço, não é, meu amorzinho? Ervilhas e macarrão. É o seu prato predileto. Até logo.

— Até.

Drusilla desapareceu mais uma vez por entre as folhas, e Laura, com sua tigela, saiu à caça das framboesas.

Naquela tarde, elas se deitaram nas espreguiçadeiras do jardim, que Eve colocara sob a sombra mosqueada de uma amoreira, pois estava quente demais para se sentar ao sol. Gerald havia ido a Falmouth para algum encontro num clube náutico, e May, após lavar a louça, decidira subir ao seu quarto.

— Podíamos ir à praia — sugeriu Eve, mas após algum tempo decidiram que estava quente demais para entrarem no carro e irem até lá, mesmo com a tentadora idéia de nadar no mar, e resolveram descansar no jardim. Era muito agradável ali: o ar recendia a rosas, e os pássaros o enchiam de música.

Eve trouxera consigo sua tapeçaria e bordava diligentemente. Laura, apesar de tudo, sentia-se feliz por estar ociosa, apenas observando Lucy, uma criatura pequenina, castanho-avermelhada, com rabo peludo, que farejava satisfeita as moitas, atrás de algum coelho. Por fim, desinteressou-se da gostosa tarefa, cruzou a relva e pulou suavemente no colo de Laura. Seu pêlo, entre os dedos da dona, era quente e aveludado.

— É um animalzinho encantador — observou Eve. — Tão bem-comportada. Você a tem há muito tempo?

— Há uns três anos. Ela morava comigo, no meu apartamento em Fulham, e costumava ir para o escritório comigo e dormir embaixo da minha mesa. Está habituada a se comportar bem.

— Ainda não sei o que fazia antes de se casar com Alec.

— Trabalhava numa editora. Fiquei lá 15 anos. Sei que não parece nada empreendedor trabalhar no mesmo lugar por tanto tempo, mas eu era feliz e acabei me tornando editora.

— Por que nada empreendedor?

— Ah, sei lá. Outras moças gostavam de se aventurar em coisas novas... como ser cozinheira de um iate ou pegar carona até a Austrália. Mas jamais gostei de aventura.

As duas ficaram em silêncio. Fazia um forte calor, mesmo sob a sombra da árvore. Laura fechou os olhos. Eve disse: — Comecei a forrar os assentos das cadeiras da mesa de jantar. Só consegui terminar duas, e ainda faltam oito. No ritmo que vou, morrerei antes que consiga terminar todas elas.

— Sua casa é encantadora. Você tem muito bom gosto.

— Já a encontrei assim.

— É um bocado grande para administrar sozinha. Tem alguém para ajudá-la?

— Ah, tenho. Temos um jardineiro que mora no vilarejo e sua mulher que vem quase todas as manhãs para me dar uma mãozinha. E há também a May, embora seja bastante idosa... Está com quase 80, sabe. É extraordinário saber que uma pessoa se lembre de como eram as coisas antes da Primeira Guerra Mundial, no início do século. May se lembra perfeitamente bem de sua infância, de cada detalhe dela. Mas não consegue se lembrar onde guardou as meias de Gerald ou quem era a pessoa ao telefone que deixou um recado para eu lhe telefonar de volta. Ela mora conosco porque foi minha ama-seca e depois cuidou de Ivan.

Ivan. Alec contara a Laura algumas coisas sobre ele. Filho de Eve, que Alec conhecera no casamento e que — por algum deslize social — fora acompanhado de duas moças que não se suportavam. Ivan, que trabalhava como arquiteto numa companhia de Cheltenham e que parecia preparado para iniciar uma sólida carreira, manchou seu currículo depois de ficar noivo de uma moça e em seguida resolver terminar o noivado. Nada disso teria sido muito grave, observara Alec, se não tivesse esperado que todos os convites já tivessem sido enviados, que chegassem todos os presentes de casamento e que erguessem um enorme toldo para a recepção. Antes que a notícia de seu escandaloso comportamento se espalhasse, Ivan abandonou o emprego e foi morar em Cornwall. O que fazia dele um sujeito um tanto irresponsável.

— Ivan é seu filho, não é?

— É. Meu filho, não de Gerald. Claro, eu sempre me esqueço que você ainda não o conhece. Ele mora no outro chalé, nos fundos da casa. Foi a Bristol, a negócios. Mas já devia ter voltado. Talvez seja um bom sinal. Talvez tenha vendido muitos móveis.

— Pensei que fosse arquiteto.

— Não, ele montou uma pequena fábrica numa capela abandonada em Carnellow. Fica a uns 10 quilômetros daqui, lá em cima, na charneca. Ele tem um sócio, Mathie Thomas. Conheceram-se num *pub*. Um rapaz muito simpático.

— Deve ser ótimo para você tê-lo assim tão próximo.

— Não nos vemos com muita freqüência.

— Ele e Gerald têm um bom relacionamento?

— Ah, claro. Os dois se adoram. Porque, sabe, Gerald gostava muito do pai de Ivan. Conhece Ivan desde garotinho.

— Gerald é um amor — elogiou Laura e ficou impressionada de ter feito um comentário tão espontâneo. Mas Eve não ficou embaraçada, mas encantada.

— Ah, não é mesmo? Fico feliz que você pense assim.

— E é muito atraente.

— Deveria tê-lo visto jovem.

— Você já o conhecia?

— Ah, já, mas não muito bem. Pelo fato de estar casada com Philip e Gerald ser seu comandante, eu tinha por ele profundo respeito. Quando os dois se reformaram, e Gerald mudou-se para Cornwall e nós para Hampshire, deixamos de nos ver por uns tempos. Mas então Philip... ficou doente. E Gerald costumava ir visitá-lo, quando estava a caminho de Londres ou quando acontecia de estar por perto. Quando Philip morreu, Gerald foi ao enterro. E ficou em minha casa uns dois dias, para me ajudar com a papelada e os problemas financeiros e mostrar como lidar com certas coisas, como seguro e imposto de renda. Lembro-me que ele consertou uma torradeira que não funcionava há meses e me passou uma tremenda descompostura por não ter mandado o carro para a revisão.

— Seu marido ficou doente muito tempo?

— Cerca de seis meses. Tempo bastante para esquecer de mandar o carro para a oficina.

— E então se casou com ele.

— Casei com ele. Às vezes olho para trás e simplesmente não consigo acreditar na sorte que tive.

— Também me sinto assim — admitiu Laura.

— Fico feliz em saber. Se Gerald é um amor, Alec também o é. Devem ser muito felizes.

— Somos — respondeu Laura.

Fez-se uma ligeira pausa. Ela continuou de olhos cerrados, mas sentia Eve ao seu lado, segurando a agulha, olhando por cima dos óculos azulados. Eve comentou: — Ele passou por momentos difíceis. Nunca chegamos a conhecer Erica e Gabriela. Gerald sempre diz que Erica se punha entre Alec e a família... os Haverstocks. Mas depois do divórcio, quando veio ficar conosco, ele nunca falava dela, por isso nunca soubemos o que realmente aconteceu.

— Ela fugiu para os Estados Unidos com outro homem.

— Disso sabíamos... e mais alguma coisa. Não que quiséssemos. Ele tem notícias dela?

— Não.

— Nem de Gabriela?

— Acho que não.

— Que tristeza. Como as pessoas fazem as outras infelizes. Sempre me senti culpada por Silvia Marten.

— A que estava aqui ontem à noite quando chegamos?

— Queria que ela ficasse para jantar, mas Gerald não quis.

— Quem é ela?

— Ah, ela morou aqui a vida inteira. Antigamente, era conhecida como Silvia Trescarne. Quando Alec e seu irmão eram jovens, vieram para Tremenheere passar férias e costumavam jogar críquete na praia com Silvia. Ela se casou com um homem chamado Tom Marten, e foram felizes durante algum tempo. Eram bastante sociáveis, freqüentavam todas as festas. Mas Tom começou a beber e não conseguiu mais se controlar. Algo terrível de presenciar... uma espécie de desintegração física. Antes, era um homem bastante atraente, mas, no fim, sua figura era repulsiva, de rosto arroxeado, mãos trêmulas e olhar distante. Morreu no ano passado.

— Que horror!

— Foi. Um horror. E foi mais horrível ainda para Silvia, porque ela é o tipo de mulher que precisa de um homem ao seu lado. Os homens sempre a cortejaram, viviam atrás dela feito abelhas no mel. Normalmente, eram os próprios amigos de Tom, mas ele não parecia importar-se. Algumas mulheres necessitam de uma dose extra de atenção e admiração. Não vejo problema nisso.

Laura lembrou-se instantaneamente de Daphne Boulderstone. E disse: — Conheço alguém exatamente assim. A mulher de um amigo de Alec. Está sempre almoçando com cavalheiros misteriosos. Não sei como encontra tempo e energia.

Eve sorriu. — Eu sei. A imaginação das pessoas voa.

— Ela é muito atraente, a Silvia. Provavelmente vai-se casar outra vez.

— Gostaria que sim. Mas a triste verdade é que, após a morte de Tom, seus admiradores sumiram. Suponho que seja diferente agora que está livre para se casar de novo. Ninguém quer um relacionamento sério.

— E ela quer?

— É *claro*!

— A vida é mesmo engraçada. Tenho uma tia, Phillis. Ela é a coisa mais linda que existe e está viúva há anos. E simplesmente não quer se casar outra vez.

— O marido a deixou rica?

— Deixou — admitiu Laura.

— Receio que isso faça uma diferença brutal. Beber até a morte é uma maneira cara de se suicidar, e Tom deixou Silvia quase na penúria. Esse é um dos motivos pelo qual sinto tanta pena dela. Fiquei tão triste ontem por tê-la deixado voltar para casa sozinha, enquanto estávamos juntos e felizes.

— Ela não pode vir outra noite?

— Claro que pode. — Eve se animou. — Vou convidá-la para vir amanhã ou depois, e quando Alec vier buscá-la sairemos todos para jantar. Em algum lugar bem animado. Silvia adora esse tipo de coisa. Um jantar dispendioso num restaurante animado. Seria uma festa para ela. Você acredita que já são quatro e meia? O que acha de tomarmos chá aqui mesmo no jardim?

5

LANDROCK

Tremenheere ardia com o calor. No pomar, atrás das videiras de ervilha, o jardineiro trabalhava a terra, despido até a cintura, plantando novos pés de alface. Sobre a leira acastanhada, Gerald armou o irrigador. Os reflexos solares formavam um arco-íris no esguicho. Na casa, Eve descia as persianas, e Drusilla, sentada no degrau da porta do chalé, observava Joshua, acocorado ao seu lado, cavucar com uma colher velha o canteiro de ervas.

Quarta-feira. Dia de folga de May. Alguém teria que acompanhá-la à estação, onde tomaria o trem para Truro, e Laura se ofereceu. Tirou cuidadosamente o carro de Eve da garagem e esperou por May diante da porta dos fundos. Quando a velha senhora surgiu, Laura se inclinou para abrir a porta. May usava um vestido marrom estampado e o gorro de lã infantil com um pompom em cima. Carregava uma bolsa de mão pesada e uma sacola plástica com o desenho do pavilhão do Reino Unido, como se estivesse pronta para saudar a rainha.

Como fora instruída, Laura ajudou May a comprar a passagem de volta e esperou que embarcasse no trem.

— Tenha um bom dia, May.

— Obrigada, querida.

Guiou de volta a Tremenheere e estacionou o carro novamente à sombra da garagem. Drusilla e o filho haviam voltado para o interior fresco do chalé; indo até a cozinha, Laura encontrou Gerald, vencido pelo calor, sentado à mesa da cozinha, bebendo cerveja gelada e lendo o *Times*. Em torno dele, Eve tentava pôr a mesa para o almoço.

— Oh, Laura, você é um anjo — falou, assim que Laura entrou pela porta. — Foi tudo bem na estação?

— Tudo bem. — Laura puxou uma cadeira e se sentou em frente ao jornal aberto de Gerald. — Ela não vai morrer de calor com aquele gorro?

— Imagine só. Passear em Truro com esse calor, usando um abafador de chá na cabeça. E além disso é dia de feira. Não pensemos mais nisso. Eu já desisti.

Gerald fechou o jornal e o pôs de lado. — Vou lhes servir uma bebida. — Levantou-se e foi até a geladeira. — Preferem cerveja ou suco de laranja?

As duas optaram pelo suco. Eve tirou o avental, passou a mão pelo cabelo curto e prateado e deixou-se cair na cadeira à cabeceira da mesa comprida.

— A que horas May deve voltar?

— Por volta das sete. Alguém vai ter que apanhá-la na estação. Mais tarde pensaremos nisso. O que faremos hoje? Está quente demais para resolver... Ah, obrigada, querido, que delícia.

As pedras de gelo balançaram nos copos altos. — Não se preocupe comigo — comentou Laura. — Ficarei perfeitamente bem sentada no jardim.

— Podíamos ir à praia. — Eve tocou a mão de Gerald, que se sentara ao seu lado. — O que vai fazer, querido?

— Vou tirar uma soneca. Deitar a cabeça por algumas horas. Quando estiver mais fresco, talvez capine um pouco. O jardim está uma selva.

— Não gostaria de ir à praia conosco?

— Sabe que nunca vou à praia em julho ou agosto. Detesto tomar banho de areia, a barulheira dos rádios, e fico embriagado com o cheiro dos bronzeadores.

— Bem, talvez...

Mas ele a interrompeu. — Eve, está muito quente para programar qualquer coisa. Vamos comer e então decidiremos o que fazer.

O almoço foi presunto frio, pão fresco com manteiga e tomates. Enquanto saboreavam a refeição, a quietude do dia encalorado foi quebrada pelo ruído de um carro que cruzou o portão e a passagem em arco, parando junto ao átrio. Um barulho surdo anunciou que a porta do carro se fechara. Eve deitou o garfo na mesa e ouviu, virando a cabeça em direção à porta, o som de passos sobre o cascalho e em seguida pelo piso lajeado. Uma sombra surgiu na entrada ensolarada da cozinha.

— Olá, pessoal.

Eve sorriu. — Querido, você voltou — exclamou, virando o rosto para que o filho a beijasse. — Esteve em Bristol todo esse tempo?

— Voltei hoje de manhã. Oi, Gerald.

— Oi, garotão.

— E esta — olhou para Laura — deve ser a Laura do Alec.

Dizendo isso, *a Laura do Alec*, Ivan quebrou o gelo da apresentação. Estendeu a mão e Laura a segurou e sorriu de volta.

Era um rapaz jovem, porém não tão alto como Alec e Gerald. Espadaúdo e bastante bronzeado, de feições pueris, com os olhos azuis brilhantes da mãe e cabelos louros e cheios. Vestia calças desbotadas de algodão com retalhos sobre os joelhos e camisa axadrezada azul e branca. No pulso, trazia um relógio e, no pescoço, revelado pela abertura da camisa, um medalhão de ouro numa corrente fina de prata.

— Como vai? — disseram os dois, formalmente, ao mesmo tempo. Ivan sorriu diante do risível sincronismo. Seu sorriso era amplo e ingênuo, cândido como o da mãe, e Laura pôde perceber o afamado encantamento que tantas vezes o colocara em apuros.

— Já almoçou? — perguntou Gerald. Ivan soltou a mão de Laura e virou-se para o padrasto.

— Para falar a verdade, ainda não. Sobrou alguma coisa?

— Um monte — respondeu sua mãe. Ela se levantou para apanhar mais um prato, copo e talheres.

— Onde está May? Ah, já sei, hoje é quarta-feira, não é? Dia de Truro. Ela vai morrer de calor na cidade.

— Como foram as negociações em Bristol? — Gerald quis saber.

— Bastante favoráveis. — Foi até a geladeira, apanhou uma lata de cerveja e voltou à mesa, puxando uma cadeira ao lado de Laura e deixando que Eve assentasse o prato à sua frente. Abriu a lata, alcançou um copo e despejou cuidadosamente nele a bebida, sem deixar que a espuma escorresse do copo. — Conseguimos dois pedidos de uma loja e a promessa de encomenda de outra. O supervisor de compras não estava e o outro comprador não quis resolver sozinho. Foi por isso que demoramos tanto tempo.

— Oh, querido, que bom... Mathie deve estar vibrando.

— Está. Foi encorajador. — Ivan se inclinou para se servir de uma fatia de pão. Suas mãos eram fortes, e seu dorso e o antebraço, cobertos de pêlos dourados pelo sol.

— Onde pernoitou em Bristol? — perguntou Eve.

— Num *pub* que Mathie conhecia.

— Muito trânsito na estrada?

— Nem tanto. O normal da semana. — Pegou um tomate e começou a fatiá-lo. Disse a Laura: — Você trouxe o bom tempo. Ouvi a previsão pelo rádio. Parece que vai continuar a fazer sol. Como vai o Alec?

— Bem, obrigada.

— Pena não tê-lo encontrado. Mas ele vai voltar para buscá-la, não vai? Ótimo, assim poderei vê-lo.

— Poderá jantar conosco — aduziu Eve. — Laura e eu combinamos de irmos todos jantar num restaurante bem sofisticado e chamaremos Silvia para vir conosco.

— Ela vai adorar — reconheceu Ivan. — Haverá muitos garçons para servi-la e poderá arriscar um rápido foxtrote entre um prato e outro.

— Quem vai pagar a conta? — inquiriu Gerald.

— Você, meu bem, é claro.

Gerald não ficou nem um pouco aborrecido por isso, como Eve já esperava. — Certo. Mas lembre-se de fazer reservas com antecedência. E que não seja aquele lugar onde nos serviram camarão estragado. Levei dias para me recuperar.

Ivan serviu-se de café. — O que farão hoje à tarde?

— Boa pergunta — respondeu Gerald.

— Gerald vai tirar uma soneca. Não quer ir à praia conosco.

— Ainda não decidimos. — Eve sorveu um gole do café. — O que *você* vai fazer? Visitar a fábrica?

— Não, terei que ir a Landrock. O velho Sr. Coleshill tem umas peças de pinho... houve uma liquidação numa grande loja. Ele recusou a primeira oferta, e se eu não for até lá hoje outros compradores vão descobri-las primeiro.

Eve sorveu outro gole. — Por que não leva Laura com você? — sugeriu. — É uma bela viagem, e ela vai gostar de bisbilhotar as antiguidades do Sr. Coleshill.

— Claro — respondeu ele prontamente, virando-se para Laura. — Gostaria de me acompanhar?

O convite inesperado tomou Laura de surpresa. — Bem... sim. Mas, por favor, não precisa incomodar-se comigo.

Eve e Ivan riram. — Não é incômodo algum — falou-lhe Eve. — E não precisa ir se quiser descansar. Mas iria gostar. A loja é repleta de porcelanas lindas e mais um monte de lixo empoeirado. É divertido bisbilhotar.

Laura gostava de antiguidades quase tanto quanto de livrarias. — Acho que vou gostar... Se importa se eu levar meu cachorro?

— De modo algum, contanto que não seja um cão dinamarquês que enjoe em viagens.

— É uma cãozinho bassê adorável — interveio Eve — mas acho que ficaria mais feliz aqui comigo, brincando no jardim.

— Então está combinado. — Ivan empurrou a cadeira para trás. — Vamos para Landrock. E na volta poderemos parar em Gwenvoe e tomar banho de mar.

— Estive lá há dois dias — sua mãe lhe contou. — A maré baixou e está ótimo para nadar.

— O que acha, Laura?

— Adoraria.

— Sairemos em 15 minutos. Tenho que dar alguns telefonemas... e não se esqueça de levar o maiô.

O carro era exatamente como Laura imaginou, um cupê conversível, que fazia seus cabelos voarem ao sabor do vento, espalhando-os sobre seu rosto. Tentou segurá-los, em vão. Ivan lhe emprestou um lenço de seda, e ela o amarrou na cabeça, imaginando a quantas garotas ele teria emprestado aquele mesmo lenço.

Seguiram pela estrada principal por cerca de dois quilômetros, em alta velocidade, e entraram num labirinto de pistas sinuosas, ladeadas por sebes altas. As curvas estreitas e fechadas o fizeram reduzir a marcha e guiar num ritmo mais lento. Viajavam tranqüilamente, passando por pequenos vilarejos e fazendas isoladas, onde o ar era impregnado do cheiro de estrume e os jardins, coloridos de flores. Fúcsias brotavam nas sebes, roxas e rosa-escuras, e valas se enchiam de ranúnculos e canabrases compridos.

— É tão calmo... — observou Laura.

— Podíamos ter tomado a estrada principal, mas sempre pego esse caminho para Landrock.

— Se fabrica móveis novos, por que compra antiguidades?

— Fazemos as duas coisas. Quando conheci Mathie, ele tinha uma empresa de corte de pinho. Era um negócio sólido e não havia escassez de material. Mas de repente o pinho virou moda e os comerciantes londrinos compraram todo o estoque que havia. O fornecimento começou a se esgotar.

— O que ele fez?

— Não havia muito a fazer. Sem poder pagar o preço elevado da madeira, depois de um tempo ele não teve mais condições de atender aos pedidos dos clientes. Foi quando entrei no negócio, um ano atrás. Eu o conheci num *pub*, e ele me contou sobre os problemas que enfrentava à época, enquanto tomávamos cerveja. É um ótimo sujeito. No dia seguinte, fui até sua oficina e vi algumas cadeiras e uma mesa que ele havia feito. Perguntei por que não começava a fabricá-las ele mesmo, e ele respondeu que não tinha capital para investir em maquinaria e arcar com as despesas que envolviam uma fábrica. Foi aí que nos tornamos sócios. Levantei o dinheiro e Mathie entrou com o trabalho. Passamos por maus pedaços, mas agora estamos mais esperançosos. Acho que estamos começando a recuperar o que investimos.

— Pensei que fosse arquiteto.

— E sou. Trabalhei com arquitetura durante anos, em Cheltenham. Mas quando vim morar aqui percebi que simplesmente não havia trabalho. Não existe campo para um homem com minhas qualificações. De qualquer forma, projetar móveis não é muito diferente de projetar casas, e sempre gostei de trabalhos manuais.

— Vai ficar morando aqui para sempre?

— Se puder. Desde que eu não manche minha reputação com Gerald e seja expulso de Tremenheere. É a primeira vez que vem aqui, não é? O que está achando?

— É o paraíso.

— Veja bem, você está conhecendo a cidade em condições ideais. Espere até que comece a ventar e a chover. Pensará que nunca mais tornará a ver o sol.

— Estava um pouco apreensiva em vir para cá — admitiu, confiando nele. — Sabe, é difícil ficar sozinha na companhia de pessoas que mal conhece. Ainda que sejam parentes de Alec. Mas a médica disse que eu não deveria ir à Escócia, e eu não tinha mais para onde ir.

— O quê?... — Ele pareceu surpreso. — Não tem parentes vivos?

— Não. Nenhum.

— Não sei se a invejo ou se lamento. Mas não se preocupe com isso. O passatempo predileto de minha mãe é cuidar das pessoas. De vez em quando Gerald precisa intervir, mas ela persiste. Ele alega que ela transformou a casa numa comunidade, mas só fica irritado de verdade quando acha que Eve parece cansada. Conheceu Drusilla?

— Conheci.

— E Joshua? Receio que a vinda de Drusilla para cá tenha sido culpa minha.

— Quem é ela?

— Não faço a menor idéia. Apareceu em Lanyon, há

cerca de um ano, junto com o filho Joshua e um homem chamado Kev. Acho que era o pai do garoto. Ele se dizia um artista, mas seus quadros eram tão estarrecedores que ninguém sonharia em pagar algum dinheiro por eles. Moravam numa casinha no alto da charneca, e então certa noite, depois de nove meses vivendo ali, Drusilla apareceu no *pub* com sua mochila, sua flauta e o bebê numa caixa de papelão, dizendo que Kev a havia abandonado e voltado para Londres na companhia de outra mulher.

— Que homem cruel.

— Ah, mas ela tinha sua filosofia a respeito. Nada de ressentimentos. Mas ficara sem casa e sem dinheiro. Mathie estava no *pub* e, no fim da noite, sentiu pena dela e a levou para casa. Ele e a mulher ficaram com ela por alguns dias, mas era óbvio que seria para sempre. Então conversei com Gerald, e ela se mudou para o chalé em Tremenheere. Parece que se adaptou muito bem.

— De onde ela é?

— Acho que de Huddersfield. Não sei do seu passado. Não sei nada sobre ela. Exceto que estudou música. Acho que até chegou a tocar numa orquestra. Vai ouvi-la praticar. Toca muito bem.

— Quantos anos tem?

— Não sei. Uns 25.

— Mas do que ela vive?

— Do seguro social, imagino.

— O que vai acontecer a ela? — insistiu Laura, achando fascinante conhecer uma história de vida totalmente diferente da sua.

— Não sei. Não fazemos esse tipo de pergunta por aqui. Mas não tema por Drusilla. Ela e Joshua sobreviverão.

À medida que conversavam, a estrada se inclinava, o terreno se alterava. Os bosques frondosos davam lugar à campina aberta, ao urzal recuperado e cultivado, à paisagem distante de montanhas arredondadas salpicadas aqui e ali pelas construções das minas de zinco desativadas, denteando a linha do horizonte.

Avistaram uma placa, *Landrock*, e no instante seguinte adentraram o vilarejo — não tão pitoresco quanto os outros pelos quais haviam passado — que apresentava um conjunto de terraços pedregosos e áridos, construídos em torno de um cruzamento de estradas. Em seus quatro ângulos havia um *pub*, uma banca de jornal, uma agência dos correios e um galpão extenso que agora funcionava como depósito de móveis. As janelas estreitas e sujas se apinhavam de refugos tentadores, e sobre a porta pendia um letreiro.

WM. Coleshill
MÓVEIS USADOS
ANTIGUIDADES

Ivan diminuiu a marcha e estacionou à beira da calçada. Os dois desceram do carro. Fazia frio na montanha, onde o vento era mais fresco. O lugar parecia abandonado. Passaram pela porta aberta da loja e desceram um degrau. Lá dentro fazia uns 10 graus a menos e cheirava a umidade, bolor, mobília velha e verniz. Levaram algum tempo para se acostumar com a escuridão, que contrastava com a claridade do dia lá fora, e estando ali ouviram um ruído que vinha dos fundos da loja. Uma cadeira fora arrastada. Das sombras, esgueirando-se por entre amontoados de móveis, surgiu um velho de casaco de lã. O homem tirou os óculos a fim de enxergar melhor.

— Ah... Ivan!

— Olá, Sr. Coleshill.

Laura foi apresentada. Fizeram algumas observações sobre o tempo. O Sr. Coleshill perguntou por Eve; então ele e Ivan desapareceram num nicho obscuro onde se escondiam os móveis de pinho recentemente adquiridos. Sozinha e entusiasmada, Laura deu uma boa olhada na loja, comprimindo-se em cantos inacessíveis, por entre baldes de carvão, banquinhos de ordenha, cabideiros quebrados, pilhas de porcelanas.

Mas não estava apenas olhando. Procurava alguma coisa para Eve. Não tivera tempo, antes de deixar Londres, de comprar-lhe um presente em troca de sua hospitalidade e se sentira mal tendo chegado do jeito que chegou, de mãos vazias. Finalmente deparou um par de peças de porcelana, o pastor e a pastora, que a fez supor na mesma hora que Eve adoraria possuir. Procurou rachaduras ou emendas, mas as peças pareciam estar em perfeito estado, apenas um tanto empoeiradas. Soprou o pó e espanou a barra do vestido da pastorinha. Seu rosto era branco e rosado, e o chapéu azul, cravejado de flores diminutas. Desejou-as para si, o que é talvez o melhor critério na escolha de um presente. Segurando seu achado, voltou para a entrada da loja, onde Ivan e o Sr. Coleshill, aparentemente tendo efetuado as devidas negociações, a aguardavam.

— Desculpe a demora. Encontrei isso... Quanto custam?

O Sr. Coleshill respondeu, e Laura girou os olhos. — São dresdenses genuínos — garantiu ele, virando as peças de cabeça para baixo e apontando com as unhas encardidas a marca no fundo. — Dresdenses e em perfeito estado.

— Fico com elas.

Enquanto ela preenchia o cheque, o Sr. Coleshill saiu e voltou com um embrulho grosseiro feito de folhas de jornal. Ela lhe entregou o cheque e segurou nas mãos o volume precioso. Ele os acompanhou até a porta, despediu-se, e os dois entraram no carro. Depois da friagem da loja, foi bom estar de volta ao calor do sol.

— Acho que pagou caro por elas — disparou Ivan.

— Não importa.

— São lindas.

— São para sua mãe. Acha que ela vai gostar?

— Para Eve? Que gesto encantador!

— Terei que lavá-las antes de lhe entregar. Não devem ver água há anos. E, quem sabe, podíamos parar em algum lugar e comprar um bonito papel de presente. Não posso dar-lhe um presente embrulhado numa folha imunda de jornal.

Ela olhou para ele, que sorria. — Você deve gostar de dar presentes.

— Gosto muito. Sempre gostei. Mas... — acrescentou, em tom de confidência — antes de me casar com Alec, não tinha dinheiro para comprar os presentes que gostaria. Mas agora tenho. — Desejou não ter parecido mercenária. — É uma sensação adorável — concluiu apologeticamente.

— Há uma papelaria na cidade. Compraremos o papel de presente depois que nadarmos.

Laura colocou o embrulho aos seus pés, de onde não cairiam nem se poderiam quebrar. — E você? — perguntou ela. — Ficou satisfeito com o que comprou?

— Fiquei. Inteiramente satisfeito. Embora, como você, tenha sido trapaceado. Mas e daí? O homem precisa ganhar a vida. Agora — deu a partida no motor — vamos esquecer as compras, guiar para Gwenvoe e mergulhar no mar.

Silvia jazia na espreguiçadeira em que Laura estivera no dia anterior. Passada a vontade de capinar, Gerald fora até a cidade resolver alguns probleminhas pessoais, e Eve aproveitara a oportunidade para abrandar a consciência inquieta, ligando para Silvia e convidando-a para um chá. Silvia aceitara o modesto convite com alarmante entusiasmo e viera em seguida, subindo a pé a curta distância entre Tremenheere e sua pequena casa.

Eram cinco e meia, e elas haviam tomado o chá. Os vestígios do lanche ficaram sobre a mesinha que havia entre as duas, o bule vazio, as xícaras e os pires delicados de Rockingham e alguns biscoitos que não foram comidos. Lucy decidira que, se não podia ficar com Laura, ficaria com Eve, e estava enrolada sob a sombra da cadeira dela, que se entretia com o bordado.

Eve deu uma rápida olhadela para o relógio. — Já deviam ter voltado. Espero que Ivan não tenha exigido muito de Laura... Em Gwenvoe, ele costuma subir pelo despenhadeiro e nadar perto das pedras, mas a subida seria muito esforço para ela. Eu devia ter-lhe avisado.

— Creio que Laura seja perfeitamente capaz de cuidar de si mesma — observou Silvia.

— Sim, eu sei... — Eve ergueu a cabeça, suspendendo as agulhas. Um carro subia a estrada. — Falando neles, aí estão. Vou preparar mais um bule de chá.

— Espere e veja se realmente vão querer — ponderou Silvia sensatamente.

Escutaram. As portas do carro bateram. Vozes. Risos. Em seguida, Ivan e Laura passaram pelo arco de escalônias e caminharam sobre a relva ensolarada em direção às duas mulheres que os observavam e aguardavam. Ivan e... sim, era Laura. Mas subitamente mudada, diferente da moça pálida que chegara em Tremenheere há dois dias. Por um segundo, Eve não a reconheceu. Mas claro que era Laura. Com seu cabelo negro escorrido e molhado da água do mar, usando um vestido largo sem mangas que expunha os braços longos e as pernas nuas com um bronzeado cor de mel. Enquanto caminhavam, uma de suas sandálias se soltou do pé. Ela apoiou-se sobre a outra perna para tornar a calçá-la, e Ivan segurou seu braço a fim de lhe dar maior equilíbrio. Ele disse alguma coisa, e ela riu.

Lucy reconheceu a risada. Levantou-se, empinou as orelhas, avistou a dona e correu para saudá-la, balançando rabo e orelhas. Laura, com a sandália já no pé, abaixou-se, tomou a cadelinha nos braços e se deixou lamber por tê-la feito sofrer. Aproximaram-se pelo gramado o belo rapaz, a linda mulher e sua cadelinha.

— Olá! — saudou Eve quando já estavam ao alcance da voz. — Estávamos preocupados com vocês. Divertiram-se bastante?

— Foi ótimo. Finalmente nos refrescamos. Oi, Silvia, não sabia que estava aqui. — Ivan se abaixou para beijar seu rosto, apesar dos enormes óculos de sol, e então tirou a tampa do bule de chá.

— Sobrou alguma coisa? Estou morrendo de sede.

Eve pôs de lado a tapeçaria. — Vou preparar mais um pouco. — Mas Ivan a deteve, pondo a mão em seu ombro.

— Não se preocupe, nós mesmos faremos isso. — Deixou-se cair na grama, apoiando-se nos cotovelos. Laura se ajoelhou aos pés de Silvia, colocando Lucy no chão ao seu lado, sorrindo para ela. — Olá.

— Onde a levou? — perguntou Silvia a ele.

— A Gwenvoe. Estava cheia de gente barulhenta, mas vocês tinham razão. O mar estava perfeito.

— Espero que não se tenha cansado muito — disse Eve a Laura.

— Não. Estou ótima. Renovada. — Ali, ajoelhada na grama, molhada e brilhando, Laura parecia, pensou Eve, ter 15 anos de idade.

— Nunca esteve em Cornwall antes? — inquiriu Silvia.

— Não. Primeira vez. Quando criança, eu morava em Dorset e costumávamos ir a Lyme Regis no verão.

— Alec e eu costumávamos brincar aqui na praia juntos quando jovens... Pena não tê-lo encontrado quando esteve aqui, mas Eve me prometeu que nos encontraremos quando ele vier buscá-la. Foi à Escócia, não?

— Foi. Pescar salmão.

— E vocês ainda moram em Londres?

— Moramos. Na antiga casa de Alec, em Islington.

— Costumava ir a Londres com freqüência, nos velhos tempos, quando meu marido era vivo. Era ótimo. Mas não vou lá há séculos. Os hotéis estão muito dispendiosos hoje em dia, e está tudo tão caro... até tomar um táxi me leva praticamente à falência.

— Temos um quarto de visitas. Não é muito vistoso, mas você seria mais do que bem-vinda se quisesse usá-lo.

— Quanta gentileza.

— Só precisa nos avisar. Tenho certeza de que Alec iria adorar. Fica na rua Abigail Crescent, número 33. Ou pode telefonar. Eve tem nosso número.

— Vou pensar no assunto. Talvez aceite seu convite qualquer dia desses.

— Falo sério. Seria um prazer.

Eve falava com Ivan. — Como foi com o Sr. Coleshill?

Silvia ouviu o nome e entrou na conversa. — Achou alguma coisa interessante, Ivan?

— Achei. A viagem foi proveitosa. Comprei um belo guarda-roupa e algumas cadeiras com rodinhas. Tão bonitas que acho que vale a pena copiá-las. Mathie ficará entusiasmado.

— Oh, querido, que maravilha. Você vem tendo sorte nos últimos dias — observou Eve.

— É verdade. Laura e eu decidimos comemorar. Por isso, vamos brindar no meu chalé hoje à noite. Talvez brindemos com champanhe se eu conseguir encontrar as garrafas certas. Silvia, você também está convidada. Lá pelas sete.

Silvia virou os olhos castanhos em sua direção. — Não creio que... — começou, mas Eve a interrompeu.

— Não comece a arranjar desculpas, Silvia. É claro que deve ir. Não seria uma festa sem a sua presença. E se não achar a garrafa de champanhe, Ivan, estou certa de que Gerald...

— Não — afirmou peremptório Ivan. — Sairei para comprar uma e colocá-la no gelo. É minha festa.

Uma hora depois, Laura estava no banho quando Eve foi chamá-la. — Laura, telefone para você. Ligacão da Escócia. Deve ser Alec.

— Oh, meu Deus! — Ela saiu da banheira quente e perfumada, envolveu o corpo numa grande toalha branca, desceu as escadas — seus pés descalços deixaram marcas de umidade no piso encerado — e alcançou a cômoda ao lado da porta da frente. Pegou o telefone.

— Alô!

— Laura!

Sua voz estava longe.

— Oh, Alec.

— Tudo bem?

— Tudo. Fez boa viagem?

— Fiz. Sem precisar parar. Cheguei às nove da noite.

— Deve ter ficado exausto.

— Nem tanto.

Laura odiava falar ao telefone. Achava difícil ser natural através de um aparelho tão desagradável e por isso não conseguia pensar em nada para dizer.

— Como está o tempo aí? — perguntou.

— Chovendo e fazendo frio, mas o rio está cheio e há muitos peixes. Daphne pescou seu primeiro salmão hoje.

Chovendo e fazendo frio. Laura olhou pelos janelões da sala e avistou o céu limpo e o jardim ensolarado de Tremenheere. Parecia estar em outro continente, a oceanos de distância do marido. Tentou imaginar Glenshandra alagada e gelada, mas não conseguiu, e não apenas por nunca ter estado lá. Pensou em Daphne, de botas e capa de chuva, empunhando o caniço pesado por causa do salmão... as conversas à noite regadas a uísque, sentados no bar do hotel, diante do fogo indispensável de uma lareira. Ficou feliz por não estar lá, e tal alegria imediatamente a encheu de um enorme sentimento de culpa.

— Que ótimo. — Tentou parecer entusiasmada, sorrindo ao telefone como se Alec pudesse vê-la. — Mande um beijo para ela. — E completou: — Mande um beijo para todos.

— O que tem feito? — ele perguntou. — Descansando, espero.

— Bem, descansei ontem, mas hoje conheci Ivan e fomos nadar numa praia linda.

— Então Ivan está de volta?

— Está. Chegou hoje de manhã.

— Como foram as coisas em Bristol?

— Acho que deram certo. Ele vai comemorar hoje à noite. Convidou a todos para irmos a sua casa. Tomaremos champanhe se tivermos sorte.

— Bem, parece que se está divertindo a valer.

— Oh, Alec, estou. Estou mesmo.

— Não se canse muito.

— Não vou cansar-me.

— Tornarei a ligar.

— Faça isso.

— Então, tchau.

— Tchau... — Laura hesitou. — Tchau, querido.

Mas demorou tempo demais, e ele já havia desligado.

Eve tomou banho e escolheu um vestido leve para usar naquela noite. Saiu do quarto e desceu a escada dos fundos até a cozinha. Ali, depois da comemoração do filho, compartilhariam um jantar informal. Pôs a mesa com bom gosto, usando guardanapos xadrez, velas brancas e um vaso de cerâmica enfeitado de margaridas.

Gerald, já vestido, saíra para buscar May na estação. Ela sempre fazia sua última refeição no quarto. Eve colocara pratos para Ivan e Silvia e imaginava se deveria colocar um para Drusilla também. Não sabia se Ivan a tinha convidado para o que ele insistia em chamar de coquetel, mas isso não significava que ela não viria. Em se tratando de Drusilla, nunca se podia saber. Por fim, resolveu que não. Se necessário, colocaria um prato extra na hora.

Decidido isso, deixou a cozinha e saiu na noite cálida e perfumada pelas ervas do jardim. Os pombos arrulhavam e se compraziam com breves ensaios de vôos, as asas alvas abertas contra o azul-escuro do céu. A casa de Ivan não tinha jardim, mas Eve notou que ele dispusera socialmente algumas cadeiras e mesinhas diante da porta da frente. Silvia já havia chegado e estava sentada, com um cigarro aceso e um copo nas mãos. Ivan, conversando com ela, inclinado sobre a mesa, endireitou o corpo ao ver a mãe.

— Venha. Chegou bem na hora do primeiro brinde.

Silvia ergueu o copo. — Champanhe, Eve. Maravilha.

Silvia usava um vestido amarelo-claro, bastante conhecido por Eve, porém particularmente apropriado. Seus volumosos cabelos grisalhos pendiam em cachos em torno do rosto jovial como se fossem pétalas de crisântemo, e a maquiagem que usava decerto lhe dera demasiado trabalho. Brincos de ouro reluziam nos lobos das orelhas, e, no pulso, um bracelete justo tilintava com velhos balangandãs e berloques.

Eve se sentou ao seu lado. — Silvia, está encantadora.

— Ora, achei que devia estar bem vestida para uma ocasião como esta. Onde está Gerald?

— Foi buscar May. Já devem estar chegando.

— E Laura? — perguntou Ivan.

— Está a caminho. Alec telefonou da Escócia, e talvez isso a tenha atrasado um pouco. — Ela baixou a voz. A porta do chalé de Drusilla estava aberta. — Você convidou Drusilla?

— Não — respondeu Ivan, servindo um copo de champanhe para a mãe e lhe entregando. — Mas é bem provável que apareça — concluiu tranqüilamente.

Naquele instante, Laura surgiu, como Eve, da porta da cozinha e atravessou o caminho de seixos na direção dos demais. Estava, pensou Eve, encantadora, com um vestido leve de linho azul-pavão, delicadamente franzido. Os brincos de água-marinha cravejados de brilhantes imitavam a cor intensa do vestido, e ela escurecera com rímel os cílios longos e hirsutos. O efeito tornara seus olhos maiores e luminosos.

— Espero não estar atrasada.

— Está sim — disse Ivan — terrivelmente atrasada. Pelo menos dois minutos. Recuso-me a ficar esperando desse jeito.

Ela fez uma careta cômica e virou-se para Eve. — Isso é para você.

Estava carregando o que Eve imaginou ser uma bolsinha de mão, mas que agora via tratar-se de um pacote embrulhado em papel de seda cor-de-rosa e amarrado com fita azul-clara.

— Para mim? — Pôs os óculos na mesa e apanhou o pacotinho da mão de Laura. — Oh, que emocionante! Você não devia ter-me comprado um presente.

— Na verdade, é uma forma de agradecer sua hospitalidade — explicou Laura, sentando-se. — Não tive tempo de comprar nada em Londres, por isso comprei hoje.

Diante de todos, Eve desfez os laços e o embrulho. Primeiro o papel cor-de-rosa e depois o papel de seda branco, revelando as duas peças de porcelana. Nunca vira nada tão belo e não teve palavras para dizê-lo.

— Oh... oh, *obrigada.* — Inclinou-se para frente e a beijou. — Oh, como lhe posso agradecer? São magníficas.

— Deixe-me ver — pediu Silvia, tomando nas mãos uma delas. Virou-as ao contrário, como o fizera o Sr. Coleshill, a fim de inspecionar a marca. — Dresdenses. — Olhou para Laura, que encontrou seus olhos cor de topázio e, silenciosamente, implorou-lhe que não revelasse o preço astronômico. Decorrido um segundo, Silvia entendeu a mensagem e sorriu. Tornou a virar a peça para cima e a pôs sobre a mesa. — São lindíssimas. Que sensibilidade a sua para encontrá-las, Laura.

— Vou colocá-las em meu quarto — anunciou Eve. — As coisas mais preciosas que possuo guardo em meu quarto, pois posso admirá-las assim que acordo e antes de dormir. Você as comprou no Sr. Coleshill?

— Foi.

— Ele é um trapaceiro e tanto — aparteou Silvia — mas possui alguns tesouros no meio de toda aquela sujeira. Ainda que se tenha que pagar por eles os olhos da cara.

— Bom — observou Ivan — como disse, o homem precisa ganhar a vida. E um dresdense custa caro hoje em dia.

— Vou embrulhá-los de novo, antes que se quebrem. — Eve começou a fazê-lo. — Você é realmente um amor, Laura. Agora me fale de Alec. Como ele está?

Laura contou a ela, mas, antes que houvesse tempo de falar qualquer coisa além da chegada do marido a Glenshandra, o carro de Gerald adentrou os portões, passou pelo pátio e sumiu dentro da garagem. Ele apareceu no instante seguinte, seguido por May.

A velha senhora ainda usava o gorro de lã, mas definitivamente estava sem pernas. Eve, com o coração partido, percebeu logo que a viu. Cansada das longas caminhadas, May parecia grata pela ajuda de Gerald, que a segurava pelo braço. Na outra mão, trazia a bolsa e a sacola do Reino Unido misteriosamente cheia. Com o coração ainda mais apertado, Eve imaginou o que continha na sacola.

Todos pararam.

— Teve um bom dia, May? — inquiriu Eve.

— Ah, tive — respondeu ela, sem sorrir. Seus olhos percorreram um a um os rostos que ali estavam. Detiveram-se na garrafa de champanhe e nos copos. Sua boca apertou a dentadura postiça.

— Deve estar cansada. Quer que eu lhe prepare um jantarzinho leve?

— Não, não, eu mesma faço isso. — Resoluta, desvencilhou-se da mão de Gerald. — Obrigada por me buscar — agradeceu ela, dando as costas para todos, que a observaram caminhar morosamente para a casa e entrar pela porta da cozinha.

— Velha rabugenta — motejou Silvia.

A porta se fechou, com certa firmeza, atrás de May.

— Silvia, não devia falar assim. Ela ficaria magoada se a ouvisse.

— Oh, Eve, convenhamos, ela é *mesmo* uma velha rabugenta. Nunca ninguém me olhou daquele jeito. Parece até que estamos promovendo uma orgia.

Eve suspirou. Não adiantava explicar nada a ninguém. Enquanto Gerald se juntava a eles, ela olhou para o filho. Ivan sabia o que ela pensava e lhe lançou um olhar de cumplicidade, antes de puxar uma cadeira para o padrasto.

Seu sorriso fê-la sentir-se melhor, mas nem tanto. A ocasião era de tanta alegria, as companhias tão interessantes, o champanhe tremendamente delicioso, a noite tão agradável, que seria moralmente errado desperdiçar tudo isso por causa de May. O presente era agora, e cada momento precioso deveria ser apreciado.

O sol se punha, as sombras se alongavam. Àquela hora, Tremenheere se tornava um lugar mágico. A hora azul. *L'heure bleu.* Eve se lembrou de outras, longínquas tardes que passara na companhia de bons amigos e uma garrafa de vinho no frescor de algum terraço sob o sol do Mediterrâneo. Terraços coroados de buganvílias cor-de-rosa e púrpura, o ar recendendo a pinho. A lua cheia se elevava sobre o mar escuro e silencioso. O canto das cigarras. Malta, quando era casada com Philip. O sul da França em sua lua-de-mel com Gerald.

Ergueu os olhos e notou que Gerald a observava. Sorriu e, pelo curto espaço que os separava, jogou-lhe um beijinho secreto.

Drusilla não apareceu, mas dentro do chalé, enquanto caía a noite, começou a tocar sua flauta. Àquela altura, o coquetel de Ivan estava no auge. Todos pareciam ter bebido um bocado de champanhe, e Silvia contava a Gerald uma anedota que sabia que o faria rir, mas, à medida que vibravam as primeiras notas doces, as gargalhadas e vozes começaram a morrer, e até Silvia se calou.

Mozart. O *Eine Kleine Nachtmusik*. Mágico. Era extraordinário imaginar que a estranha Drusilla tivesse dentro de si tamanho talento. Ouvindo, absorta, Eve se lembrou da primeira vez que Gerald a levara a Glyndebourne. Percebeu que esta ocasião não era de todo diferente e a música estonteante de Drusilla, tão doce quanto suas lembranças.

Quando o ligeiro concerto chegou ao fim, todos permaneceram quietos, enfeitiçados por um instante, e então, espontaneamente, a aplaudiram. Gerald ficou de pé.

— Drusilla! — Uma ovação de pé. — Drusilla! Bravo! Venha juntar-se a nós. Merece um prêmio por nos proporcionar tamanho prazer.

Logo em seguida, ela apareceu à entrada do chalé e ficou ali, de braços cruzados, o ombro apoiado no portal, uma figura incrivelmente pitoresca e bizarra, com sua rebelde cabeleira descolorada e suas roupas arcaicas.

— Gostaram? — perguntou ela.

— "Gostar" não expressa o que sentimos. Você toca como um anjo. Venha tomar champanhe conosco.

Drusilla virou a cabeça e, como May o fizera, olhou

para todos. Seu rosto não era, em momento algum, expressivo, mas particularmente agora era impossível adivinhar o que se passava em sua cabeça.

Decorrido algum tempo, respondeu: — Não. Obrigada assim mesmo.

Entrou em casa e fechou a porta. E não voltou a tocar.

6

PENJIZAL

O tempo começava a mudar, a temperatura caía. Um vento sudoeste soprava cálido e ruidoso. No horizonte, nuvens escuras se aglomeravam, formando sombrios vagalhões; o céu, entretanto, permanecia azul, entrecortado por uma fileira de cúmulos brancos. O mar, visto dos jardins de Tremenheere, perdera o tom azulado, o aspecto liso e sedoso, e agora se agitava em ondas de rebentação. Portas e janelas batiam. Lençóis, fronhas e os babadores de Joshua adejavam e bojavam no varal de roupa, produzindo som semelhante ao de velas desfraldadas.

Era sábado, e finalmente a cozinha de Eve era só sua. May subira ao seu quarto, levando consigo uma pilha de roupas para costurar e, com sorte, não desceria antes da hora do almoço. Drusilla fora às compras, empurrando Joshua no velho carrinho. Em deferência ao vento, enrolara o bebê num xale de lã, além de, como Eve notara satisfeita, tê-lo vestido convenientemente: com um babador e um casaquinho de feltro que a mãe adquirira numa concorrida liquidação.

Por ser sábado e a fábrica estar fechada, Ivan colocara seu dia de folga à disposição de Laura e saíra com ela de carro a fim de lhe mostrar um pouco da costa norte e, em particular, a enseada de Penjizal. Eve preparou-lhes um piquenique e avisou ao filho que Laura não deveria se cansar nem caminhar em demasia.

— Ela esteve acamada; não se esqueça disso. É por isso que está aqui.

— Não exagere — respondeu Ivan. — O que acha que vou fazer? Levá-la a uma caminhada de 20 quilômetros?

— Sei como você é, e assumi essa responsabilidade perante Alec.

— E como é que eu sou?

— Ativo demais — respondeu ela, imaginando que poderia ter dito muitas outras coisas.

— Faremos um piquenique e talvez nademos no mar.

— Não está muito frio para isso?

— Se o vento continuar a soprar nessa direção, Penjizal vai estar protegida dele. Não se preocupe. Tomarei conta dela.

Eve ficou sozinha. Eram 11 horas. Enquanto passava o café para ela e Gerald, arrumou duas xícaras numa bandeja, junto com o açúcar, o leite e biscoitos de gengibre; saiu da cozinha e cruzou o corredor até o escritório do marido. Encontrou-o sentado atrás da escrivaninha, examinando documentos que hoje em dia parecem ser inevitáveis a qualquer pessoa que possua renda ou bens. Ela entrou, e ele largou a caneta, recostou-se na cadeira e tirou os óculos.

— A casa está em absoluto silêncio — comentou ele.

— Claro que está. Não há ninguém, exceto você, eu e May, e ela está lá em cima, remendando as meias. — Depositou a bandeja diante dele.

— Duas xícaras? — perguntou o marido.

— Uma é para mim. Vou me sentar e tomar café com

você. Que tal um bate-papo amistoso de cinco minutos, sem interrupções?

— A mim parece ótimo.

Ela apanhou uma xícara e a levou até a poltrona ao lado da janela, onde Gerald costumava cochilar à tarde ou ler os jornais à noite. Era uma poltrona larga e confortável, na qual suas formas delicadas se perdiam. As paredes do escritório de Gerald eram revestidas de madeira e cobertas de fotografias de barcos e outras lembranças de sua carreira naval.

— O que Laura está fazendo? — ele quis saber.

— Ivan a levou para passear de carro. Preparei um lanche para os dois. Acho que vão a Penjizal olhar as focas.

— Espero que ele se comporte.

— Avisei a ele que ela não podia cansar-se.

— Não é disso que estou falando — observou Gerald. Ele adorava o enteado, mas não nutria ilusões a seu respeito.

— Oh, Gerald, dê-lhe um crédito. Está apenas sendo gentil. Além disso, Laura é mulher de Alec, e é mais velha do que ele.

— Isso é o que eu chamo de defesa alternativa. Ela é muito atraente.

— É mesmo, não é? Não pensei que fosse tão bonita. Imaginei-a uma mocinha sem sal. Acho que ela *era* sem sal quando Alec a conheceu, mas é impressionante o que o amor e algumas boas roupas podem fazer por uma mulher.

— Por que acha que ela era uma mocinha sem sal?

— Ah, por algumas coisas que me contou ao longo desses dois dias. Filha única. Os pais morreram num acidente de automóvel. Criada pela tia.

— O quê? Uma tia solteirona?

— Tudo indica que é uma mulher interessante. Viúva. Moravam em Hampstead. Mas, quando cresceu, Laura arranjou um emprego e decidiu morar sozinha num pequeno apartamento, e até onde sei viveu assim por 15 anos. Trabalhava para um editor e acabou se tornando uma.

— Isso prova que era competente, mas não prova que era uma moça sem sal.

— Não, mas não parece muito empreendedor. E Laura é a primeira a admitir isso.

Gerald sorveu o café. — Gosta dela, não gosta?

— Imensamente.

— Acha que é feliz com Alec?

— Acho que sim.

— Parece duvidar.

— Ela é discreta. Não fala muito dele.

— Talvez esteja sendo apenas reservada.

— Quer ter um filho.

— O que a impede?

— Ah, misteriosas complicações femininas. Você não entenderia.

O velho Gerald aceitou de bom grado a abrangente explicação e perguntou: — Faria muita diferença se não tivessem um filho?

— Para ela, sim.

— E quanto a Alec? Deve estar com 50 agora. Será que iria querer um pirralho gritando pela casa?

— Não sei dizer. — Sorriu, afetuosa. — Não perguntei a ele.

— Talvez se...

Subitamente, o telefone da escrivaninha começou a tocar.

— Droga — reclamou ele.

— Não atenda. Finja que saiu...

Mas Gerald já havia atendido.

— Tremenheere.

— Gerald?

— Sim.

— É Silvia... eu... oh, Gerald...

Eve podia ouvi-la claramente e consternou-se ao perceber que a amiga estava em prantos.

Gerald franziu o cenho. — O que houve?

— Uma coisa terrível... medonha... vil...

— Silvia, o que há?

— Não posso... não posso contar por telefone. Vocês podem vir? Você e Eve? Só vocês. Só os dois...

— O quê? *Agora*?

— É... agora mesmo. Por favor. Desculpe, mas não tenho ninguém...

Gerald olhou para Eve, que concordou na mesma hora.

— Estamos indo — afirmou num tom tranqüilizador. — Espere por nós e tente acalmar-se. Estaremos aí em cinco minutos.

Firme, Gerald desligou o aparelho. Por sobre a escrivaninha, antes que ela pudesse dizer qualquer coisa, seus olhares se encontraram, o dela em agonia.

— Silvia — disse ele desnecessariamente. — Acho que nosso bate-papo terá que ficar para outra hora.

— De que se tratava?

— Não faço a menor idéia. Diabo de mulher. Está histérica por alguma razão. — Ficou de pé e empurrou a cadeira para trás. Eve também se levantou. Sua mão trêmula fazia a xícara tilintar sobre o pires. Gerald a tirou de sua mão e a colocou na bandeja.

— Venha. — Ele a envolveu com o braço, apoiando-a, ajudando-a gentilmente a caminhar. — Vamos de carro.

A estrada até a cidade estava coberta de folhas verdes arrancadas das árvores pelo vento. Passaram pelos portões da casa de Silvia, e Eve notou que a porta da frente estava aberta. Ansiosa, desceu do carro antes mesmo de o marido desligar o motor.

— Silvia!

Quando entrou na casa, Silvia estava vindo da sala de estar, o rosto retorcido de aflição, e as duas mulheres caminharam juntas pela exígua ante-sala.

— Oh... Eve, estou tão feliz em vê-la!

E caiu em seus braços, em prantos. Eve amparou a amiga, abraçando-a com força, batendo em seu ombro, murmurando inexpressivas palavras de conforto.

— Pronto... pronto, está tudo bem. Estamos aqui.

Gerald, bem atrás da mulher, bateu a porta da casa. Esperou um ou dois minutos e disparou: — Agora vamos, Silvia. Acalme-se.

— Desculpe... vocês são uns anjos... — Com um certo esforço, Silvia se recompôs, afastou-se de Eve, fez da manga do suéter um lenço e enxugou pateticamente as lágrimas do rosto encharcado. Eve estava profundamente chocada com sua aparência. Não se lembrava de tê-la visto alguma vez sem maquiagem. Parecia exposta, indefesa, bem mais velha. O cabelo estava desgrenhado, e as mãos, queimadas e grossas de trabalhar no jardim, tremiam incontrolavelmente.

— Vamos todos nos sentar — ponderou Gerald — e nos acalmar. E então vai-nos contar o que está havendo.

— Claro... claro...

Ela se virou, os dois a seguiram até a pequenina sala de estar. Eve, cujas pernas começavam a bambear, sentou-se no canto do sofá. Gerald puxou a cadeira que havia ao lado da escrivaninha e sentou-se, ereto e controlado. Determinara-se, obviamente, a instaurar um certo senso de ordem na ocasião.

— Então, de que se trata?

Silvia lhes contou, a voz trêmula, a respiração entrecortada por soluços intermitentes. Estivera na cidade fazendo compras. Ao retornar, deparou a correspondência matinal sobre o capacho da porta. Algumas contas e... isto...

Estava sobre a escrivaninha. Ela pegou e entregou a Gerald o pequeno envelope pardo e comum.

— Quer que eu o abra? — ele perguntou.

— Sim.

Ele colocou os óculos e retirou a carta. Um pedaço de papel pautado cor-de-rosa. Desdobrou a folha e leu o que estava escrito. Não levou mais que poucos segundos. Então disse: — Entendo.

— O que é? — perguntou Eve.

Gerald se levantou e entregou-lhe o papel. Com cautela, como se tocasse em algo contaminado, Eve o tomou nas mãos. Gerald tornou a se sentar e se pôs a examinar o envelope.

Ela observou o papel de carta infantil, a pálida figura de uma fada no alto. A mensagem fora composta com letras cortadas de manchetes de jornais, cuidadosamente coladas lado a lado, formando as palavras.

VoCê SAiu cOm OutROs HomENs
e InDuZIu sEU MaRIdo
aO ÁlcOol
DEviA SE enVErgOnhAr

Achou que, pela primeira vez na vida, estivesse diante da verdadeira maldade. Além de repulsa, sentiu um medo terrível.

— Oh, Silvia!

— O que... o que devo fazer?

Eve engoliu. Seria fundamental ser objetiva. — Como é a letra no envelope?

Gerald entregou-lhe o envelope. Eve observou as letras impressas de maneira pouco uniforme, uma a uma, com um carimbo de borracha. Provavelmente a pessoa utilizara um estojo de impressão infantil. Um carimbo de segunda categoria. O selo postal do lugar e a data do dia anterior. Era tudo.

Devolveu o papel e o envelope a Gerald.

— Silvia, tem alguma idéia de quem possa ter enviado essa coisa horrível?

Silvia, que olhava pela janela, virou a cabeça e olhou para Eve. Seus incríveis olhos esverdeados, o que possuía de melhor, encheram-se de lágrimas. Eve a fitou por um longo tempo. Silvia continuou calada. Eve virou-se para Gerald, esperando apoio, mas ele apenas a olhou, triste, por sobre os óculos. Cada um sabia o que o outro pensava. Nenhum deles ousou pronunciar o nome.

Eve inspirou profundamente e soltou o ar num longo e trêmulo suspiro.

— Acham que foi May, não acham?

Gerald e Silvia nada disseram.

— Acham que foi May. Sei que acham que foi ela... — Seu tom de voz se elevou, e começou a tremer. Cerrou os dentes, prendendo o choro incipiente.

— *Você* acha que foi May? — inquiriu Gerald calmamente.

Ela balançou a cabeça. — Não sei o que pensar.

Ele olhou para Silvia. — Por que May lhe escreveria uma carta como essa? Que motivo teria ela?

— Não sei. — Seu choro parecia ter-se abrandado, e ela estava mais calma agora, mais parecida com si mesma. Com as mãos nos bolsos da calça, afastou-se da janela e andou pela sala. — Exceto que não gosta de mim.

— Oh, Silvia...

— É verdade, Eve. Isso nunca chegou a me incomodar. Só que, por alguma razão, May não me suporta.

Eve, sabendo que aquilo *era* verdade, não soube o que dizer.

Gerald falou por ela: — Mesmo assim, não é motivo suficiente.

— Certo. Então Tom bebeu até morrer.

Eve estava chocada com a sua frieza e, ao mesmo tempo, admirada. Falar de sua tragédia pessoal denotava sensibilidade e bravura.

Gerald tornou a falar: — Sei que a visão de May em relação ao álcool é um tanto ultrapassada, mas por que ela a agrediria por isso?

— "Saiu com outros homens." É aí que está querendo chegar, Gerald?

— Não quero chegar a lugar nenhum. Estou tentando ser prático. E não vejo por que seus amigos e sua vida particular possam interessar a May.

— Pode ser, se esse amigo for Ivan.

— Ivan — a voz de Eve, mesmo para ela, soou estridente e descrente. — Não está falando sério.

— Por que não? Ah, Eve querida, não me olhe assim... O que eu quis dizer foi que, às vezes, quando você e Gerald não estão, Ivan me convida para ir ao seu chalé tomar um drinque... Ele só quer ser gentil. Outro dia, ele me deu uma carona até uma festa em Falmouth para a qual havíamos sido convidados. Mais nada. Mais *nada*. Mas eu a vi espiando-nos da janela. Nada acontece sem que ela saiba. Talvez tenha achado que eu estava abalando seus conceitos morais ou coisa assim. Velhas babás são sempre muito possessivas e, afinal de contas, ele foi seu bebê.

Eve apertou as mãos contra o peito. Escutou a voz de May. *Hmmm. Solitária. Eu podia lhe contar coisas que não iria gostar de ouvir.*

Lembrou do caderno de recortes. O inexplicável caderno de recortes, da tesoura, da cola.

Pensou na sacola do Reino Unido que May carregava entulhada de coisas misteriosas que comprara no dia de folga. Estariam ali o papel de carta com o desenho da fada, o estojo de impressão?

Oh, May, querida, o que foi que você fez?

— Não deve contar a ninguém — pediu ela.

Silvia franziu o cenho. — Como assim?

— Não devemos contar a ninguém sobre esse terrível episódio.

— Mas isso é crime!

— May é uma senhora de idade...

— Só pode estar louca, para fazer uma coisa dessa.

— Talvez... talvez esteja... um pouquinho... — Não conseguiu pronunciar a palavra *louca*. E terminou a frase debilmente com um "confusa".

Gerald estudou novamente o envelope. — Foi postado ontem. May foi à cidade ontem?

— Ah, Gerald, não sei. Ela está sempre indo ao correio. É seu exercício rotineiro. É lá que recebe sua pensão e compra balas de hortelã e linha de costura.

— Será que a moça do correio se lembra dela?

— Ela não precisaria ir ao correio. Sempre carrega selos na bolsa. Estou constantemente pedindo selos a ela. Poderia simplesmente ter postado a carta e voltado para casa.

Gerald concordou. Fizeram uma pausa, Eve assombrada pelas imagens de May com o gorro de lã, atravessando lentamente os portões de Tremenheere, estrada abaixo até a cidade, enfiando o envelope peçonhento na abertura da caixa escarlate do correio.

Silvia andou até a lareira, apanhou um cigarro do pacote sobre o aparador e o acendeu. Fixou o olhar distante na grade empoeirada. Por fim, tornou a falar: — Ela nunca me suportou. Sempre soube disso. Acho que a vaca velha nunca me tratou de modo civilizado.

— Não *pode* tratá-la desse jeito! Não pode chamá-la de vaca. Ela não é nada disso. Pode ter feito uma bobagem, mas é porque está velha e confusa. E se alguém ficar sabendo dessa história... se contarmos à polícia ou a qualquer outra pessoa, eles farão perguntas e... ninguém vai entender... e aí então ela vai ficar fora de si... e eles a levarão... e...

Tentara de todas as formas prender o choro, mas dessa vez não agüentou. Num único movimento, Gerald saiu da poltrona onde estava e se sentou ao seu lado no sofá. Jogou os braços ao seu redor, e ela encostou o rosto contra a quentura de seu peito, sacudindo os ombros e chorando na lapela do paletó de Comodoro.

— Pronto — acudiu Gerald, consolando-a da mesma maneira que ela consolara Silvia, com palmadinhas e palavras gentis. — Tudo bem. Tudo bem.

Finalmente, ela se recompôs e se desculpou com Silvia. — Sinto muito. Nós viemos em seu socorro, e agora sou eu que perco o controle.

Silvia riu. Sem muita emoção, claro, mas finalmente riu. — Pobre Gerald, que par de mulheres somos nós. Sinto-me mal por tê-los metido nisso, mas achei que deviam saber. Bem, após o choque de ter aberto a carta e lido palavras tão cruéis, não pensei em ninguém além de May. — Parou de andar pela sala, ficando atrás do sofá. Em seguida, inclinou-se para beijar o rosto de Eve. — Não fique nervosa. Não vou mais importuná-la. Sei o quanto gosta dela...

Eve assoou o nariz. Gerald olhou para o relógio de pulso. — Creio que precisamos de um drinque — reconheceu. — Silvia, por acaso tem algum conhaque em casa?

Tinha. Beberam e conversaram. Por fim, decidiram nada fazer e nada contar a ninguém. Fora May que enviara a carta, concluiu Gerald, e, decerto, nada mais faria além disso. Provavelmente, nem se lembrava mais, tão curta era sua memória. Mas se acontecesse algo, ainda que remotamente semelhante, Silvia faria com que Gerald soubesse imediatamente.

Ela concordou. Quanto à carta, pretendia queimá-la.

— Receio que não deva fazê-lo — Gerald a alertou em

tom grave. — Nunca se sabe. Se as coisas piorarem, você poderá vir a precisar dela como uma espécie de prova. Se quiser, posso guardá-la para você.

— Não posso permitir que faça isso. Não quero que Tremenheere seja contaminada com essa história sórdida. Não, vou jogá-la no fundo de uma gaveta qualquer e esquecer o assunto.

— Promete que não vai queimá-la?

— Prometo, Gerald. — Sorriu. O mesmo sorriso afetuoso de sempre. — Como fui tola por ficar chateada.

— Tola coisa nenhuma. Uma carta anônima é algo assustador.

— Sinto muito — desculpou-se Eve. — Muitíssimo mesmo. De certo modo, sinto-me pessoalmente responsável. Mas se tentasse perdoar a pobre May e compreender minha posição...

— Claro que compreendo.

Em silêncio, percorreram de carro a curta distância até Tremenheere. Gerald estacionou o carro, e os dois entraram pela porta dos fundos. Eve atravessou a cozinha e começou a subir a escada.

— Aonde vai? — perguntou Gerald.

Ela parou, a mão no corrimão, e virou-se para vê-lo. — Estou indo ver May — respondeu.

— Por quê?

— Não vou comentar nada. Só quero ter certeza de que está bem.

Passada a hora do almoço, Eve foi tomada por uma lancinante dor de cabeça. Gerald observou que, nas atuais circunstâncias, aquilo já era de esperar. Eve engoliu duas aspirinas e foi para a cama no meio do dia, o que raramente fazia. O remédio fez efeito, e ela dormiu a tarde inteira. Foi acordada pelo toque do telefone. Olhou o relógio e notou que já passavam das seis. Estendeu a mão e alcançou o aparelho.

— Tremenheere.

— Eve?

Era Alec, ligando da Escócia, querendo falar com Laura.

— Ela não está, Alec. Foi a Penjizal com Ivan, e creio que ainda não voltaram. Devo pedir a ela que lhe telefone?

— Não, ligarei mais tarde. Lá pelas nove.

Trocaram mais algumas palavras e desligaram.

Eve ficou deitada por mais algum tempo, olhando pela janela as nuvens deslizarem no céu. A dor de cabeça, felizmente, passara, mas por alguma razão ela continuava a se sentir exausta. Não obstante, precisava preparar o jantar. Mais um instante e ela se levantou e foi tomar banho.

Ventava muito na estrada que levava ao topo da montanha. O caminho era estreito, e os tojos que margeavam a subida roçavam a carroceria do carro de Ivan. Estavam cobertos de flores amarelas e cheiravam a amêndoas; atrás havia prados, onde vacas leiteiras pastavam. As áreas irregulares desses pequenos campos eram entrecortadas por sinuosos muros de pedras, formando como que uma colcha de retalhos. O terreno era rochoso e, por toda parte, pedaços de granito afloravam à superfície das pastagens férteis e verdejantes.

A estrada terminava numa fazenda. Um homem num trator carregava esterco na empilhadeira. Ivan saltou do carro e foi até ele, gritando para que sua voz não fosse abafada pelo barulho da máquina.

— Oi, Harry!

— Olá, Ivan!

— Será que podemos deixar o carro aqui? Estamos indo à angra.

— Tudo bem. Não vai atrapalhar.

Ivan voltou para o carro, e o fazendeiro continuou seu trabalho.

— Venham — Ivan chamou Laura e Lucy. — Vamos! —

Ajeitou a mochila nas costas, a cesta de piquenique na mão e mostrou o caminho para o mar. A vereda se estreitava em uma trilha de pedras, saindo num pequenino vale, onde fúcsias floresciam em profusão e um riachinho, encoberto por um bosque de aveleiras, fazia-lhes companhia. Ao se aproximarem do penhasco, o vale revelou uma profunda fissura, densa de samambaias e silvas, e, abaixo, o mar.

Agora o córrego se revelava, espumando montanha abaixo sobre um tapete de botões-de-ouro. Cruzaram uma tosca ponte de madeira e pararam à beira do penhasco, antes de continuar a descer.

Sob os pés, cravos e urzes cresciam em meio a tufos de relva, e o vento salgado e fresco batia contra eles, soprando os cabelos de Laura e espalhando-os em seu rosto. A maré estava baixa. Ali, não havia praia, apenas rochas que se estendiam à beira-mar. Cobertas de algas marinhas verde-esmeralda, as rochas, impiedosas e pontiagudas, reluziam à luz do sol. Do oceano — o Atlântico, ela se lembrou — enormes vagalhões, agitados pela força do vento, se juntavam para avançar e jorrar sobre a costa, quebrando no litoral em furiosas ondas de rebentação e produzindo um barulho incessante.

Além das ondas, o mar se estendia até o horizonte e parecia, aos olhos encantados de Laura, conter em suas profundezas todos os tons de azul: turquesa, água-marinha, anil, violeta e púrpura. Nunca vira colorido igual.

E indagou, sem acreditar: — É sempre assim?

— Céus, não. Às vezes está verde. Ou azul-escuro. Ou ainda, numa noite escura e fria de inverno, assume uma sinistra tonalidade acinzentada. É para lá que vamos — afirmou Ivan, apontando o lugar.

Ela seguiu a linha do seu braço e viu, protegida por um bastião de pedras, uma farta piscina natural brilhando no sol como uma gigantesca jóia.

— Como chegaremos lá?

— Por essa estreita passagem de pedras. Irei na frente. Tenha cuidado, é um caminho traiçoeiro. Talvez seja melhor carregar Lucy no colo. Não queremos que ela caia.

Fizeram uma árdua e longa caminhada de meia hora até alcançar seu destino. Laura conseguiu, embora hesitante, transpor o último obstáculo saliente e se juntou a Ivan numa grande rocha plana, que descia até a piscina natural.

Ivan depositou a cesta de piquenique numa fenda, largou a mochila, que continha seus apetrechos de banho e sorriu para ela. — Parabéns. Conseguimos.

Laura pôs Lucy a seus pés. A cadelinha foi imediatamente explorar o local, mas não havia coelhos por lá. Apenas algas e caramujos. Após um instante, ela estava entediada e com calor; encontrou um cantinho sombreado e enroscou-se para dormir.

Trocaram-se para nadar e mergulharam na água salgada, fria e cristalina, com pouco mais de cinco metros de profundidade. O fundo encontrava-se polvilhado de pedrinhas brancas e arredondadas. Ivan mergulhou e trouxe uma delas até a superfície, colocando-a aos pés de Laura.

— Parece uma pérola.

Passados alguns minutos, os dois pararam de nadar e se deitaram ao sol, abrigados do vento pelas pedras à volta. Laura tirou o lanche da bolsa, e comeram a galinha fria, os tomates de Tremenheere, o pão torrado e os pêssegos macios e suculentos. Beberam o vinho que Ivan colocara para gelar numa pequena e conveniente piscina. Nela havia camarões, que fugiam sempre que alguém ou algum objeto invadia seu mundo particular.

— Vão pensar que somos marcianos — pilheriou Ivan — ou alienígenas.

O sol castigava, as pedras esquentavam.

— Estava nublado em Tremenheere — observou Laura, deitando de costas e olhando para o céu.

— As nuvens correram para a outra costa.

— Por que é tão diferente aqui?

— Costa diferente, oceano diferente. Em Tremenheere, plantamos palmeiras e camélias. Aqui, mal se consegue plantar uma árvore, e as escalônias são as únicas plantas que conseguem resistir ao vento.

— É como se fosse outro lugar — confirmou ela — outro país.

— Já viajou muito?

— Nem tanto. Fui à Suíça uma vez para esquiar. E Alec me levou a Paris em nossa lua-de-mel.

— Que romântico!

— Foi, mas ficamos apenas uma semana, pois ele estava prestes a fechar um negócio importante e precisava voltar para Londres.

— Quando se casaram?

— Em novembro do ano passado.

— Onde?

— Em Londres. Num cartório... choveu o dia todo.

— Quem foi ao seu casamento?

Laura abriu os olhos. Ele estava deitado ao seu lado, com a cabeça apoiada no cotovelo, olhando para ela.

Ela sorriu. — Por que quer saber?

— Para poder visualizar o acontecimento.

— Ora... na verdade, ninguém. Além, é claro, de Phyllis e do motorista de Alec, pois precisávamos de duas testemunhas. — Ela já lhe havia contado sobre Phyllis. — E depois Alec levou Phyllis e eu para almoçar no Ritz, e então tomamos o avião para Paris.

— O que estava usando?

Ela começou a rir. — Não me lembro. Ah, sim, lembrei. Um vestido que eu tinha há séculos. E Alec me deu algumas flores para segurar. Cravos e frésias. Os cravos tinham um cheiro estranho, mas as frésias eram muito perfumadas.

— Há quanto tempo conhecia Alec?

— Acho que há um mês.

— Moravam juntos?

— Não.

— Quando se conheceram?

— Ah! — Ela se sentou, descansando os cotovelos sobre os joelhos. — Numa festa. Um encontro bastante comum. — Ela olhou para as ondas que batiam nas pedras. — Ivan, a maré está subindo.

— Eu sei. É assim mesmo. É o curso natural das coisas. Tem a ver com a lua. Mas ainda não temos que voltar.

— Ela cobre a piscina?

— Cobre, e é por isso que a água é tão clara e limpa. A maré limpa a piscina duas vezes por dia. E o mar chega a cobrir essa pedra em que estamos sentados. Mas ainda vai levar tempo. Se tivermos sorte e ficarmos bem atentos, veremos algumas focas. Sempre aparecem na cheia.

Laura ergueu o rosto em direção à brisa, deixando-a soprar em seus cabelos.

— Continue a falar de Alec.

— Não tenho mais nada para falar. Nós nos casamos. Saímos em lua-de-mel. Voltamos para Londres.

— É feliz com ele?

— Claro.

— Ele é bem mais velho do que você.

— Só 15 anos.

— Só! — Ele riu. — Se eu me casasse com uma moça 15 anos mais moça do que eu, ela teria.... *18.*

— Seria uma mulher adulta.

— É verdade. Mas a idéia parece ridícula.

— Acha meu casamento com Alec ridículo?

— Não. Acho fantástico. Ele é um homem de sorte.

— Eu é que tenho sorte — reconheceu Laura.

— Você o ama?

— Claro.

—Você se apaixonou por ele? É diferente de amar, não é?

— É. É diferente. — Ela inclinou a cabeça e tocou com os dedos uma fissura na rocha, desalojando uma minúscula pedrinha. Ergueu o braço e arremessou a pedra, que ricocheteou na rocha e afundou na água, desaparecendo para sempre.

— Então vocês se conheceram numa festa. "Este é Alec Haverstock", disse a anfitriã, e seus olhos se encontraram sobre a bandeja de bebidas, e...

— Não — discordou Laura.

— Não?

— Não foi assim.

— Como foi?

— Foi a primeira vez que nos encontramos, mas não foi a primeira vez que o vi.

— Conte-me.

— Não vai rir?

— Nunca rio de coisas importantes.

— Bem... Na verdade, eu o vi pela primeira vez seis anos antes de conhecê-lo. Foi na hora do almoço, e eu tinha ido visitar uma amiga que trabalhava numa galeria de arte na Bond Street. Tínhamos combinado de almoçar juntas, mas ela não pôde sair. Então resolvi encontrá-la na galeria. Estava quase vazia, por isso nos sentamos para conversar. E Alec se aproximou, falou com minha amiga, comprou um catálogo e saiu para apreciar as telas. Eu o vi e pensei: "Vou me casar com esse homem". E então perguntei a minha amiga quem era ele. Ela me disse seu nome e também que sempre visitava a galeria na hora do almoço para admirar as obras de arte ou comprar alguma. E então perguntei: "O que ele faz?" E ela me contou... Sandberg Harpers, Companhia de Investimentos... bem-sucedido, com uma linda esposa, pai de uma linda menina. E pensei: "Engraçado, porque ele vai se casar comigo".

Ela parou de falar. Achou outra fissura na rocha e atirou com força a pedrinha na piscina.

— Só isso? — perguntou Ivan.

— Só.

— Incrível.

Ela se virou e olhou para ele.

— É verdade.

— Mas o que fez durante os seis anos seguintes? Sentou-se e ficou girando os polegares?

— Não. Trabalhei. Vivi. Existi.

— Quando o conheceu na festa, já sabia que seu casamento tinha terminado e que estava divorciado?

— Já.

— E se jogou em seus braços, gritando "finalmente".

— Não.

— Mas já sabia.

— Sabia.

— E ele, presumidamente, também.

— Presumidamente.

— Você tem mesmo sorte, Laura.

— Por casar com Alec?

— É. Mas principalmente por ter tido tanta certeza.

— Nunca tem certeza de nada?

Ivan balançou a cabeça. — Nunca. É por isso que continuo disponível, um solteirão cobiçado. Pelo menos é o que gosto de pensar.

— Eu o acho interessante — sentenciou Laura. — Não sei por que ainda não se casou.

— É uma longa história.

— Você foi noivo. Alec me contou.

— Se eu começar daí, ficaremos aqui até a noite.

— Não gosta de falar nisso?

— Não, não é isso. Foi um erro. Mas o pior é que só percebi que era um erro quando quase já não havia mais tempo de voltar atrás.

— Qual era o nome dela?

— É importante?

— Respondi a todas as suas perguntas. Agora é a sua vez de responder às minhas.

— Está certo. Ela se chamava June. Morava no coração de Cotswolds, numa linda casa de pedras e janelas de batente. Nos estábulos havia belos cavalos, com os quais costumava caçar. E no jardim, uma enorme piscina, quadra de tênis e várias estátuas e arbustos que pareciam artificiais. Ficamos noivos, com todas as comemorações, e sua mãe passou os sete meses seguintes planejando o maior e mais dispendioso casamento, que seria invejado por todos os vizinhos.

— Oh, Deus — suspirou Laura.

— Nada demais. Fugi no último momento como um covarde. Percebi que não havia magia entre nós, que não estava certo do que queria e que gostava demais da pobre garota para condená-la a uma união eterna.

— Acho que teve muita coragem.

— Ninguém achou isso. Até Eve ficou com raiva de mim, não tanto por ter terminado o noivado, mas porque ela tinha comprado um chapéu para a ocasião. E nunca usa chapéus.

— Mas por que abandonou seu emprego? Não precisava abandonar o emprego junto com o casamento.

— Não tive escolha. Veja bem, o sócio da empresa em que eu trabalhava era o pai da noiva. Complicado, não?

Eram sete horas quando decidiram voltar a Tremenheere. Guiando pela charneca e pelo vale extenso e arborizado que levava à cidade, notaram que as nuvens que antes iam para o sul se haviam tornado mais densas e agora se moviam para o mar. Após o esplendor da costa norte, a neblina os pegou de surpresa. A cidade estava invisível, tomada pela bruma, que engolira o sol poente, e o vento que soprava do mar carregava a névoa na direção de Tremenheere.

— Felizmente não passamos o dia todo aqui — comentou Ivan. — Teríamos ficado sob o nevoeiro, encasacados, em vez de tomar sol na rocha.

— O bom tempo chegou ao fim ou o sol vai aparecer de novo?

— Ah, ele vai aparecer de novo. Sempre aparece. Amanhã teremos outro dia quente. Isso é apenas neblina do mar.

O sol sempre aparece. O tom seguro de Ivan encheu Laura de otimismo. Uma das boas qualidades de Ivan era ser extremamente positivo. Não conseguia imaginá-lo abatido, e, mesmo que estivesse, sua tristeza não costumava durar muito. Até o desastroso episódio de seu noivado e a conseqüente perda do emprego, que para um homem menos jovial teria sido motivo para muito desânimo, ele narrara com bom humor, transformando a história toda numa piada contra si próprio.

Seu otimismo era contagiante. Sentada ao seu lado no carro conversível, cansada, bronzeada e salgada, Laura sentiu-se livre como uma criança e mais esperançosa em relação ao futuro do que jamais estivera. Afinal, tinha apenas 37 anos. Ainda era jovem. Com um pouco de sorte, se cruzasse os dedos, poderia engravidar. Talvez Alec vendesse a casa de Islington e comprasse uma maior, com jardim. E a casa seria dela, não de Erica. E o quarto do bebê seria do seu filho e não de Gabriela. E quando Daphne Boulderstone fosse visitá-la não faria comentários sobre a mobília e as cortinas, pois não haveria vestígios de Erica que os justificassem.

Entraram pelos portões de Tremenheere, passaram sob o arco, parando diante da casa de Ivan.

— Ivan, muito obrigada. Foi um dia perfeito.

— Eu é que agradeço por ter aceito o convite. — Lucy

se enrolou no colo de Laura, sentou-se e bocejou, olhando para ela. Ivan acariciou sua cabeça e puxou suas orelhas compridas e sedosas. E então pegou a mão de Laura e a beijou de modo natural e impulsivo. — Espero não tê-las cansado.

— Não sei sobre Lucy, mas eu não me sentia tão bem assim há anos. — E acrescentou: — Nem tão feliz.

Separaram-se. Ivan precisava dar um telefonema; tomaria um banho e poria roupas limpas. Talvez, mais tarde, juntar-se-ia aos demais para um drinque. Dependeria dos planos de Eve e Gerald para a noite. Esvaziou a mochila, tirando dali o calção de banho molhado e areento e estendeu-o no varal, sob o céu enevoado. Laura levou a cesta de piquenique para a cozinha. A casa estava em silêncio. Colocou água para Lucy e desfez a cesta, jogando fora o lixo e lavando os pratos e copos plásticos. Cruzou a porta e atravessou o corredor à procura de Eve.

Encontrou-a sentada na sala de estar. Por causa da bruma e da escuridão da paisagem vista da janela, Eve acendera a lareira, que crepitava animadamente atrás da grade.

Havia-se trocado para o jantar e se entretia com seu bordado, mas, assim que Laura passou pela porta, Eve baixou a agulha e tirou os óculos.

— Divertiu-se bastante?

— Oh, divinamente... — Laura se jogou numa poltrona e lhe contou o seu dia. — Fomos a Penjizal, e o tempo estava maravilhoso, sem uma única nuvem no céu. Nadamos e lanchamos — obrigada pelo lanche — e então sentamos e observamos a maré subir. E vimos um bando de focas, todas saltitando, com seus focinhos de cachorro. E então a maré *subiu* mesmo; tivemos que escalar o penhasco rapidamente e acabamos passando lá o resto da tarde. Depois, Ivan me levou a Lanyon para tomarmos cerveja num *pub* e voltamos para casa. Sinto termos demorado tanto. Não fiz nada para ajudá-la com o jantar...

— Ah, não se preocupe, já cuidei de tudo.

— Acendeu a lareira.

— É, eu estava tremendo.

Laura a olhou com mais atenção e disse: — Está pálida. Sente-se bem?

— Claro que sim. Eu... tive uma dor de cabeça na hora do almoço, mas descansei um pouco e agora estou melhor. Laura, Alec ligou. Pouco depois das seis. Mas vai tornar a ligar às nove.

— Alec... Por que ele ligou?

— Não sei. Provavelmente para falar com você. Bom, como disse, ele vai ligar de volta. — Ela sorriu. — Está com uma ótima aparência, Laura. Parece outra pessoa. Alec não vai reconhecê-la quando a vir novamente.

— Sinto-me ótima — reconheceu Laura. Levantou-se da poltrona e cruzou a porta em direção ao seu quarto, para um banho. — Sinto-me outra pessoa. — E fechou a porta. Eve ficou olhando a porta fechada, franzindo ligeiramente a testa. Então suspirou, colocou os óculos e voltou ao bordado.

Gerald estava sentado à penteadeira, o queixo erguido, olhando de esguelha sua imagem no espelho, ajustando o nó da gravata azul-marinho de seda estampada com âncoras vermelhas. Ajeitou-a com cuidado entre as duas pontas do colarinho. Feito isso, apanhou a escova de marfim e passou a cuidar do que restava do cabelo, que não era muito.

Meticuloso, guardou a escova junto das outras de roupa, do estojo de abotoaduras, da tesoura de unhas, ao lado da fotografia emoldurada de Eve, tirada no dia de seu casamento.

O quarto de vestir — assim como fora sua cabine de navio — era sempre um modelo de ordem. As roupas estavam dobradas, os sapatos guardados aos pares, tudo em seu lugar. Parecia mesmo uma cabine. A cama de solteiro, onde dormia sempre que estava resfriado ou quando Eve sentia dor de cabeça, era estreita, funcional e coberta com uma colcha azul-marinho. A penteadeira era um antigo baú de navio, com alças de bronze laterais. As paredes eram cobertas de fotografias: o período em Dartmouth e a tripulação do *Excellent*, o ano em que Gerald fora nomeado comandante de artilharia.

A ordem lhe era inerente... ela e uma série de códigos éticos pelos quais vivera a vida inteira. Concluíra, tempos atrás, que as velhas e rígidas máximas da Marinha Real podiam ser aplicadas de modo proveitoso no dia-a-dia.

Um navio se conhece por seus botes.

Isso significava que se a entrada de uma casa era limpa e encerada, que se o chão e a prataria brilhassem, então as visitas imaginariam que o resto da casa também fosse igualmente imaculado. Não que precisasse necessariamente ser, e no caso de Tremenheere era freqüente não sê-lo. Era a primeira impressão que importava.

Um submarino sujo é um submarino perdido.

Na opinião de Gerald, tal máxima se aplicava adequadamente aos intermináveis problemas da indústria moderna. Qualquer estabelecimento mal administrado estava fadado ao fracasso. Ele era, quase sempre, um homem calmo, porém às vezes, lendo os artigos do *Times* sobre contendas, greves, piquetes, mal-entendidos e falta de comunicação, ele cerrava os dentes, encolerizado, desejando estar novamente na ativa, convencido de que com um pouco de ajuda de um sensível homem do mar tudo seria resolvido.

E, por fim, a última máxima. *O difícil pode ser feito agora, o impossível pode levar algum tempo.*

O difícil pode ser feito agora. Ele vestiu o *blazer*, tirou da gaveta um lenço limpo e o pôs no bolso do casaco. Saiu do quarto e cruzou o patamar, onde havia uma janela com vista para o pátio. O carro de Ivan estava estacionado em frente ao seu chalé. Eve, Gerald sabia, estava descansando na sala de estar. Tranqüilo, desceu as escadas dos fundos e atravessou a cozinha deserta.

Lá fora, a bruma se tornara mais densa, e estava úmido e frio. Ao longe, na direção do mar, ele ouviu o lamento tênue e regular da sirene da guarda-costeira. Atravessou o pátio e abriu a porta do chalé de Ivan.

O impossível pode levar algum tempo.

— Ivan.

Do andar de cima, vinha o som de água caindo e escorrendo pelo ralo. Um rádio tocava uma música animada.

A porta levava direto à sala de estar e à cozinha, que compreendiam todo o primeiro andar da casa. No centro havia uma mesa e algumas cadeiras confortáveis diante de uma lareira. Grande parte da mobília da sala pertencia a Gerald, contudo Ivan acrescentara a ela alguns objetos pessoais: a porcelana azul e branca na cristaleira, algumas fotos, um pássaro de papel japonês rosa e vermelho que pendia do teto. Uma escada larga de madeira, como a de um navio, dava acesso ao segundo andar, onde o antigo palheiro continha agora dois pequenos quartos e um banheiro. Gerald se dirigiu ao pé da escada e tornou a chamar:

— Ivan!

Abruptamente, a música parou. A água desceu pelo ralo. Ivan apareceu em seguida no topo da escada, enrolado numa pequena toalha, de cabelos molhados.

— Gerald. Desculpe, não ouvi você entrar.

— Não tem importância. Quero lhe falar.

— Claro, fique à vontade. Não vou demorar. Estava muito úmido aqui, então resolvi acender a lareira. Espero que o fogo não se tenha apagado. Bem, sirva-se de um drinque. Sabe onde está.

Ele desapareceu, e seus passos ecoaram por toda a casa.

Gerald verificou o fogo, ainda aceso. Um calor tênue emanava das escurecidas grades de ferro. Encontrou uma garrafa de Haig no armário sobre a pia da cozinha e despejou um trago num copo curto, completando com água da torneira. Segurando-o, começou a caminhar por toda a extensão da casa, de um lado para o outro. *Andar no tombadilho*, dizia Eve. Pelo menos, era melhor do que esperar sentado.

Eve. *Não contaremos a ninguém*, todos concordaram. *Oh, Gerald*, ela dissera, *não devemos contar a ninguém.*

E agora ele quebraria sua palavra, pois sabia que precisava contar a Ivan.

O enteado venceu velozmente os degraus íngremes da escada, como um experiente navegador, o cabelo úmido penteado para trás, usando calças *jeans* e um suéter azul-marinho.

— Desculpe a demora. Já pegou seu drinque? O fogo está aceso?

— Está, sim.

— Estranho como esfriou de repente. — Ivan preparou um drinque para si. — Estava bem quente na outra costa, sem uma nuvem no céu.

— Teve um bom dia, suponho.

— Perfeito. E vocês? O que fizeram?

— Nosso dia — respondeu Gerald — não foi tão bom. É por isso que estou aqui.

Ivan se virou na mesma hora, o copo de uísque puro semicheio na mão.

— Sugiro que coloque água em seu drinque, e então nos sentaremos para conversar — falou Gerald.

Seus olhares se encontraram. Gerald não estava sorrindo. Ivan abriu a torneira e encheu o copo. Trouxe-o consigo e sentou-se frente a frente com Gerald, diante da lareira, sobre o tapete de pele de carneiro.

— Pode falar.

Calmamente, Gerald contou a ele o que se passara naquela manhã. O telefonema histérico de Silvia. A ida repentina a sua casa. A carta.

— Que tipo de carta?

— Uma carta anônima.

— Uma... — Ivan estava boquiaberto. — Uma carta anônima? Deve estar brincando.

— Infelizmente, é a pura verdade.

— Mas... mas de quem? Quem escreveria uma carta anônima para Silvia?

— Não sabemos.

— Onde está a carta?

— Está com ela. Mandei que a escondesse.

— O que dizia?

— Dizia assim... — Quando chegou em casa, e antes que se esquecesse das palavras exatas, Gerald anotou o texto da carta na última página de seu diário. Naquele instante, tirou o livrinho do bolso do paletó, colocou os óculos, abriu o diário e leu em voz alta. "Você saiu com outros homens e induziu seu marido ao álcool. Você o matou. Devia se envergonhar."

A voz era como a de um advogado, lendo em voz alta no tribunal os detalhes íntimos de algum divórcio banal. O tom erudito e frio tornava impessoais as palavras maldosas e cruéis. Mas, sem dúvida, as palavras continham veneno.

— Que revoltante!

— Sim.

— Está escrita à mão?

— Não. Foi usado o método clássico: letras recortadas de jornais e coladas no papel. Papel de criança. O endereço no envelope foi escrito com um carimbo de borracha... Esse tipo de coisa. Carimbo postal local, data de ontem.

— Ela faz idéia de quem poderia ser?

— Você faz?

Ivan soltou uma gargalhada. — Gerald, não está achando que fui eu!

Mas Gerald não riu. — Não. Achamos que foi May.

— *May?*

— Sim, May. De acordo com Silvia, May nunca a suportou. É preconceituosa em relação à bebida. Você bem sabe que nós...

— Não pode ser ela. — Ivan se pôs de pé e começou a andar pela sala, como fizera Gerald minutos atrás.

— May está velha, Ivan. Nos últimos meses, seu comportamento tem ficado cada vez mais estranho. Eve suspeita que esteja senil, e estou inclinado a concordar com ela.

— Mas não faz sentido. Conheço May. Pode não gostar de Silvia, mas no fundo é bem capaz de sentir pena dela. May pode estar ficando senil, sei disso, mas nunca foi de guardar rancor ou ressentimento. Nunca foi perversa. Só uma pessoa perversa faria tal coisa.

— Tem razão. Mas, por outro lado, ela traz consigo rígidos preconceitos não só contra a bebida, mas também contra o comportamento em geral.

— O que quer dizer?

— "Você saiu com outros homens." Talvez considere Silvia uma pessoa promíscua.

— Ora, talvez seja. Ou tenha sido. Mas May nunca prejudicou ninguém.

— Talvez pense que ela estava sendo promíscua com você.

Ivan balançou, como se Gerald o tivesse acertado. Fitou o padrasto, incrédulo, os olhos azuis ardendo de indignação.

— Comigo? Quem inventou essa história?

— Ninguém inventou nada. Mas Silvia é uma mulher atraente. Entra e sai de Tremenheere o tempo todo. Ela nos contou que você a levou a uma festa...

— E levei. Por que gastar gasolina com dois carros? Isso é ser promíscuo?

— ... e que às vezes, quando não estamos, você a traz aqui para beberem ou jantarem.

— Gerald, ela é amiga de Eve. E minha mãe se preocupa com ela. Quando vocês não estão, eu a convido para vir aqui...

— Silvia acha que May pode ter visto alguma coisa da janela que não aprovou.

— Ah, pelo amor de Deus, em que Silvia está tentando me meter?

Gerald abriu as mãos. — Em nada.

— Ora, parece que fiz alguma coisa errada. Daqui a pouco vão me acusar de ter seduzido a maldita mulher.

— Seduziu?

— Se a seduzi? Ela tem idade para ser minha *mãe*!

— Dormiu com ela?

— *Droga, não, nunca!*

Seus gritos deixaram no ar uma espécie de vácuo. No silêncio que se seguiu, Ivan coçou a nuca e engoliu o uísque que restava no copo. Serviu-se de outro. A garrafa tilintou contra o copo.

— Acredito em você — falou Gerald.

Ivan completou o copo com água. Ainda de costas para Gerald, ele disse: — Desculpe. Não tinha o direito de gritar.

— Desculpe você. E não deve comentar nada com Silvia. Ela não fez nenhuma insinuação a seu respeito. Eu só queria me certificar.

Ivan virou-se, apoiando-se com charme contra a beirada do escorredor de louça. Sua ira súbita desaparecera, e ele sorria, pesaroso. — É, eu entendo. Afinal, meu passado me condena.

— Não há nada de errado com seu passado. — Gerald enfiou o diário no bolso e tirou os óculos.

— O que farão sobre a carta?

— Nada.

— E se chegar outra?

— Só chegaremos ao outro lado quando atravessarmos a ponte.

— Silvia concordou em não tomar nenhuma providência?

— Concordou. Apenas ela, eu e Eve sabemos do assunto. E agora você. E não comente nada com ninguém. Nem mesmo com Eve, porque ela não sabe que lhe contei.

— Ela está chateada?

— Muito. Acho que mais do que a pobre Silvia. Teme pelo que May possa vir a fazer. Tem pesadelos em que May é levada para um hospício. Ela a protege. Assim como eu protejo Eve.

— Ora, May nos protegia — afirmou Ivan. — Cuidava de mim e ficou com minha mãe quando meu pai adoeceu e morreu. Era como uma rocha. Nunca vacilou. E agora isso. Nossa querida May, não posso nem pensar no assunto. Devemos tanto a ela. — Fez uma pausa para refletir. — Acho que nós todos nos devemos.

— Sim — respondeu Gerald. — É um triste negócio.

Sorriram. — Tome outro drinque — ofereceu Ivan.

Eve e Laura estavam sentadas diante da lareira da sala de estar, ouvindo um concerto na BBC. Um concerto de Brahms para piano e orquestra. Eram nove e meia, e Gerald, sem querer estragar o prazer de ambas, decidira ir para o escritório assistir ao noticiário.

Laura estava enrolada numa das poltronas, com Lucy no colo. Ivan não voltara. Enquanto se trocava, ouvira seu carro sair pelo portão e subir a montanha em direção a

Lanyon. Imaginou que estivesse indo a algum *pub* tomar cerveja com Mathie Thomas.

No outro extremo da sala, Eve insistia em bordar. Estava, pensou Laura, com a aparência frágil e cansada naquela noite; a pele fina sobre os ossos da face estava retesada, e olheiras escuras se formaram sob seus olhos. Falara pouco, e foi Gerald quem comentou sobre as costeletas grelhadas e a salada de frutas, enquanto Eve mal tocou na comida e tomou água em vez de vinho. Laura, observando seus olhos sonolentos, semicerrados, ficou preocupada. Eve tinha tanta energia, estava sempre ocupada, cozinhando, organizando a casa, cuidando de tudo para todos. Quando o concerto terminasse, Laura sugeriria que fosse para cama. Talvez Eve deixasse que ela lhe preparasse um chá, que enchesse um saco de água quente...

O telefone começou a tocar. Eve desviou os olhos do bordado. — Deve ser Alec, Laura.

Laura pulou da poltrona e correu pela sala, com Lucy aos seus pés, passou pelo corredor e alcançou a ante-sala. Sentou-se sobre o baú entalhado e pegou o aparelho.

— Tremenheere.

— Laura! — A ligação estava melhor dessa vez, a voz clara, como se estivesse no quarto ao lado.

— Alec! Desculpe por não estar aqui quando você ligou. Só chegamos às sete.

— Como foi o seu dia?

— Foi ótimo... Como está indo?

— Bem, mas não foi por isso que liguei. Olhe, aconteceu uma coisa. Não vou poder ir a Tremenheere buscá-la. Quando voltarmos para Londres, Tom e eu teremos que ir a Nova Iorque. Só soubemos hoje de manhã. Recebi uma ligação do presidente da companhia.

— Quanto tempo terá que ficar viajando?

— Apenas uma semana. Mas podemos levar nossas esposas. Teremos muitos contatos sociais para fazer. Daphne está indo com Tom, e quero saber se gostaria de me acompanhar. A viagem será um tanto corrida, mas você nunca esteve em Nova Iorque e quero lhe mostrar tudo. Só que vai precisar ir para Londres sozinha e me encontrar lá. O que acha?

Laura estava assustada.

A reação instintiva diante da sugestão de Alec, a quem amava e pretendia fazer feliz, encheu seu coração de culpa. O que estava errado? O que estava acontecendo com ela? Alec a estava convidando para ir a Nova Iorque, e ela não queria ir. Não queria viajar. Não queria ir a Nova Iorque em agosto, principalmente na companhia de Daphne Boulderstone. Não queria ficar num quarto de hotel com Daphne, enquanto os homens tratavam de negócios, nem andar na calçada quente da Quinta Avenida para olhar vitrines.

E pior, não queria tomar o trem de volta para Londres. Nem estancar a incrível sensação de liberdade que experimentava. Muito menos deixar Tremenheere.

Tudo isso passou por sua cabeça num breve segundo com uma clareza assustadora.

— Quando você vai? — perguntou ela, procurando ganhar tempo.

— Quarta-feira à noite. Viajaremos no Concorde.

— Fez reserva para mim?

— Provisoriamente.

— Quanto... quanto tempo ficaríamos em Nova Iorque?

— Laura, eu já lhe disse. Uma semana. — E então acrescentou: — Não parece muito entusiasmada. Não quer ir?

— Oh, Alec, quero... Adorei ter-me convidado... mas...

— Mas?

— Acontece que foi tudo muito de repente. Não tive tempo para assimilar a idéia.

— Não precisa de tempo. Não é nada muito complicado. — Ela mordeu o lábio. — Talvez não esteja bem para viajar.

Ela se agarrou à desculpa. — Bem, na verdade, não sei se poderia. Quero dizer, estou bem... mas não sei se voar seria uma boa idéia. E vai estar muito quente em Nova Iorque... Seria terrível se acontecesse alguma coisa, e eu estragasse sua viagem... ficando doente... — Laura parecia, mesmo para ela, desesperadamente irresoluta.

— Ora, não se preocupe. Cancelaremos sua reserva.

— Oh, sinto muito. Me sinto tão fraca... Quem sabe, numa outra oportunidade.

— Certo, em outra oportunidade. — Alec desistiu da idéia. — Não tem importância.

— Quando vai voltar?

— Na próxima terça-feira, eu acho.

— O que devo fazer? Ficar aqui?

— Se Eve não se importar. Pergunte a ela.

— E você virá buscar-me? — Isso soou mais egoísta do que dizer que não ia para Nova Iorque com ele. — Não é preciso. Eu... posso tomar o trem sem problemas.

— Não. Acho que poderei buscá-la. Vamos ver o que acontece. Vou precisar falar com você novamente para decidirmos esse assunto.

Era provável que estivesse planejando alguma reunião de negócios. O telefone os separava, assim como os unia. Desejou estar com ele, olhar seu rosto, observar seus gestos. Queria tocá-lo, fazê-lo entender que ela o amava mais do que tudo, mas não queria ir para Nova Iorque com Daphne Boulderstone.

Pela segunda vez, sentiu a distância que se punha entre eles. Tentando transpô-la, ela sussurrou: — Estou morrendo de saudade.

— Eu também.

Não conseguiu. — Como está indo a pescaria?

— Estamos nos divertindo. Todos lhe mandaram um abraço.

— Telefone para mim antes de ir a Nova Iorque.

— Farei isso.

— E, Alec, sinto muito.

— Não pense mais nisso. Foi apenas uma sugestão. Boa-noite. Durma bem.

— Boa-noite, Alec.

7

SAINT THOMAS

Às cinco e meia da manhã, Gabriela Haverstock, que não conseguira pegar no sono antes das três, afastou o lençol e desceu, em silêncio, do beliche do barco. Dentro da cabine, um homem ainda dormia, com a barba por fazer e o cabelo escuro contra o travesseiro branco. Seu braço jazia sobre o peito, e a cabeça, para o lado. Ela vestiu uma camiseta velha que antes pertencera a ele e caminhou, descalça, em direção à popa. Procurou fósforos, acendeu uma das bocas do pequeno fogareiro a gás, encheu a chaleira e colocou-a sobre o fogo. Subiu as escadas e chegou à ponte do barco. O sereno da noite deixara úmido o convés.

Sob a luz da alvorada, as águas do ancoradouro lembravam um lençol de vidro. Por toda a volta, nas amarras, outros barcos cochilavam, movendo-se tão lentamente que pareciam respirar. Em terra firme, um rebuliço começava a tomar conta da zona portuária. O motor de um carro foi ligado, e um homem negro pulou do cais para um barquinho de madeira, desatracou-o e começou a remar. Através da água, cada remada era claramente ouvida. O barco se afastou do porto, deixando para trás uma ligeira ondulação em forma de seta.

Saint Thomas, Ilhas Virgens dos Estados Unidos. Durante a noite, dois transatlânticos aportaram, camuflados pelo breu. Foi como se dois arranha-céus houvessem, inesperadamente, obstruído a paisagem. Gabriela ergueu os olhos e viu, no alto da superestrutura, os marinheiros trabalhando, içando cabos, abrindo comportas. Abaixo, o paredão lateral do navio era cravejado de fileiras de vigias, e, atrás delas, nos camarotes, os turistas dormiam. Quando acordassem, sairiam dali vestindo bermudas e divertidas camisas estampadas, para se debruçar na amurada e contemplar os iates abaixo, assim como Gabriela contemplava agora o navio. Mais tarde, desceriam em terra firme, com suas câmaras fotográficas a tiracolo, loucos para deixar ali seus dólares em troca de cestas de vime, sandálias e estatuetas de mulheres negras carregando frutas na cabeça.

Atrás dela, na cabine, a chaleira ferveu.

Desceu e preparou um bule de chá. Estavam sem leite, então cortou uma fatia de limão, jogou-o numa caneca e despejou o chá por cima. Carregando a xícara, ela foi acordá-lo.

— Hmmm? — Ele se virou quando ela sacudiu seu ombro; escondeu o rosto no travesseiro, coçou a cabeça, bocejou. Abriu os olhos, olhou para cima e a viu parada à sua frente.

— Que horas são? — perguntou.

— Umas quinze para as seis.

— Ó Deus — exclamou ele. Tornou a bocejar, sentando-se pesadamente e colocando o travesseiro atrás da cabeça.

— Preparei o chá — disse ela. Ele tomou a caneca de sua mão e sorveu um gole do líquido escaldante. — Coloquei limão porque acabou o leite.

— Estou vendo.

Ele se levantou, serviu-se de mais uma xícara e a levou para a ponte, sorvendo ali o chá quente. O dia clareava, o céu azulava. Com a chegada do sol, a umidade do convés se condensaria numa nuvem de vapor. Mais um dia calorento e claro nas Antilhas.

No instante seguinte, Gabriela foi ao seu encontro. Ele havia se vestido — usava uma bermuda encardida e uma suéter cinza. Os pés continuavam descalços. Subiu ao convés e foi à popa, ocupando-se da limpeza do barquinho, que se havia sujado com os grilhões da âncora.

Gabriela terminou o chá e tornou a descer. Escovou os dentes numa pia diminuta, vestiu calças *jeans*, um par de tênis de lona e uma camiseta listrada de branco e azul-marinho. A bolsa de náilon vermelha que arrumara na noite anterior estava ao pé da cama. Ela a deixara aberta e agora guardava o restante de seus objetos pessoais — a esponja e o sabonete, a escova de cabelo e um casaco grosso para a viagem. Nada mais. Seis meses morando num barco não ajudaram a melhorar seu guarda-roupa. Puxou as cordinhas da bolsa e as atou com um nó de marinheiro.

Carregando a bolsa de viagem e a de mão, ela voltou ao convés. Ele já estava no barquinho, esperando por ela. Gabriela lhe entregou a mochila, desceu a escada e entrou na frágil embarcação. Sentou-se na bancada, segurando a bolsa entre os joelhos.

Ele deu a partida no motor de popa, que engasgou e pegou, produzindo o som de uma motocicleta. À medida que prosseguiam e alargava-se a distância, ela olhava o iate que ficava para trás: uma bela embarcação de 50 pés e um só mastro, pintada de branco, ostentando graciosamente o nome *Enterprise of Tortola*, em letras douradas. Sobre o ombro, ela o viu pela última vez.

No cais, ele amarrou o barco, arremessou a bolsa ao

chão e subiu. Estendeu a mão para ela e a ajudou a subir. Outrora, havia uma pequena escada de madeira para essa finalidade, porém, arrancada por um vendaval, nunca fora substituída. Andaram pelo píer e venceram os degraus que davam acesso ao complexo do hotel. Passaram os jardins e a piscina deserta. Atrás do balcão da recepção, sob as palmeiras, havia um ponto de táxis. Os motoristas cochilavam. Ele acordou um deles, que se espreguiçou e bocejou; em seguida, recolheu a bolsa e deu a partida no motor para dar início à viagem rumo ao aeroporto.

Virou-se para Gabriela. — Acho que chegou a hora de dizer adeus.

— É. Adeus.

— Tornarei a vê-la?

— Acho que não.

— Foi bom.

— É. Foi bom. Obrigada por tudo.

— Obrigado.

Ele pousou o braço sobre seu ombro e a beijou. Como não se barbeara, os pêlos do seu queixo arranharam a face da moça. Ela o olhou pela última vez e então virou-se e entrou no táxi, batendo a porta. O velho automóvel começou a andar, mas Gabriela não olhou para trás, e nunca soube se ele esperou até que o carro se perdesse de vista.

De Saint Thomas, ela voou para Santa Cruz. De Santa Cruz para San Juan. San Juan para Miami. Miami para Nova Iorque. No Aeroporto Kennedy, sua bagagem se perdeu, e ela precisou aguardar uma hora diante da esteira rolante vazia até que finalmente aparecesse.

Saiu do prédio e penetrou a fria e úmida penumbra de Nova Iorque; o ar nebuloso cheirava a óleo combustível. Esperou sob a placa até que passasse um ônibus do aeroporto. Estava cheio, e ela teve que viajar em pé, com a bolsa presa entre os joelhos. No terminal da British Airways, comprou uma passagem para Londres e subiu ao andar superior para se sentar e esperar por três horas até que chamassem seu vôo.

O avião estava lotado, e ela achou que tivera sorte de conseguir lugar. Sentou-se ao lado de uma senhora de cabelos azulados, que fazia sua primeira viagem à Grã-Bretanha. Estivera economizando, como contou a Gabriela, por dois anos. Viajava com uma excursão. Visitariam a Torre de Londres, a Abadia de Westminster, o Palácio de Buckingham e então seguiriam para o interior. O festival de Edinburgh, por um ou dois dias, e Stratford-on-Avon.

— Mal posso esperar para conhecer Stratford e o chalé de Anne Hathaway.

A excursão, para Gabriela, pareceu pouco emocionante, mas ela sorriu e disse:

— Parece ótimo.

— E você, querida, aonde está indo?

— Para casa.

Não dormiu no avião. Não havia escuridão e quietude suficientes para dormir. Tão logo terminaram o jantar, receberam toalhinhas quentes para lavar o rosto e copos com suco de laranja. Chovia no Aeroporto de Heathrow. A doce, suave chuva inglesa, era como bruma em seu rosto. Tudo parecia tranqüilo e verde, e até o aeroporto tinha um cheiro diferente.

Antes de deixar Saint Thomas, ele lhe dera algum dinheiro inglês — umas poucas notas que guardara no fundo da carteira — mas não bastava para pagar o táxi, por isso resolveu tomar o metrô em Heathrow até a estação King's Cross. Nesta última, ela baldeou de trem, rumo à estação Angel.

Lá chegando, precisou andar, carregando a bolsa debaixo do braço. Não era muito longe dali. Observou as modificações nas ruas que outrora lhe haviam sido familiares.

Uma quadra de casas antigas dera lugar a uma gigantesca construção. Um muro de tapumes pichado a separava da calçada. *Skids Rule*, ela leu, e *Empregos, não Bombas*.

Desceu a antiga rua central de Islington e a Campden, entre joalherias e antiquários fechados e passou pela loja de brinquedos, onde certa vez comprara, numa caixa empoeirada e ao preço de três xelins e seis *pence*, um aparelho de chá de porcelana para bonecas. Virou numa rua estreita e pavimentada e saiu na Abigail Crescent.

A rua não mudara muito. Algumas casas foram pintadas, um vizinho construíra uma trapeira no telhado. Só isso. A casa onde passara a infância estava exatamente do mesmo jeito, o que era um consolo, mas a vaga onde o pai costumava deixar o carro estava vazia, o que não era bom sinal. Talvez, embora fosse ainda oito e meia da manhã, já tivesse saído para o trabalho.

Subiu a escada, apertou a campainha e a ouviu soar dentro da casa, mas ninguém veio atender a porta. Esperou um pouco mais e enfiou a mão dentro da suéter, puxando uma correntinha prateada, de onde pendia uma chave. Tempos atrás, quando ainda estudava em Londres, seu pai lhe dera a chave... para alguma emergência, dissera ele, mas nunca precisou usá-la, pois havia sempre alguém em casa quando chegava da escola.

Usou-a agora e virou a maçaneta. Abriu a porta e avistou uma figura que subia lentamente as escadas do porão.

— Quem está aí? — A voz era estridente, um tanto agitada.

— Está tudo bem, Sra. Abney — respondeu Gabriela. — Sou eu.

A Sra. Abney teve todas as reações de alguém que estava tendo um choque inesperado. Parou subitamente, arfou, colocou a mão no peito e agarrou-se ao corrimão.

— Gabriela!

— Desculpe, eu a assustei?

— Claro que sim!

— Pensei que não houvesse ninguém em casa...

— Estava aqui e ouvi a campainha, mas não posso subir a escada voando.

Gabriela arrastou a mala e a deixou na ante-sala, fechando a porta.

— De onde você saiu? — perguntou a Sra. Abney.

— Das Antilhas. Estive voando desde... — Fazia tempo demais para se lembrar, e com as mudanças de temperatura e o fuso horário ficava complicado demais tentar explicar. — ... sempre. Onde está meu pai?

— Viajou. Não me disse que você estava para chegar.

— Ele não sabe que vim. Suponho que esteja na Escócia.

— Ah, não. Ele *estava* na Escócia. Voltou na quarta-feira... ontem, foi isso. E viajou de novo ontem à noite.

— Viajou? — Gabriela estava decepcionada. — Para onde?

— Nova Iorque. A negócios. Com o Sr. e a Sra. Boulderstone.

— Oh... — Suas pernas se enfraqueceram de repente. Sentou-se ao pé da escada e curvou a cabeça, passando os dedos pelos cabelos. Ele fora a Nova Iorque. Desencontraram-se por umas poucas horas. Seus aviões devem ter-se cruzado à noite, voando em direções opostas.

A Sra. Abney, vendo-a murchar de cansaço e decepção, tornou-se maternal.

— Não há nada na cozinha, a casa está vazia. Por que não descemos as duas e preparamos um pouco de chá... como nos velhos tempos? Lembra-se de como eu costumava preparar seu chá quando você voltava da escola e sua mãe não estava? Como nos velhos tempos.

O porão da Sra. Abney era mais uma coisa que não tinha mudado, escuro e aconchegante como a toca de uma lontra, com cortinas de laçarotes que quase não permitiam a passagem da luz e um pequeno fogareiro, que mesmo em agosto estava quente como a caldeira de um navio.

Enquanto a Sra. Abney esquentava a água e separava as xícaras e os pires, Gabriela puxou uma cadeira e sentou-se à mesa. Olhou em volta e viu as fotografias familiares, a calandra de flores e os cachorrinhos de louça, um de cada lado da estante.

— Onde está Dicky?

— Oh, meu pobre Dicky morreu. Há um ano. Meu sobrinho quis me dar um papagaio, mas não tive coragem. — Ela preparou o chá. — Quer comer alguma coisa?

— Não, só chá está bom.

— Tem certeza? Quando foi a última vez que comeu?

Gabriela não se lembrava. — Ah, faz algum tempo.

— Posso-lhe servir pão com manteiga.

— Não, obrigada.

A Sra. Abney sentou-se diante dela e lhe serviu o chá. — Conte-me as novidades. E sua mãe? Está bem, não está? Que bom. Meu Deus, faz tanto tempo que você foi embora... quase seis anos. Quantos anos tem agora? 19? É, acho que está com 19. Não mudou quase nada. Eu a reconheci na hora. Exceto pelo cabelo curto. E você o tingiu de louro.

— Não, não tingi. Clareou com o sol das Antilhas e o cloro das piscinas.

— Está parecendo um garoto. Foi o que pensei quando a vi. Por isso me assustei. Achei que fosse algum ladrãozinho. Tenho que cuidar da casa quando seu pai não está.

Gabriela tomou um bom gole do chá escuro, doce e forte, do jeito que a Sra. Abney gostava.

— E a nova mulher dele... foi para Nova Iorque com ele?

— Não. Eu lhe disse, só os Boulderstones. A nova Sra. Haverstock foi para Cornwall. Está por lá há algum tempo. — E sussurrou num tom de confidência. — Teve que fazer uma pequena cirurgia. Você sabe, querida. Por dentro.

— Ó, céus!

— Bom — prosseguiu a Sra. Abney em seu tom normal — a médica não a deixou viajar à Escócia, então ela foi a Cornwall. — Sorveu mais um gole de chá e deitou a xícara sobre o pires. — Para se recuperar.

— Sabe onde ela está?

— Não. Ela não me deu o endereço. Só disse que ia para a casa de uns parentes em Cornwall.

— Há dezenas de Haverstocks em Devon e Cornwall. Pode estar em qualquer lugar.

— Bem, sinto muito, mas não sei onde ela está... a não ser... chegou uma carta ontem à noite. Acho que veio de lá. Espere um pouco, vou pegá-la. — Levantou-se, foi até o bufê e abriu uma gaveta. — A secretária do seu pai costuma passar aqui todas as manhãs para apanhar a correspondência e levá-la ao escritório. Mas ainda não apareceu, e isso é tudo o que tenho para lhe dar.

Entregou a carta a Gabriela. Um envelope pardo com o nome e o endereço de seu pai impressos, ao que parecia, com um carimbo de borracha. O selo era de Truro, Cornwall, e, ao lado, alguém escrevera, com uma esferográfica, URGENTE, e sublinhara.

— Que carta estranha.

— Deve ser da Sra. Haverstock. A nova esposa — concluiu ela discretamente.

— Não posso abri-la. — Olhou para a Sra. Abney. — Posso?

— Bem, não sei, querida. Você é quem sabe. Se quer mesmo saber onde ela está e se o endereço está na carta, não vejo por que não pode dar uma espiada. Embora, devo dizer, seja uma maneira diferente de escrever o endereço. Deve ter levado horas.

Gabriela pôs a carta de lado e então a pegou de volta.

— *Preciso* saber onde ela está, Sra. Abney. Se não sei onde encontrar meu pai, ela deve saber.

— Então abra — encorajou ela. — Afinal, "Urgente" não quer dizer particular.

Gabriela enfiou o dedo embaixo da aba e rasgou o envelope. Tirou de dentro uma folha de papel cor-de-rosa e a desdobrou. Era um papel pautado e no alto havia o desenho de uma fada. As letras pretas desiguais davam a impressão de uma trágica manchete.

> SUa eSposA EStÁ tEnDo
> UM caSo cOM IvAN AShbY
> eM TreMEnhEeRe. AcHei qUe
> deVIa sABer. BOa sORtE.

Seu coração estava acelerado. Sentiu o sangue subir para o rosto.

— E então, adiantou? — inquiriu a Sra. Abney, esticando o pescoço para espiar.

Gabriela dobrou rapidamente o papel e o enfiou de volta no envelope, antes que a Sra. Abney pudesse vê-lo.

— Não. Sim. Não é... dela. É só um bilhete de outra pessoa. Mas diz que ela está num lugar chamado Tremenheere.

— Aí está! Agora já sabe. — Ela apertou os olhos. — Você está bem? Ficou pálida de repente.

— Sim, estou bem, só um pouco cansada. — Enfiou o envelope funesto no bolso da calça *jeans*. Não durmo há horas. Se não se importa, acho que vou descansar.

— Faça isso. A cama não está feita, mas o quarto está limpo. Pode pegar alguns cobertores. Vá descansar.

— Está certo. A senhora é um amor. Desculpe tê-la assustado ao entrar.

— É bom tê-la aqui novamente. Ter companhia quando todos estão fora. Seu pai ficará contente quando souber.

Gabriela subiu as escadas em direção à sala de estar. Pegou o telefone e discou um número. Um homem atendeu. — Telefonista.

— Gostaria de saber um número em Cornwall, por favor. O nome é Haverstock. Não sei o primeiro nome. O endereço é Tremenheere.

— Espere um instante.

Ela esperou. Era um homem alegre, fazendo seu trabalho e cantarolando uma velha canção.

A sala era a mesma de antigamente. As mesmas cortinas, o mesmo estofamento nas poltronas. As almofadas que sua mãe escolhera. Alguns objetos novos, um ou outro quadro diferente...

— Tremenheere. Aqui está. Penvarloe dois três oito.

Gabriela, já com a caneta na mão, anotou o número.

— E é o Senhor...?

— Não, não é senhor. É almirante. Almirante G. J. Haverstock.

— Penvarloe. — E então completou, num tom desesperado. — Ah, meu Deus!

— O que foi agora?

— Preciso ir para lá de trem. Mas não sei qual a estação mais próxima.

— Eu sei.

— Como sabe?

— Estive lá com minha mulher no último verão.

— Que interessante.

— Interessante nada — protestou a voz jovial. — Choveu o tempo todo.

Saiu da sala, pegou suas coisas e subiu as escadas.

Chegando ao segundo andar, largou a mala e foi ao quarto de vestir do pai. Cheirava, como sempre, a loção aromática. Abriu o armário e tocou suas roupas, ergueu a manga de uma jaqueta de *tweed* e apertou-a contra o rosto. Viu o caniço de pesca no estojo de lona, num canto da parede; a escrivaninha aberta abrigava uma organizada confusão de papéis, talões de cheques e contas a pagar. Na cômoda havia uma fotografia sua, tirada há vários anos, e um desenho horroroso que ela fizera para ele. E também uma fotografia de... Laura? Não era uma foto de estúdio, mas a ampliação de uma pose informal, onde ela aparecia rindo. Tinha cabelos cheios, castanho-escuros, assim como os olhos, e um sorriso encantador. Parecia muito feliz.

Sua mulher está tendo um caso com Ivan Ashby em Tremenheere.

Gabriela cruzou a porta e a fechou atrás de si. Ainda arrastando a mala, começou a subir mais um lance de escada. *Seu quarto estará sempre aqui,* ele havia prometido. *Esperando por você.* Abriu a porta e entrou. Sua cama, seus livros, os ursinhos de pelúcia, a casinha de bonecas. O friso nas paredes, as cortinas listradas de branco e azul.

A mala caiu no chão com um baque surdo. Ela tirou os sapatos, afastou as cobertas e deitou na cama. Os cobertores macios estavam quentes, os mais confortáveis do mundo. Fixou o olhar no teto, cansada demais para dormir.

Sua mulher em Tremenheere...

Cansada demais para chorar. Cerrou os olhos.

Mais tarde, levantou-se, tomou uma ducha e trocou de roupa. Um outro *jeans,* outra camiseta, amassada na sacola, porém limpa. Apanhou a bolsa de mão e saiu. Dobrou a esquina e entrou no banco onde seus pais tinham conta. Perguntou pelo gerente, identificou-se e descontou um cheque. Já com o dinheiro, percebeu que estava faminta. Encontrou uma padaria e comprou pão fresco, manteiga, uma caixa de leite, patê e meio quilo de tomates. De volta a Abigail Crescent, desempacotou as compras sobre a mesa da cozinha, preparou e consumiu a refeição improvisada. Eram quase três e meia. Foi à sala e ligou para a Estação Paddington, reservando uma cabine no trem noturno. Nada mais tinha a fazer senão aguardar.

A estação ficava no fim da linha. Próximo ao último quilômetro da viagem, a linha férrea corria em paralelo com o mar, e, quando Gabriela abriu a porta do trem e pisou a plataforma, sentiu o cheiro forte e salgado de alga e peixes, enquanto um bando de gaivotas, grasnando na brisa fresca da manhã, adejavam pelo céu.

O relógio da estação marcava sete e meia. Andou pela plataforma e deixou a estação. Ali perto, havia um píer repleto de barcos pesqueiros e outras pequenas embarcações. Havia ainda um ponto de táxi, com dois ou três carros alinhados; entrou no carro da frente e pediu ao motorista para levá-la a Tremenheere.

— Tem alguma bagagem?

— Só essa.

Ele abriu a porta para ela e atirou a mala vermelha ao seu lado.

— Fica longe daqui? — perguntou ela, enquanto ele tomava a estrada de onde viera o trem.

— Não. Uns dois ou três quilômetros. Vai ficar na casa do almirante?

— O senhor o conhece?

— Não, não o conheço. Já ouvi falar dele. Tem uma bela casa.

— Espero que não seja muito cedo para eles. Não estou sendo esperada.

— Deve haver alguém acordado.

Deixando a cidade para trás, dobraram numa pista

sinuosa e seguiram montanha acima. Havia algumas fazendas e uma extensa plantação de azaléias pelo caminho. Logo em seguida, um vilarejo. — Aqui é Penvarloe. — E, mais à frente, os portões e um curto caminho até a bela construção de pedra elisabetana.

Pararam diante da entrada principal da casa, que estava fechada, trancada, como se evitasse sua presença. Ao lado da porta estava a corda de ferro da campainha. Entretanto, a idéia de puxá-la e acordar seus moradores sonolentos fez Gabriela hesitar.

— Pode deixar-me aqui. Vou esperar.

— Vamos dar a volta e verificar se há alguém lá atrás.

O táxi moveu-se lentamente sob a passagem em arco e sobre o pátio nos fundos da casa. Ali tampouco havia sinal de vida. Gabriela desceu, puxando a mala atrás de si.

— Não se preocupe — garantiu ao motorista. — Vou ficar bem. Quanto lhe devo?

Ele disse, ela pagou e agradeceu. De ré, o carro saiu pelo arco, e ela o ouviu descer a estrada. Ali, parada, tentando decidir o que fazer em seguida, escutou o ruído de uma janela que se abria e a voz de um homem que dizia: — Está procurando alguém?

Não na casa grande, mas na pequena, ao lado. Grandes vasos de pelargônios cor-de-rosa ladeavam sua entrada, e da janela de cima um homem se debruçava, os braços nus deitados sobre o parapeito de pedra. Devia estar nu dos pés à cabeça, mas Gabriela só o enxergava da cintura para cima e assim não podia ter certeza.

— Estou — respondeu ela.

— Quem?

— A Sra. Haverstock.

— Vai ter que escolher. Temos duas Sras. Haverstocks aqui. Qual delas procura?

— Sra. Alec Haverstock.

— Espere um minuto — pediu o homem nu. — Vou descer e abrir a porta para você.

Gabriela arrastou a mala pelo pátio e aguardou. Não precisou esperar muito. Logo depois, a porta do chalé se abriu — obviamente nunca era trancada — e ele reapareceu, pernas de fora e descalço, mas com o resto do corpo decentemente enrolado num roupão de toalha, amarrando a faixa na cintura. Estava barbado e com os cabelos louros em desalinho.

— Olá — ele a cumprimentou.

— Acho que o acordei.

— Acordou sim, ou foi o táxi que a trouxe. Está procurando por Laura. Não deve estar acordada ainda; nenhum deles costuma acordar antes das nove.

Gabriela olhou para o relógio. — Ó, Deus...

Ele apanhou sua bagagem e pôs-se de lado, segurando a porta para ela. — Entre.

— Mas você não vai...

— Entre, está tudo bem. Não poderia mais voltar para a cama ainda que quisesse. Tenho que ir trabalhar...

Gabriela entrou, e ele fechou a porta. Contemplou a sala ampla que parecia servir a todos os propósitos; a interessante mistura de madeira de pinho e porcelana chinesa azul e branca; as caçarolas caprichosamente dispostas sobre o fogão elétrico; a lareira rodeada de cadeiras. No centro da sala havia uma mesa com um jarro marrom enfeitado de rosas. Do teto, preso por um fio de linha pendia um pássaro de papel rosa e vermelho.

— Que sala bonita — comentou ela.

— Gosto dela. — Ele virou-se para ela. — Laura sabia que vinha?

— Não.

— Quem é você?

— Gabriela Haverstock. — Ele arregalou os olhos. —

Filha de Alec.

— Mas você está na América.

— Não, não estou. Estou aqui. Meu pai é que está lá agora. Viajou para Nova Iorque na quarta-feira à noite. Nossos aviões devem ter-se cruzado no céu.

— Ele também não sabia que estava a caminho?

— Não.

— Como chegou aqui?

— No trem noturno de Paddington.

— Ora... — Fugiram-lhe as palavras. — Isso é mesmo uma surpresa. Vai ficar aqui?

— Não sei. Dependo de alguém que me convide.

— Não parece ter muita certeza.

— Não tenho.

— Conhece Gerald?

— Meu pai costumava falar dele, mas nunca cheguei a conhecê-lo.

— Então não conhece Eve também?

— Nenhum dos dois. Nem Laura.

Ele riu, coçando a nuca. A própria figura de um homem perplexo. — Vamos ter um dia animado hoje, cheio de apresentações. Bom, só teremos que esperar que todos se mexam na cama. Quer tomar café?

— Você vai tomar?

— Claro que vou. Não acha que vou trabalhar de barriga vazia.

Ele acendeu o fogão, abriu a geladeira e tirou de lá um pacote de *bacon*. Gabriela puxou uma cadeira da mesa e sentou-se, observando-o. Ele estava, pensou ela, maravilhosamente despenteado, como um anúncio de Eau Savage.

— Onde você trabalha? — ela quis saber.

— Sou sócio de uma modesta fábrica de móveis, num lugar chamado Carnellow.

— Mora aqui há muito tempo?

— Há apenas um ano. — Ligou a chaleira elétrica e enfiou o pão na torradeira. — Aluguei essa casa do Gerald. Isso aqui era uma cocheira, antes de ser reformada. — Achou uma lata e tirou dali algumas colheradas de café, que colocou num bule esmaltado. — Estava na Virgínia, não é?

— Estava. Mas não ultimamente. Morei nas Ilhas Virgens por seis meses, num iate.

Ele virou-se e sorriu sobre o ombro. — Verdade? Que incrível. É o sonho de todo aventureiro. Está vindo de lá?

— Estou. De Saint Thomas para Santa Cruz, de Santa Cruz para San Juan, San Juan para Miami, Miami para o Kennedy, do Kennedy para Londres...

— E de Londres para Tremenheere.

— Exato.

O cheiro de *bacon* torrado encheu a sala, misturado ao aroma do café. Do guarda-louça, ele tirou pratos, xícaras e pires; de uma gaveta, garfos e facas; despejou tudo em cima da mesa. — Será que poderia arrumar a mesa para mim? — Voltou ao fogão. — Um ou dois ovos?

— Dois — respondeu Gabriela, que, mais uma vez, estava faminta. E dispôs os pratos e os talheres sobre a mesa.

— Do que mais vamos precisar? — ele perguntou.

— Geléia? Mel? Mingau? Feijões? Arroz indiano?

— Não exagere.

— Manteiga, então.

Ele achou a manteiga na geladeira, um naco amarelado num prato de cerâmica, que largou sobre a mesa, voltando ao fogão.

— Como são as Ilhas Virgens?

— Cheias de mosquitos.

— Deve estar brincando!

— Mas perfeitas quando se está no mar.

— Onde é que você ficava?

— Saint Thomas.

— Para onde navegou?

— Para todos os cantos. Saint John. Virgin Gorda... — De costas, ele era o homem mais atraente que ela jamais vira, mesmo vestido como estava, de roupão de banho e com os cabelos desalinhados. Possuía mãos lindas e hábeis. — ... ilhas Norman.

— Ilhas Norman. Parece nome de salão de cabeleireiro.

— A verdadeira Ilha do Tesouro. Você sabe. Robert Louis Stevenson.

— Ele foi lá?

— Deve ter ido.

Empilhou o *bacon* e os ovos em dois pratos e os levou à mesa. — Está bom para você?

— Mais do que bom.

— Posso acrescentar alguns tomates. Se quiser cogumelos e feijões vai ter que esperar que eu volte do armazém da cidade.

— Não precisa.

— Café, então?

— Adoraria.

Ele se sentou à sua frente. — Continue a falar das ilhas Norman.

— Não há nada mais para contar.

— Figueiras-bravas e praias branquinhas?

— Está tudo lá.

— Por que foi embora?

Gabriela pegou o garfo com a mão direita, viu que ele a observava, transferiu o garfo para a esquerda e apanhou a faca com a outra.

— Costumes transatlânticos — pilheriou ele.

— Sempre me esqueço. Estou na Inglaterra agora.

— Temos uma língua em comum.

— Mas você prepara ótimos ovos com *bacon*.

— Por que foi embora?

Ela baixou o olhar para o prato e deu de ombros. — Ah, achei que era hora de voltar para casa.

O desjejum estava delicioso, mas ele não se demorou. Com a segunda xícara de café na mão, ele lhe disse que precisava se barbear. Porém, antes verificou a situação na casa grande.

— Nenhum movimento. Nenhum ruído. Ainda são oito e meia. Ninguém deve aparecer na próxima meia hora. — Tornou a entrar em casa, deixando a porta aberta. Lá fora, o sol começava a se mostrar. Uma longa nesga se deitou sobre o piso de madeira da sala. — Importa-se de ficar sozinha um instante, enquanto me visto?

— Claro que não.

— Não precisa lavar a louça — avisou, dirigindo-se para a escada — mas seria muita gentileza se o fizesse.

— Ainda não sei quem você é.

Na metade da escada, ele se virou e olhou para ela com seus olhos intensamente azuis, como as penas de um beija-flor, as águas da baía de Caneel ou as pétalas das verônicas.

— Desculpe, eu não lhe disse? Sou filho de Eve.

— Mas ainda não sei seu nome.

— Ivan Ashby.

E subiu as escadas. Ela ouviu seus passos no andar de cima. Dali a pouco, escutou o som de um rádio sintonizado numa música animada. E o barulho de água caindo na pia.

Ivan Ashby.

Gabriela empurrou sua cadeira para trás, juntou os pratos sujos e os pôs dentro da pia. Lavou a louça, emborcando-a com capricho sobre o escorredor. Feito isso, saiu porta afora. Acima, um bando de gaivotas passeavam no ar, pousando sobre as telhas brancas de um abrigo de pássaros. A casa grande ainda dormia. As cortinas das janelas do segundo andar permaneciam cerradas.

Mas havia outro chalé no pátio, e este já estava com movimento. A fumaça subia da chaminé e a porta estava aberta. Enquanto Gabriela a observava, uma pessoa surgiu na varanda, uma moça, usando saia comprida e blusa branca, como uma sobrepeliz de corista de igreja, salpicado de rendas encardidas. Ela parou, inspirou o frescor cálido da manhã de verão, e então, com um certa graça, sentou-se na soleira da porta, sob o sol.

Intrigante. Uma jovem mulher saindo de sua casa às oito e meia da manhã para simplesmente se sentar, e mais nada, era uma novidade fascinante.

> O que tem a vida de tão importante
> Que não me deixa fitar teu semblante.

Gabriela a olhou. A moça se deu conta de que alguém a espiava e olhou de volta para ela.

— Olá.

— Oi — respondeu Gabriela.

— Linda manhã.

— É. — Caminhou lentamente até o chalé. — Tem toda razão.

Era uma moça jovem, com uma cabeça pequena que parecia enorme por causa do cabelo louro frisado. Seus pés estavam descalços, e as mãos, cobertas de anéis. — De onde você veio? — perguntou.

Sua aparência lembrava vagamente a de uma cigana, mas a voz era firme e clara, com o sotaque carregado do interior.

— Acabei de chegar. Vim de trem, esta manhã.

Gabriela se aproximou. A moça se afastou, abrindo espaço para que Gabriela se sentasse ao seu lado.

— Sou Drusilla — apresentou-se.

— Sou Gabriela.

— Veio para ficar?

— Espero que sim.

— Então, junte-se ao clube!

— Você mora aqui?

— Moro. Tenho um bebê. Ele ainda não acordou, por isso estou sentada aqui. É bom ter um pouco de tranqüilidade.

— Há quanto tempo mora aqui?

— Há um ou dois meses. Antes, morava em Lanyon. Mas faz um ano que vim para esses lados.

— Você trabalha?

— Não, não estou trabalhando. Apenas cuido do Josh. Sou flautista — acrescentou.

— Como?

— Flautista. Toco flauta.

— É mesmo? — E mais intrigada, perguntou: — Profissionalmente?

— Isso. Profissionalmente. Eu tocava numa orquestra de Huddersfield — minha cidade natal — mas ela não tinha mais fundos para se manter, e desde então não tenho trabalhado. Fui para Londres tentar arranjar emprego, mas não tive sorte.

— E o que fez então?

— Bem, conheci um homem. Kev. Era pintor. Tinha um pequeno apartamento em Earls Court, e então fui morar com ele. Kev também não estava tendo sorte em Londres, então decidimos vir para cá. Alguns de seus amigos moravam aqui e o ajudaram a arrumar um lugar para morar. Alugamos uma casinha na charneca, em Lanyon, mas não era um lugar muito bom. Nada comparado a isso aqui. Não tinha nem banheiro.

— Quantos meses tem seu bebê?

— 10.

— E... você e Kev ainda estão juntos?

— Deus, não. Ele me deixou. Voltou para Londres. Tive que sair da casa, o dono não me deixou ficar. De qualquer forma, eu não podia pagar o aluguel.

— O que você fez?

— O que mais eu podia fazer? Saí de lá. Mathie Thomas... você o conhece?

— Não conheço ninguém por aqui.

— Bom, ele me deixou ficar em sua casa por alguns dias, e então Ivan encontrou esse lugar para mim. Ivan é sócio de Mathie.

— Ele acabou de me servir o café da manhã.

— Foi? — Drusilla sorriu. — Ele não é formidável? Eu o acho um amor. Realmente o adoro. Não me importaria em sair com ele qualquer dia desses.

— E a mãe dele?

— Eve? É uma pessoa adorável. E o almirante também. Já os conheceu?

— Já lhe disse, não conheço ninguém.

— Formamos uma comunidade aqui. É verdade. — Gabriela encontrara Drusilla de ótimo humor. — Há também uma velha babá, mais velha do que Deus e duas vezes mais desagradável. — Refletiu sobre o que disse. — Não — disse ela, franzindo o nariz — isso não é justo. Ela não é tão má assim. Vai a Truro toda quarta-feira, nos dias de folga, e eu lhe pedi que trouxesse um vidro de remédio para Josh, pois não consegui encontrá-lo no armazém, e ela lhe trouxe um coelhinho. De brinquedo, claro, com uma fita no pescoço. Ele nunca teve nada tão bonito. Achei muita gentileza da parte dela. Mas a expressão que ela tinha no rosto ao trazer o brinquedo! Seca e azeda como uma uva passa. Algumas pessoas são engraçadas. Não há nada mais estranho do que os velhos.

— Quem mais está aí?

— Laura. Tem algum parentesco com o almirante. Passou por uma cirurgia e está aqui para convalescer. Não mora aqui. E há outros freqüentadores da casa. Sabe, que aparecem a toda hora. Há o jardineiro e sua mulher, que ajuda na limpeza da casa. E uma mulher chamada Sra. Marten, que mora no vilarejo, mas eu não gosto dela.

— Ela também ajuda na casa?

— Céus, não. É amiga de Eve. Uma vaca metida a besta. Nunca me dirigiu uma palavra amistosa e nunca olhou para o meu filho. E não há um dia em que não venha aqui, por um motivo qualquer. Gosta de tirar vantagem, entende?

Gabriela não entendeu, mas, por não estar disposta a questionar a nova informação, meneou a cabeça.

— Para ser sincera, acho que ela se ressente por eu estar aqui, queria ser a única concha da praia. Veio tomar um drinque uma noite dessas... Estavam todos sentados à frente da casa de Ivan, sob o sol, bebendo champanhe, e o almirante me convidou para juntar-me a eles. Foi então que a vi, inventei uma desculpa e entrei. Estavam tomando champanhe, e eu não me teria importado...

Ela parou. Da casa, veio o pranto indignado de uma criança que acabava de acordar e se achava abandonada.

— É o Josh — falou Drusilla, levantando-se e metendo-se porta adentro. Passado um momento, ela voltou com o bebê nos braços. Sentou-se e o colocou sobre os pezinhos gordos e descalços, entre seus joelhos. Ele usava um pijama pequeno para seu tamanho e era um bebê gordo e bronzeado, com alguns raros fios de cabelos e olhos pretos e redondos.

— Quem é o amorzinho da mamãe? — Drusilla perguntou a ele carinhosamente e estalou um beijo em seu pescoço gordo.

Sem se dar conta do carinho da mãe, o bebê olhava fixamente para Gabriela. E riu em seguida, revelando os dois únicos dentinhos. Gabriela estendeu a mão, e ele agarrou seu dedo, tentando colocá-lo na boca. Ela puxou a mão, e ele soltou um gemido. Drusilla se inclinou e tornou a beijá-lo, abraçando-o e embalando-o.

— Você... — Gabriela começou a perguntar. — Quando você estava grávida, pensou em fazer um aborto?

Drusilla ergueu os olhos, franzindo o nariz em sinal de reprovação.

— Deus, não. Que idéia medonha. Não ter Josh?

Gabriela revelou: — Vou ter um bebê.

— Vai? — disse Drusilla, parecendo feliz e interessada. — Quando?

— Vai demorar muito. Isso é, acabei de saber que estou grávida. Você é a primeira pessoa a saber.

— Não diga!

— Não vai contar a ninguém, vai?

— Não contarei a ninguém. Sabe quem é o pai?

— Claro que sei.

— E ele, sabe?

— Não. E não vai saber.

Drusilla sorriu, aprovando a idéia. Esse era o tipo de independência que admirava numa mulher.

— Bom para você — completou.

May, deitada, com os dentes num copo ao lado da cama, foi acordada com o abafado murmúrio de vozes sob sua janela. Noite passada, recortara lindas figuras para colar em seu caderno e assistira televisão até o término da programação. Mas o sono não chegava com facilidade na velhice e o novo dia clareava tão logo conseguira adormecer. Agora...

Esticou o braço e tenteou os óculos. Alcançou o relógio. Quinze para as nove. Hábitos mudados. Antigamente, levantava-se da cama às seis e meia e às vezes mais cedo, quando precisava alimentar algum bebê. O murmúrio prosseguia, provocando, ela achou, um som agradável. Imaginou quem estaria conversando.

Um instante mais tarde, levantou-se da cama, colocou na boca a dentadura e vestiu o robe. Foi até a janela e afastou as cortinas. Embaixo, o pátio parecia lavado pelo brilho do sol do novo dia. Do lado de fora do chalé, Drusilla se sentava ao lado do filho e conversava com outra moça. Com certeza, uma de suas divertidas amigas.

Não se debruçou na janela, pois não era do seu feitio. Observou-as. A nova moça vestia calças e tinha os cabelos descoloridos. May apertou os lábios, assentando a dentadura. Viu Ivan sair de seu chalé e ir em direção a elas.

— Alguém acordado? — ele perguntou.

May abriu a janela. — Estou acordada — avisou.

Ele parou e olhou para cima. — Dia, May.

— O que estão fazendo aí, conversando? — quis saber ela.

— May, seja boazinha e vá ver se minha mãe está acordada Vá. Preciso sair para trabalhar e quero falar com ela antes de ir.

— Tenho que me trocar primeiro.

— Não há tempo. Vá agora. Você fica linda de camisola.

May levantou a cabeça e encolheu o queixo. — Não me amole. — Fechou a janela, calçou o par de chinelos e saiu pela porta, atravessando o corredor. À porta do quarto de Gerald e Eve, ela parou para escutar. Os dois conversavam. Ela bateu.

Eve estava sentada na lateral da enorme cama almofadada, com um xale sobre os ombros, tomando sua xícara matinal de chá. Gerald, de pé e vestido, sentava-se na beirada da espreguiçadeira, amarrando o cadarço do sapato. Animada com o bom tempo continuado, ela tentava convencê-lo a fazer um piquenique no dia seguinte. — ... podíamos ir a Gwenvoe para caminhar pelas pedras. Não vou lá há séculos, e não vai haver ninguém para jogar areia em você. Diga que sim. Acho que estamos precisando sair de casa um pouco...

Ouviram as batidas na porta. Eve ficou apreensiva. Depois da carta, assustava-se à toa e mais ainda quando viu o rosto de May na porta entreaberta.

— O que foi, May?

— Ivan quer-lhe falar. Está lá fora.

— Ivan? O que aconteceu? Qual o problema?

— Não creio que haja um problema. Só disse que quer-lhe falar antes de ir para a fábrica. Drusilla também está lá fora com uma moça... acho que é uma amiga. Tem o cabelo tingido.

— Céus — disse Eve.

— Ivan pediu para você descer.

— Obrigada, May. Irei num minuto. Por que será que Ivan está me chamando?

— Não se preocupe. Irei com você.

— Fico achando o tempo todo que algo terrível vai acontecer...

— Não devia. — Ela afastou as cobertas e se levantou, deixando o xale sobre a cama. Gerald ajudou-a com o robe azul acolchoado. — Acha que a moça de cabelo tingido pertence a Drusilla ou a Ivan?

Apesar de tudo, Eve teve que rir. — Ora, não diga uma coisa dessa!

— Você sabe, Tremenheere era muito monótona antes de me casar com você. Espero que não seja mais uma desamparada no mundo.

— Uma desamparada de cabelos tingidos?

— A imaginação das pessoas é espantosa — concluiu Gerald.

Desceram pela escada dos fundos e cruzaram a cozinha. A mesa já estava posta, com três pratos para o desjejum. A bandeja de Laura aguardava sobre o aparador. Gerald destrancou a porta dos fundos e a abriu.

— Pensamos que vocês nunca apareceriam — insinuou Ivan.

— Qual a urgência? — perguntou Gerald. Eve olhou por sobre o ombro do filho. A amiga de Drusilla. Estava sentada à entrada da casa, mas levantou-se na direção dos três. Era alta e esbelta, de pernas compridas. O rosto moreno, o cabelo cor de palha. Possuía, Eve teve tempo de notar, um lindo par de olhos acinzentados.

Drusilla e o bebê observavam da porta do chalé.

— Sabe quem é ela? — perguntou Ivan. Não era do seu feitio formular perguntas idiotas. Como poderiam eles saber quem era? Eve balançou a cabeça.

— Gabriela — respondeu Ivan.

Lucy não estava bem. No meio da noite, acordara Laura. Sobre as patas traseiras, apoiada na beirada da cama e arranhando o lençol, ela se pôs a choramingar. No escuro da noite, Laura a carregara escada abaixo até o jardim, onde prontamente passara mal. De volta ao quarto, a cadelinha tomara a água da tigelinha e deitara em sua cesta, enrolando-se sobre o cobertor a fim de se aquecer.

Quando Laura acordou, a cadelinha estava no mesmo lugar, apenas com a cabeça de fora, os olhos escuros lacrimejantes, as orelhas macias e sedosas caídas.

— Como se sente? — perguntou Laura, mas Lucy não se moveu ao ouvir sua voz. Suspirou e deitou o queixo na borda da cesta, com a expressão mais infeliz do mundo.

Na certa comera algo que lhe fizera mal. Vivia engolindo qualquer porcaria. Provavelmente teria comido adubo composto ou algum osso podre. Talvez fosse melhor levá-la ao veterinário.

Olhou para o relógio. Eram quase nove horas de uma linda manhã, um pecado ficar na cama. Mas Eve nunca a deixava sair do quarto antes do desjejum, que insistia em lhe servir ali. Laura estava totalmente recuperada e ficaria feliz em juntar-se aos demais para tomar o café da manhã na cozinha e poupá-la do trabalho. Mas Eve gostava tanto desse tipo de mimo que seria grosseria não aceitar tal delicadeza.

Levantou-se, escovou os dentes e os cabelos, pensando em Alec e em Nova Iorque. Imediatamente, sentiu-se culpada. Havia-lhe escrito uma carta, via aérea, desculpando-se e tentando explicar, mas não conseguira expressar tudo o que queria, e postá-la não a tinha feito sentir-se melhor. Quando viesse buscá-la, tudo seria diferente. Deixaria de ser tão reservada. Deixaria de ser educada com Daphne Boulderstone. Talvez descobrisse que Alec pensava o mesmo que ela sobre Daphne, mas nunca chegara a expressar o que sentia. Ririam juntos e tudo ficaria bem.

Agachou-se ao lado da cesta de Lucy, tocou sua cabecinha e encostou o dorso da mão em seu focinho, notando que estava quente e febril. Estava ali, quando ouviu os passos de Eve se aproximarem e as batidas na porta.

— Eve, estou acordada.

Eve apareceu, carregando a bandeja de vime. Usava o robe acolchoado e parecia mais feliz do que nos últimos dias.

Deixou de lado a bandeja e perguntou: — Está se sentindo mais forte?

Laura se levantou. — Por quê?

— Bem mais forte? Pronta para uma surpresa? Uma adorável surpresa.

Uma adorável surpresa. Pensou em Alec. Mas não foi Alec que seguiu Eve pela porta e parou ali, não exatamente sorrindo, mas misteriosa e um tanto circunspecta. Era uma jovem de cabelos curtos e descoloridos e grandes olhos cinzas, que encontraram os de Laura sem pestanejar.

Ninguém disse nada, e foi Eve quem teve que quebrar o silêncio.

— Laura, essa é Gabriela. A Gabriela de Alec.

— Mas de onde você veio?

— Saint Thomas. Ilhas Virgens.

Eve as tinha deixado a sós, e as duas se sentaram na cama, Gabriela com as pernas cruzadas sob o corpo e as costas apoiadas na grande cabeceira de bronze.

— Encontrou seu pai?

— Não. Ele já tinha partido para Nova Iorque. — Continuou explicando tudo o que havia acontecido. Sua viagem soou para Laura como um pesadelo, mas para Gabriela tudo parecia normal. Havia voltado a Islington e encontrado a Sra. Abney, passado um dia em Londres e viajado para Tremenheere, onde viera, não para ver o pai, mas para encontrar com Laura.

Aquela era Gabriela, e estava em casa. Era uma moça, a filha, sentada na cama de Laura. Deixara de ser um nome que ninguém ousava mencionar. Deixara de ser apenas uma fotografia, um desenho, um quarto deserto no sótão, cheio de brinquedos. Estava ali. Ao alcance da mão. Gabriela.

— Temos que avisar a Alec que você está aqui.

— Não, não faça isso — pediu Gabriela. — Ele vai se preocupar e não há motivo. Eve me disse que ele vai voltar para buscá-la, então vamos fazer-lhe uma surpresa. Só por alguns dias. Vamos guardar segredo.

— Mas você não precisa voltar para a América?

— Não, não preciso voltar.

— Mas... o que vai fazer?

— Pensei em ficar na Inglaterra.

— Mas isso seria *maravilhoso*. Não posso imaginar nada melhor. E Alec... ah, Gabriela, ele sentiu muito a sua falta. Muito.

— Eu sei — concordou Gabriela. Levantou-se da cama

e aproximou-se da janela, ficando de costas para Laura. — Esse lugar é lindo. Tem palmeiras, como nas Antilhas. — Virou a cabeça e viu Lucy deitada na cestinha. — É seu cachorro? — Abaixou-se ao lado de Lucy.

— É. Mas ela não está bem. Passou mal à noite. Por sorte, conseguiu me avisar e pude levá-la ao jardim a tempo. Acho que comeu alguma coisa que lhe fez mal. Seu nome é Lucy.

Observando Gabriela, Laura se deu conta do que a intrigava. — Gabriela, como foi que me achou aqui? Como sabia que eu estava em Tremenheere?

— Ah — Inclinou-se para acariciar a cadela. — A Sra. Abney me disse.

— Alec deve tê-la avisado antes de viajar para Nova Iorque.

— É — concordou — acho que sim. — Levantou-se. — Vou descer. Eve me ofereceu uma xícara de café. Vou deixá-la tomar seu desjejum em paz. Seu ovo quente vai endurecer se não comê-lo logo.

— Quando eu descer, conversaremos — prometeu Laura. — Há tanta coisa que gostaria de lhe perguntar.

— Claro. Sentaremos no jardim para conversar.

Gabriela fechou a porta e foi até o patamar da escada principal. Parou ali, hesitante, e então tirou do bolso da calça o envelope pardo amassado. *Sua mulher está tendo um caso com Ivan Ashby em Tremenheere.*

Jovem, vigorosa e liberal — qualidades inerentes à sua geração — Gabriela ficara chocada com a dura acusação. Agora, em poucas horas, havia conhecido Ivan e Laura. Um homem assustadoramente atraente, em quem se podia acreditar quase que inteiramente. E uma mulher que se comportava com tamanha inocência e aparentara um prazer candidamente transparente diante de sua inesperada aparição. Diante da enteada desconhecida, ela podia ter-se mostrado desconfiada e enciumada; mas, ao contrário, demonstrara uma alegria sincera durante o encontro.

Pela primeira vez, Gabriela sentiu uma ponta de desconfiança. Pela primeira vez, ocorreu-lhe que era possível que a carta fosse uma farsa. Nesse caso, quem odiaria Laura e Ivan a ponto de inventar tamanha calúnia?

Desceu a escada. Ao cruzar a ante-sala encerada, avistou a porta aberta da cozinha e Gerald, que emergiu dela, trazendo os jornais. Não percebeu a presença de Gabriela e caminhou na direção oposta, atravessando o corredor.

— Gerald.

Ele se virou. Ela andou em sua direção. — Posso lhe falar um instante?

Ele a levou ao escritório, um lugar agradável, que cheirava a charuto, livros e cinza de lenha.

— É aqui que o senhor lê os jornais?

— É. — Gerald era um homem bastante atraente. — É aqui que consigo me concentrar. Sente-se, Gabriela.

Ela se sentou, não na poltrona que ele lhe indicara, mas na cadeira diante da mesa, de maneira que se pudessem falar frente a frente.

— Tem sido tão gentil... Desculpe não tê-lo avisado de minha chegada, mas realmente não houve tempo — arrematou.

— Estou encantado em vê-la. Em conhecê-la finalmente.

— Acabei de dizer a Laura que a Sra. Abney, a governanta de Islington, me disse onde encontrá-la. O que não é verdade.

— Como soube onde ela estava, então?

— Abri essa carta — contou Gabriela, deixando o envelope sobre o mata-borrão.

Gerald recostou-se na cadeira e não se moveu. Olhou para o papel marrom e ergueu os olhos, encontrando os de Gabriela. Sua expressão era de seriedade. — Sei — disse ele.

— Como assim, sabe?

— Já houve uma carta similar. Enviada a uma amiga nossa do vilarejo... uma carta anônima.

— Bem, aí está outra. Abri a carta porque vi o selo postal de Truro e sabia que Laura estava em algum lugar em Cornwall. A Sra. Abney e eu achamos que não haveria problema.

— Mostrou a carta à Sra. Abney?

— Não. Não mostrei a ninguém.

Ele respirou fundo e a pegou nas mãos. — Foi postada em Truro, na quarta-feira.

— Sim, eu sei.

Tirou a carta do envelope e a leu. Em seguida, deitou os cotovelos sobre a mesa e cobriu a testa com as mãos. — Oh, Deus — suspirou.

— É horrível, não é?

— Tomou café com Ivan. Comentou alguma coisa com ele?

— Claro que não. Nem com Laura. Só contei ao senhor. É a primeira pessoa a saber.

— Boa garota.

— Quem a escreveu?

— Não sabemos.

— Mas e a outra carta? Não descobriram quem a escreveu?

— Não. Por... outras razões... deixamos o assunto de lado. Esperávamos que não houvesse outra. Agora começo a crer que nos equivocamos.

— Mas é crime escrever coisas assim. É um crime.

— Gabriela, não há o menor fundo de verdade nela. Sabe disso, não sabe?

— Imaginei. Mas como tem tanta *certeza* de que não é verdade?

— Porque conheço Ivan e conheço Laura. Acredite em mim. Já vivi muito e conheço meus semelhantes o suficiente para saber exatamente quando há algo acontecendo — clandestinamente — sob meu teto. Ivan é meu enteado e é um homem discreto e sensível. Nunca seria tolo nem velhaco, para seduzir a mulher de Alec. Quanto a Laura — ele estendeu as mãos —, você a conheceu. Pode imaginá-la fazendo algo desse gênero?

— Não, não posso — admitiu Gabriela. — Pensei sobre isso. Mas deve haver *algum* motivo...

— Ah, alguns passeios juntos a um antiquário... um piquenique. Ivan é um bom amigo. Gosta da companhia de uma mulher atraente, mas, basicamente, suas intenções são as mais puras possíveis. E isso tem-lhe criado problemas ao longo dos anos, posso lhe assegurar.

Gabriela sorriu. Foi como tirar um peso do coração ouvi-lo descrever Ivan de forma tão veemente, ainda que na condição de padrasto e ainda que Gerald estivesse sendo ligeiramente tendencioso.

— Nesse caso, o que vamos fazer?

— Talvez devêssemos entrar em contato com seu pai.

— Não, não podemos fazer isso.

— Nem para avisá-lo de sua chegada?

— Vamos fazer-lhe uma surpresa. Afinal, ele não me vê há seis anos e pensa que continuo na Virgínia... Não quero que ele se preocupe comigo.

— Eu ficaria feliz em poder contar a ele.

— Ah, não. Por favor, não. Se não se importar de me ter aqui, eu prefiro assim.

Gerald cedeu. — Está bem.

— Mas ainda não sei que providências o senhor vai tomar em relação à carta.

— Pode confiar em mim?

— Acho que devíamos contar à polícia.

— Farei isso se for preciso, mas, por Eve, eu preferia não fazê-lo.

— O que Eve tem a ver com isso?

— Tudo — ele lhe disse. — Explicarei a você em outra hora. A primeira carta a deixou doente de preocupação, mas ela parece ter melhorado e creio que sua súbita chegada a fez esquecer do acontecido. Enquanto isso, acho que você devia fazer o mesmo. Não é mais responsabilidade sua. Então, por que não aproveita para se distrair? Vá se sentar no jardim. Encontre Laura e faça amizade com ela.

Quando Gabriela saiu, ele releu a carta, guardou-a no envelope e a enfiou no bolso superior da jaqueta de *tweed*. Levantou-se e saiu do escritório, indo à cozinha, onde encontrou Eve, de avental, cortando os legumes para a sopa.

— Querido.

Ele a beijou. — Vou precisar sair por meia hora.

— Vai à cidade? Preciso de algumas coisas do armazém.

— Não agora. Posso ir mais tarde, se quiser.

— Você é um amor. Vou fazer uma lista.

Gerald abriu a porta dos fundos. Eve chamou: — Gerald! — Ele se virou. Eve sorriu com a doçura de sempre e acrescentou: — Ela é um doce, não é? Estou falando de Gabriela.

— Encantadora — observou Gerald e saiu.

No carro, ele passou pelo portão e dobrou à esquerda, estrada acima, em direção à charneca. Após dois ou três quilômetros, uma placa indicava a bifurcação para Lanyon e Carnellow. Seguiu para Carnellow.

Aquele fora um dia um vilarejo isolado que vivia da exploração das minas de zinco. Duas fileiras de chalés pintados de branco, uma casa de máquinas em ruínas e uma capela abandonada. Ali, no alto da charneca, mesmo no mais sereno dos dias, o vento sempre soprava. Quando desceu do carro, o vento uivava forte e o urzal se ondulava, mosqueado pelo verde-esmeralda do charco; a relva alta se inclinava, tangida pela brisa.

Da antiga capela veio o estrondo da atividade. O gemido da serra circular, as pancadas dos macetes de madeira. A entrada original havia sido ampliada e suas pesadas portas corrediças se encontravam escancaradas, revelando o interior da oficina. Sobre ela, um letreiro recente anunciava: Ashby e Thomas.

Do lado de fora da fábrica, havia uma pilha de madeira sendo secada sob uma cobertura provisória. Duas camionetes estavam estacionadas ao lado do carro de Ivan. Aparas de madeira bailavam no ar, sopradas pelo vento. Gerald sentiu o cheiro doce das tábuas recém-cortadas.

Um rapaz apareceu carregando uma cadeira, que acomodou em uma das camionetes.

— Bom-dia — desejou Gerald.

— Olá.

— Ivan está lá dentro?

— Está, em algum lugar.

— Poderia chamá-lo para mim? Diga que é o Almirante Haverstock.

O rapaz, certamente impressionado pelo título e pelos modos autoritários de Gerald, deixou a cadeira e tornou a entrar, retornando em seguida ao lado de Ivan. Seu enteado vestia um macacão de operário.

— Gerald.

— Desculpe ter de incomodá-lo. Não vou demorar-me. Vamos conversar no carro.

Gerald contou a Ivan a triste história e lhe mostrou a segunda carta. Enquanto ele a lia, Gerald o viu cerrar o punho e comprimi-lo contra o joelho com tal força que suas juntas branquearam. Assim como Gerald, Ivan disse: — Ó, Deus.

— Desagradável — observou Gerald. — Mas dessa vez sei que não é verdade.

Ivan disse friamente: — Bem, já é um bom começo.

Que coisa nojenta. E você disse que Gabriela também a leu e a trouxe de Londres com ela! Deve estar me achando um cafajeste.

— Ela sabe que nada disso é verdade. Eu lhe disse isso e ela parece ter ficado feliz em sabê-lo.

— Ainda acha que foi a May?

Gerald deu de ombros. — Postada em Truro, numa quarta-feira. Mesmo procedimento.

— Gerald, não creio que tenha sido ela.

— Então quem foi, garotão?

— Não está achando que... Pensei nessa possibilidade após a primeira carta, mas não falei nada. Acha que pode ter sido Drusilla?

— *Drusilla?*

— É, Drusilla.

— Por que diz isso? O que ela ganharia escrevendo essas cartas vulgares?

— Sei lá. Exceto que... — Ivan pareceu um tanto embaraçado. — Bem, depois que a ajudei, sabe, arranjei o chalé para ela... ela foi à minha casa certa noite e deixou claro que estava agradecida e que ficaria feliz em me compensar de alguma forma. Mas não tinha nada a ver com... amor. Foi apenas uma proposta de negócios.

— Você se envolveu com ela?

— Não, claro que não. Disse que não me devia nada e a mandei para casa. Ela não guardou ressentimento. — Pensou sobre o que havia dito e acrescentou: — Aparentemente.

— Drusilla seria capaz de escrever tal carta?

— É uma mulher estranha. Não sei. Não a conheço muito bem. Nenhum de nós a conhece. Não sabemos nada do seu passado nem o que pode irritá-la. Ela é um mistério.

— Concordo com você. Mas por que ela iria querer magoar Silvia?

— Não faço idéia. Não creio que ela morra de amores por Silvia, mas isso não justifica enviar à pobre mulher uma carta anônima. E certamente Drusilla não tem nada contra bebida alcoólica. Aprecia um trago.

Gerald ponderou. — Ivan, aquela carta foi postada em Truro, na quarta-feira. Drusilla nunca vai além da aldeia. Não poderia, com o bebê no carrinho. Não há como ela ir até lá.

— Pode ter pedido a May para postá-la. De uma estranha maneira, as duas parecem ter ficado amigas. May às vezes lhe traz algumas coisas de Truro, coisas para Joshua que não existem no vilarejo. Então, por que ela não poderia ter postado uma carta para Drusilla?

Tudo parecia perfeitamente razoável. E tão desagradável que Gerald desejou, como Eve, poder esquecer o assunto.

— O que está pensando em fazer? — inquiriu Ivan.

— Sugeri a Gabriela que entrasse em contato com Alec, mas ela não quis. Não quer que ele se preocupe. De qualquer modo, ele vai chegar na terça-feira.

— Gerald, temos que fazer alguma coisa antes que ele chegue.

— O quê?

— Não acha que devíamos comunicar o fato à polícia?

— E se for a May?

Um segundo depois, Ivan respondeu: — É, entendo.

— Vamos deixar as coisas como estão por enquanto.

Ivan sorriu para o padrasto. — Não está agindo adequadamente, Gerald. Está protelando. Pensei que o relógio da marinha estivesse cinco minutos à frente.

— E está.

— "O difícil pode ser feito agora, o impossível pode levar algum tempo."

— Não cite a mim mesmo. E talvez esta seja uma tarefa

impossível. Talvez leve um tempo maior. Quando vai voltar para casa, Ivan?

— Preciso resolver algumas coisas... estarei em casa na hora do almoço. Você está me parecendo que precisa de apoio moral. — Ivan saiu do carro e bateu a porta. — Vejo-o mais tarde.

Gerald, com o coração mais aliviado, observou-o se afastar. Assim que Ivan entrou na oficina, ele deu a partida no carro e voltou para Tremenheere.

— Não foi tão ruim no começo. Não foi tão ruim quanto viria a ser. A Virgínia é um lugar lindo, e Strick tinha uma casa maravilhosa num penhasco debruçado sobre o rio James. A casa era enorme, com vários acres de terra, verdes pastagens para os cavalos e cercas brancas. Havia cornisos e carvalhos e, em frente à casa, um jardim com uma piscina imensa e várias quadras de tênis. o clima era ameno e ensolarado, mesmo no inverno. Eu tinha um quarto enorme só para mim e um banheiro também. Na casa havia vários empregados — uma cozinheira, uma arrumadeira e um mordomo engraçado chamado David, que vinha trabalhar todos os dias num carro cor-de-rosa. Até a escola que eu freqüentava era boa. Era um internato e, imagino eu, terrivelmente caro, pois os pais de todas as meninas eram ricos como Strickland, e, depois de algum tempo, quando se acostumaram com o meu sotaque britânico, tornei-me uma espécie de novidade, e não foi muito difícil fazer amizades.

Estavam juntas no jardim, sob a sombra de uma amoreira. Haviam carregado para lá um tapete e algumas almofadas e se deitaram, lado a lado, de barriga para baixo, como se fossem duas colegiais trocando confidências. A postura que tomaram facilitava a conversa para ambas.

— Nunca se sentia sozinha?

— Ah, claro que sim. O tempo todo, mas era um tipo

diferente de solidão. Uma pequena parte de mim que eu levava sempre comigo, mas que estava escondida bem lá no fundo. Como uma pedra no fundo de um lago. O que quero dizer é que nunca me senti à vontade, mas não era muito difícil fingir que tudo estava bem.

— E quando não estava no colégio?

— Também não era tão ruim. Eles sabiam que eu não gostava de montar e então me deixavam sozinha. Na verdade, nunca me incomodei de ficar sozinha e, além do mais, sempre havia alguém por perto. Amigos que se hospedavam com filhos da minha idade ou outros que vinham jogar tênis ou nadar na piscina. — Ela sorriu. — Eu nado bem e jogo tênis também, embora não seja nenhuma campeã.

— Gabriela, por que nunca voltou para visitar seu pai?

Gabriela olhou para longe, puxou um tufo de grama da terra, esmigalhando-o entre os dedos.

— Não sei. Simplesmente não aconteceu. No começo, pensei em voltar e ir com ele para Glenshandra. Era o lugar onde ficávamos juntos de verdade, só nós dois. Ele costumava me levar para o rio, e ficávamos lá durante horas... só nós dois. Queria ir para Glenshandra, mas quando tentei dizer isso a minha mãe ela respondeu que eu iria para um acampamento de verão e que adiasse para o próximo ano. Haveria outros verões. Não é fácil argumentar quando se tem 14 anos. E minha mãe é uma pessoa difícil de convencer. Ela tem resposta para praticamente tudo, e no fim a gente sempre acaba cedendo. Então fui para o acampamento e achei que meu pai fosse escrever e que ficaria furioso conosco. Mas não ficou. Disse a mesma coisa. Quem sabe no ano que vem. E isso me magoou, pois achei que ele não se importava.

— Ele escreveu para você?

— Escreveu, sim. E mandou presentes no Natal e no meu aniversário.

— Você escreveu de volta?

— Escrevi. Cartas de agradecimento.

— Mas ele deve ter sentido muito a sua falta. Nos cinco anos em que viveu sozinho. Deve ter desejado tê-la de volta.

— Ele nunca devia ter-me deixado partir. Eu queria ficar com ele. Disse isso a minha mãe, mas ela falou que seria impossível. Além dos problemas objetivos, ele era ocupado demais, envolvido demais com o trabalho. Sua profissão sempre estava à frente de qualquer coisa.

— Você disse isso a ele?

— Tentei. Ele foi me ver na escola em Londres, e caminhamos pelas quadras de esporte para conversar, mas de alguma forma era tarde demais para tentar convencê-lo. Tudo que ele me disse foi: "Tenho muitos compromissos. Você precisa de sua mãe".

— E você nunca o perdoou por isso.

— Não se tratava de perdoá-lo, Laura. Era uma questão de adaptação. Se não me tivesse adaptado, teria me tornado uma pessoa problemática e provavelmente teria precisado de ajuda de um psicólogo. E tendo-me adaptado à situação tornou-se difícil voltar, ainda que só por algum tempo. Você entende.

— Entendo — respondeu Laura calmamente. — Acho que entendo. E acho que você agiu muito bem. Pelo menos aceitou o impossível e tocou sua vida adiante.

— Ah, eu vivi bem.

— O que aconteceu depois que terminou a escola?

— Minha mãe queria que eu entrasse na faculdade, mas relutei. Tivemos uma briga, mas pela primeira vez eu bati o pé e venci; fiz o que queria fazer, estudei belas-artes numa escola em Washington.

— Que fascinante.

— É, foi incrível. Tinha um pequeno apartamento e um carro só meus, e sempre que sentia vontade passava os finais de semana na Virgínia e levava meus amigos comigo. Mamãe não aprovava minhas amizades, que votavam no Partido Democrático e tinham cabelos compridos, mas, fora isso, era ótimo. Pelo menos foi, por algum tempo...

— Por que por algum tempo?...

Gabriela suspirou e arrancou outro tufo do gramado de Gerald. — Não sei se sabe alguma coisa a respeito de Strickland Whiteside.

— Não. Nada. Alec nunca me falou dele. Nem de sua mãe.

— Depois que terminei o colégio... não sei, não chegou a acontecer nada, mas eu sempre pegava Strickland me observando, e eu me sentia frágil e sabia que as coisas não eram mais as mesmas. Comecei a ter problemas para evitá-lo. Essa foi uma das razões de ter ido para Washington, para fugir da Virgínia. Mas, quando me formei, tive que voltar; na primeira noite depois que cheguei minha mãe foi para cama mais cedo, aí Strickland tentou tomar certas liberdades comigo e me agrediu. Ele havia bebido, foi horrível.

— Oh, Gabriela.

— Sabia que não podia ficar. No dia seguinte, disse a minha mãe que estava indo para Nova Iorque morar com uma amiga da escola. Ela não gostou muito, mas não fez nenhuma objeção. Talvez suspeitasse do que se passava na cabeça oca de Strickland, mas não me disse nada. Sempre foi uma pessoa controladíssima. Nunca a vi perder o controle em situação alguma. Então liguei para minha amiga, fiz as malas e viajei para Nova Iorque. Pensei em arranjar emprego lá, mas aquela cidade nunca teve nada a ver comigo, e, logo no primeiro dia em que cheguei, vi meu reflexo numa das vitrines da Quinta Avenida e pensei "que diabos está fazendo aqui?" Bom, após dois dias na cidade, ainda não havia encontrado nada para fazer. Mas naquela noite fomos a uma festa no Greenwich Village, e conheci uma pessoa. Ele era um inglês engraçado e interessante; falávamos a mesma língua, estávamos na mesma sintonia. E, ah, como era bom encontrar alguém que ria das mesmas piadas idiotas que eu. Ele me levou para jantar e me contou que possuía um iate nas Ilhas Virgens e que tinha convidado uns amigos para um cruzeiro e se eu gostaria de me juntar a eles. Então eu fui. Era incrível. O iate era maravilhoso e o lugar era muito romântico, cheio de enseadas deslumbrantes com areia branquinha e palmeiras. Passaram-se duas semanas, e os demais passageiros voltaram para Nova Iorque, mas ele ficou. E eu também. Fiquei com ele por seis meses. E nos despedimos há dois dias. Dois dias. Parecem dois anos.

— Mas quem era ele, Gabriela?

— Uma espécie de nômade da alta sociedade. Um inglês, como lhe disse. Esteve no exército. Acho que tinha uma esposa em algum lugar. E muito dinheiro, pois não tinha emprego e custa um bocado manter um barco de 50 pés nas Ilhas Virgens.

— Vocês eram felizes?

— Claro. Nós nos divertimos muito.

— Como é o nome dele?

— Não vou lhe dizer. Isso não importa.

— Mas se eram felizes, então por que voltou para a Inglaterra?

— Estou esperando um filho — respondeu ela.

Fez-se um silêncio, cortado apenas pelo canto dos passarinhos no jardim. Então Laura, inedaquadamente, deixou escapar: — Oh, Gabriela.

— Fiquei sabendo... há uma semana.

— Foi ao médico?

— Não, mas tenho certeza. E decidi que se não quisesse ter um filho, se preferisse abortá-lo, tinha que me apressar. Mas essa não foi a única razão para ter voltado. A principal era que eu queria rever meu pai, queria ficar com ele. Preciso dele. Preciso contar a ele, conversar com ele, ouvir seus conselhos e... ah, quero apenas ficar com ele, Laura. E, quando cheguei a Londres e não o encontrei, pensei que a coisa mais acertada a fazer era procurá-la para conversar.

— Mas você nem me conhecia.

— Precisava contar a alguém.

Os olhos de Laura se encheram de lágrimas, e ela, rapidamente, envergonhada, as enxugou. — Nunca tive opinião formada sobre o aborto. Quero dizer, nunca fui contra nem a favor. Mas ouvir você mencionar o assunto me enche de revolta e horror... Ah, Gabriela, não faça um aborto!

Gabriela sorriu. — Não se preocupe. Já decidi não levar isso a cabo. Decidi esta manhã, quando estava conversando com Drusilla, antes de vocês acordarem. Quando vi aquele bebezão gordo que ela tem, tive a súbita certeza de que queria esse filho.

— O pai sabe?

— Não, eu não lhe contei.

— Ah, querida... — As lágrimas rolaram em seu rosto. — Sou uma boba mesmo, por chorar, mas não posso evitar. Talvez eu não devesse, mas estou feliz por você.

— Acha que Alec vai ficar furioso quando souber?

— Você o conhece melhor do que eu.

— O que eu realmente gostaria de fazer — admitiu Gabriela — era voltar para Londres com vocês... talvez ficar até o bebê nascer.

— Fique quanto tempo quiser.

— Vamos nos apertar naquela casinha.

— Faremos com que ele compre uma maior, com um jardim.

Elas riram ao mesmo tempo, duas mulheres conspirando ternamente contra o homem que amavam. — É tudo que eu sempre quis. Não uma casa maior, mas um bebê.

Mas estou com 37 agora, e de vez em quando fico doente. Não tenho tido muita sorte. É por isso que fiz essa cirurgia. E é por isso que estou aqui e não fui para Glenshandra nem para Nova Iorque com ele. Mas, se não posso ter um filho, posso cuidar do seu...

— Será que vamos ter outra novidade?

— Não. Nunca mais. Não vai haver outra novidade.

Um movimento na casa as distraiu. Viraram-se e viram Gerald surgir pela porta da sala de estar. Observaram-no abrir as cadeiras do jardim e colocá-las ao sol, em torno da mesa branca de ferro. Feito isso, apanhou algum lixo do chão — um palito de fósforos talvez — e se abaixou para arrancar uma ou duas ervas daninhas perdidas entre as pedras. Em seguida, aparentemente satisfeito pela ordem do jardim, tornou a entrar.

— Que sujeito incrível — observou Gabriela.

— É, ele é maravilhoso. Sempre foi um herói para Alec. Pobre homem. Ficou solteiro por 60 anos e aí está, com a casa cheia de mulheres. Todas sozinhas. Mulheres sem homens. A velha May, em seu quarto, cerzindo meias e vivendo do passado. Drusilla, sem ninguém no mundo, exceto seu bebê. Silvia Marten, amiga de Eve, sempre indo e vindo, ávida por alguma companhia. É talvez a mais solitária de todas. E você e eu.

— Você, sozinha? Laura, você tem o Alec.

— É, eu tenho o Alec. Nosso casamento é quase perfeito

— O que está faltando?

— Não falta nada. Só uma parte de sua vida da qual não participei.

— Quer dizer, minha mãe. E Deepbrook. E eu.

— Você, principalmente. Alec nunca me falou de você. Era como uma barreira entre nós, e eu nunca tive coragem de quebrá-la.

— Sentia ciúmes de mim?

— Não, não foi isso que eu quis dizer. — Ela se deitou, tentando encontrar as palavras exatas. — Acho que eu estava sozinha pelo mesmo motivo que Alec. Você não era uma barreira, Gabriela, mas um vazio. Devia estar conosco, mas não estava.

Gabriela sorriu. — Ora, estou aqui agora.

— E quanto a Erica? Não está preocupada com você?

— Não. Ela pensa que ainda estou velejando pelas Ilhas Virgens com a nata da sociedade nova-iorquina. Quando meu pai voltar e o futuro estiver mais claro, vou escrever para ela e contar o que aconteceu.

— Ela vai sentir sua falta.

— Acho que não.

— Ela é sozinha como nós?

— Absolutamente. Sabe, ela tem os cavalos.

Ficaram ali por mais algum tempo, e então Laura olhou para o relógio e se sentou.

— Aonde vai? — quis saber Gabriela.

— Esqueci-me de Eve. Devo ajudá-la a preparar o almoço. A casa está cheia e ela faz tudo sozinha.

— Posso ir também? Sou ótima em descascar batatas.

— Não, fique. Pode descansar em seu primeiro dia. Eu a chamarei quando o almoço estiver na mesa.

Laura cruzou o gramado, a brisa soprando em sua saia de algodão cor-de-rosa e em seus cabelos compridos e castanhos. Subiu os degraus até o socalco e desapareceu dentro da casa. Gabriela a viu entrar e então rolou no tapete, deitando-se de costas, a almofada sob a cabeça.

O bebê estava ali. Iria nascer. Deitou a mão sobre a barriga, acariciando o futuro. Uma sementinha que começava a crescer. Uma pessoa. Noite passada, no trem, ela mal conseguira pegar no sono, e por causa disso, ou do fuso horário, subitamente, sentiu-se sonolenta. Com o rosto voltado para o sol, ela fechou os olhos.

Mais tarde, despertou. A consciência veio lentamente. Uma nova sensação a acometeu. Indistinta, a princípio, mas logo a reconheceu, algo do passado, da infância. Segurança, como um cobertor que nos aquece. Uma presença.

Abriu os olhos. Ivan, de pernas cruzadas, estava sentado ao seu lado no tapete, olhando-a, e sua presença parecia tão natural que não a deixou embaraçada por estar despertando, vulnerável e indefesa.

Passado um instante, ele disse: — Olá.

Gabriela respondeu a primeira coisa que lhe veio à cabeça. — Não está tendo um caso com Laura, está?

Ele balançou cabeça e respondeu: — Não.

Ela franziu o cenho, tentando imaginar o que a fizera formular tal pergunta, quando não haviam tocado no assunto. E, como se soubesse o que se passava em sua mente, Ivan disse: — Gerald me mostrou a carta. Foi a Carnellow para me mostrar a carta. Sinto muito por tudo isso. Sinto muito por alguém tê-la escrito e mais ainda por ter sido você a lê-la.

— Só a abri porque queria saber onde Laura estava. E acho que foi uma bênção tê-la lido. Poderia ter sido pior, Ivan. Se Alec a lesse antes de ir para Nova Iorque, poderia ter sido bem pior.

— Não deve ter sido fácil o seu primeiro encontro com Laura.

— É verdade. Mas, ultimamente, tenho feito coisas nada fáceis.

— Fico chateado por você ter imaginado tal coisa sobre nós. Ainda que tenha sido apenas por um dia.

— Não foi culpa sua.

— Já houve outra carta semelhante. Gerald lhe falou?

— Sim, ele me falou. Mas, como ele mesmo disse, era tudo mentira. A responsabilidade não está mais em minhas mãos. — Ela se espreguiçou, bocejou e se sentou. Raios douravam o jardim, que recendia a goivos. O sol se movera, e, sob a amoreira, a relva se entremeava de luz e sombra. — Quanto tempo dormi?

— Não sei. É meio-dia e meia. Vim-lhe dizer que está quase na hora do almoço.

Ele usava camisa azul-clara, o colarinho aberto, as mangas enroladas acima dos pulsos. Embaixo, contrastando com a pele bronzeada de seu peito, havia uma reluzente correntinha de prata. As mãos, que ela já aprendera a admirar, pendiam entre os joelhos. Ela viu o relógio de pulso e o pesado anel de ouro.

— Está com fome? — perguntou ele.

Lentamente, ela desviou o olhar de suas mãos e o olhou nos olhos. — Sempre almoça em casa?

— Não. Mas hoje resolvi trabalhar meio expediente.

— Sei. E o que vai fazer?

— Nada, eu acho. E você?

— Acho uma ótima idéia.

Ele sorriu e se pôs de pé, estendendo a mão a fim de ajudá-la a se levantar. — Nesse caso — admitiu — façamos nada juntos.

Estavam todos sentados à mesa da cozinha, tomando um drinque antes do almoço e esperando por May. Quando ela surgiu, descendo cautelosamente os degraus da escada dos fundos, ficou claro, por sua expressão de desagrado e suas feições contraídas, que havia algo errado.

— May, o que houve? — perguntou Eve.

A velha senhora fechou as mãos sobre o estômago, apertou os lábios e lhes contou. A porta do quarto de Laura fora deixada aberta. Lucy saíra de sua cestinha e escolhera passar mal exatamente sobre o bom tapete de May.

Às cinco e meia da tarde, Laura, carregando uma cesta de

tomates, resolveu caminhar até o vilarejo sozinha. Ela e Eve colheram juntas os tomates. Vieram da estufa de Tremenheere e, com o tempo quente, dúzias deles amadureceram ao mesmo tempo. Passaram a tarde preparando sopas e purês, e ainda assim sobraram alguns quilos. Drusilla aceitou de bom grado uma gamela cheia, e uma cesta foi separada para a mulher do vigário. Mas ainda restavam muitos.

— Por que as coisas têm que vir todas de uma só vez? — inquiriu Eve, as faces coradas pelo esforço culinário. — Não sei mais o que fazer com eles. — E em seguida, teve uma brilhante idéia. — Já sei, daremos os tomates para Silvia.

— Ela não planta tomates?

— Não, ela planta quase tudo, menos tomates. Vou ligar para ela e ver se ela os quer. — Foi até o telefone e voltou radiante. — Ela ficou simplesmente encantada. Disse que os tem comprado no armazém e que estão caríssimos. Mais tarde os levaremos para ela.

— Posso levá-los, se quiser.

— Ah, faria isso? Você ainda não conhece seu jardim, é um sonho, e ela vai adorar ter alguém com quem conversar. E talvez ela queira ir a Gwenvoe conosco amanhã. — Durante o almoço, Eve finalmente conseguira convencer o relutante marido de que um piquenique no sábado seria um bom programa. — Se ela concordar, diga-lhe que levaremos a comida e que um de nós irá buscá-la. Teremos que ir em dois carros de qualquer jeito.

Ao dar a volta na casa, Laura avistou o jardim de Tremenheere e viu que Ivan e Gabriela conversavam. Estiveram ali toda a tarde e aparentemente tinham muito a dizer um ao outro, como se fossem dois velhos conhecidos pondo em dia as novidades. Laura ficou feliz por ele não tê-la convidado a uma de suas exaustivas expedições. Sentia-se responsável por Gabriela, como se fosse sua própria mãe.

Não conhecia a casa de Silvia, contudo não foi difícil

achá-la. O portão estava escancarado e havia sobre ele o nome Roskenwyn. Cruzou a curta passagem de carros e chegou à porta da frente.

— Silvia.

Não houve resposta, mas a porta da sala estava aberta. Do outro lado, uma porta de vidro levava ao jardim. Ali, encontrou Silvia, ajoelhada, trabalhando a terra com um pequeno ancinho.

— Silvia.

— Olá. — Ela se sentou sobre os calcanhares, o ancinho pendendo da mão. Vestia um *jeans* surrado e uma camisa xadrez, o rosto miúdo quase totalmente escondido pelo enorme par de óculos de sol.

— Eu lhe trouxe os tomates.

— Ah, você é um anjo. — Largou o ancinho e tirou as luvas sujas de terra.

— Não precisa parar o que está fazendo.

— Mas eu quero parar. Estou fazendo isso a tarde inteira. — Levantou-se. — Vamos beber alguma coisa.

— Mas são só cinco horas.

— Não precisa ser álcool. Farei um chá, se quiser. Ou prefere limonada?

— Limonada seria ótimo!

— Certo. — Apanhou a cesta da mão de Laura. — Vou levar lá para dentro. Enquanto isso, pode admirar meu jardim e depois me contar o que achou.

— Não entendo muito de jardins.

— Tanto melhor. Não gosto de críticas.

Silvia sumiu de vista, e Laura, obediente, andou por entre os bonitos canteiros floridos e coloridos em variadas tonalidades de rosa, azul e malva. Não havia vermelho, laranja ou amarelo. Os ranúnculos altos e o perfume dos tremoços lhe traziam recordações de outros verões. As rosas de Silvia eram quase obscenamente vistosas, densas, graúdas.

Sentadas no pequeno pátio da casa, diante da bandeja de limonada, conversavam.

— Como consegue cultivar flores como essas?

— Eu as alimento com esterco de cavalo que consigo na fazenda no alto da estrada.

— Mas não é preciso borrifá-las com veneno e coisas assim?

— Ah, é. O tempo todo. Senão, viram comida de insetos.

— Não entendo muita coisa de jardinagem. Em Londres, o único jardim que temos são alguns poucos vasos.

— Não me diga que o Gerald ainda não a fez capinar? Ele é ótimo em organizar tarefas coletivas, como ele mesmo diz.

— Ninguém me mandou fazer nada. A não ser colher algumas frutas. Estou sendo tratada como convidada de honra.

— Bem, pelo menos está dando certo. — Silvia a fitou. — Você parece ótima. Cada dia melhor. E hoje está particularmente bem. Perdeu aquele seu ar... ansioso.

— Talvez não esteja mais ansiosa.

Silvia terminou sua limonada. Alcançou a jarra, tornando a encher o copo. — Alguma razão especial?

— Sim, muito especial. Gabriela voltou. A filha de Alec. Chegou esta manhã, no trem noturno.

Silvia pôs a jarra de volta na bandeja. — Gabriela. Mas ela não estava na Virgínia?

— Estava, mas voltou para casa. Ninguém a esperava. Foi uma surpresa e tanto.

— Pensei que ela nunca visitasse o pai.

— É verdade. Mas dessa vez não se trata de visita. Ela veio para ficar. Vai morar conosco. Não voltará para a América.

Ocorreu a Laura que a felicidade era uma estranha

sensação, às vezes tão incontrolável quanto a dor. O dia todo se sentira nas nuvens e agora tinha necessidade de compartilhar sua alegria, de confiá-la a alguém. E por que não a Silvia, que conhecia Alec desde a infância e sabia de seus problemas. — Seremos uma família. E acabei de descobrir que era isso o que eu mais queria. Era o que estava faltando.

— Faltava alguma coisa em seu casamento?

— Sim — admitiu. — Estar casada com um homem que foi casado com outra mulher por um bom tempo... não é sempre muito fácil. Existem partes de sua vida pregressa que eu desconheço inteiramente, como um quarto trancado a que não tenho acesso. Mas, agora que Gabriela está de volta, tudo vai ser diferente. É como se ela fosse a chave que abre a porta. — Laura riu da própria imagem que usara. — Acho que não sou muito boa em exemplos. Só sei que agora tudo vai ser maravilhoso.

— Bem, espero que esteja certa — respondeu Silvia — mas se eu fosse você não ficaria muito eufórica. Conheceu a moça hoje. Depois de um mês morando com ela, provavelmente vai querer vê-la pelas costas. Ela vai querer morar sozinha algum dia. É o que fazem todos os jovens.

— Acho que não. Bem, pelo menos por enquanto.

— Por que tem tanta certeza?

Laura respirou fundo e soltou o ar sem responder. Silvia falou então: — Você parece culpada de alguma coisa, como se soubesse de algo que ninguém mais sabe.

— E sei. Não contei nem para Eve ainda porque não é um segredo meu.

— Laura, eu sou a discrição em pessoa.

— Está certo. Mas não diga nada a ninguém. — Ela sorriu, pois o simples fato de poder contar a novidade em voz alta a enchia de alegria. — Ela está esperando um bebê.

— *Gabriela?*

— Não fique chocada. Não é para ficar chocada.

— Ela vai se casar?

— Não. É por isso que vai morar em Londres conosco.

— O que Alec vai dizer?

— Acho que vai ficar tão empolgado por ter a filha de volta, que o fato de ela estar grávida ficará em segundo plano.

— Não entendo você. Até parece que me está contando que a grávida é você. Tão entusiasmada.

— Talvez — admitiu Laura — seja como eu me sinta. Estou feliz por Gabriela e Alec, mas estou mais feliz por mim mesma. Estou sendo egoísta, não estou? Mas veja, Silvia, de agora em diante vamos todos ficar *juntos*.

Com toda esta excitação, Laura só se lembrou de dar o outro recado a Silvia quando já estava de saída.

— Quase ia me esquecendo. Vamos fazer um piquenique em Gwenvoe amanhã, e Eve quer saber se você gostaria de se juntar a nós.

— Amanhã. Sábado? — Silvia, como Gerald constantemente fazia, abaixou-se para arrancar a erva daninha que insistia em crescer entre os cascalhos. — Ah, que chato, não posso. Uma velha amiga minha está hospedada no Castle Hotel, em Porthkerris, e prometi a ela que nos encontraríamos. Preferia ir a Gwenvoe com vocês, mas não posso desapontá-la.

— Que pena. Mas vou explicar a Eve.

— Não está faltando alguma coisa? — interrogou Silvia subitamente. — Onde está sua cachorrinha? Está sempre com você.

— Está adoentada. May não está falando com ninguém, porque Lucy entrou em seu quarto e passou mal em cima de seu tapete.

— O que há com ela? A cachorra.

— Acho que comeu alguma coisa que não lhe fez bem. Vive comendo porcarias.

— As praias ficam imundas nessa época do ano.

— Não pensei nisso. Talvez seja melhor não levá-la a Gwenvoe amanhã. De qualquer maneira, a areia fica muito quente, e ela não entra no mar, não gosta de ficar com o pêlo molhado.

— Igual a gato.

Laura riu. — É, igual a gato. Silvia, preciso ir.

— Obrigada por trazer os tomates.

— Obrigada pela limonada.

Laura se afastou. Ao chegar ao portão, virou-se para acenar e desapareceu atrás do muro. Silvia ficou parada do lado de fora. Baixou os olhos e viu outro matinho, dessa vez uma tasneira. Abaixou-se e a arrancou num puxão; suas frágeis raízes, cobertas de terra escura, sujaram suas mãos.

Gerald sentou-se numa pedra, sob a sombra de outra, e observou sua família nadar. Família postiça, corrigiu-se. A mulher, a sobrinha-neta, a madrasta da sobrinha e o enteado. Eram cinco e meia da tarde, e ele estava pronto para voltar para casa. Estavam ali desde o meio-dia e embora estivessem sozinhos no lugar ele estava querendo um banho, um gim-tônica, o frescor da sala de estar e os jornais da tarde, mas assim que começou a fazer menção de partir, Eve e os demais resolveram nadar de novo.

Estavam em Gwenvoe, mas não na praia. Em vez disso, deixaram o carro no estacionamento e caminharam cerca de 800 metros pela vereda do penhasco e desceram até as pedras. A princípio, o mar estava baixo, mas com o cair da tarde a maré subiu, enchendo um rego fundo que cindia a face do penhasco, como um fiorde, e formava uma piscina natural. A água era de um profundo azul-turquesa reluzindo sob o sol poente. Ninguém conseguiu resistir.

Exceto Gerald, que já tivera o bastante e decidira apenas observar. Eve, sua querida Eve, íntima do mar, a única pessoa que ele conhecia que podia nadar na posição vertical, e Gerald jamais conseguira resolver a pura matemática dessa extraordinária proeza. Laura era mais convencional, com suas braçadas despretensiosas, mas Gabriela nadava como um garoto, a cabeça baixa, os braços bronzeados movendo-se com leveza, deslizando pela água como uma profissional. De vez em quando, ela e Ivan escalavam algum recife para mergulhar. Gabriela se preparava para mais um mergulho, trepada na pedra como uma sereia molhada, o corpo coberto de gotas cintilantes, usando o menor biquíni que Gerald jamais vira.

Enfim, Eve e Laura saíram da água, sentaram-se ao seu lado e enxugaram os cabelos com as toalhas, encharcando a rocha tórrida.

— Podemos ir agora? — inquiriu Gerald, desejoso.

— Oh, meu bem. — Eve segurou seu rosto e lhe deu um beijo frio e salgado. — Claro. Você se comportou muito bem, não reclamou nenhuma vez. E acho que já me diverti bastante por hoje, embora seja sempre triste encerrar um dia perfeito.

— É sempre bom sair da festa quando ainda estamos nos divertindo.

— De qualquer forma, tenho que voltar e começar a pensar no jantar. Até levarmos tudo lá para cima e andarmos de volta até o carro...

Eve deslizou para baixo as alças do maiô, preparando-se para se trocar. — E quanto a você, Laura?

— Vou com vocês.

— E os outros?

Os três olharam para Ivan e Gabriela. Ela estava na água, boiando, olhando para Ivan que, acima dela, se equilibrava para mergulhar.

— Ivan — chamou Gerald.

Ele relaxou, virando o rosto na direção do padrasto. — O que foi?

— Estamos indo. O que quer fazer?

— Acho que vamos ficar mais um pouco...

— Está bem, até mais tarde.

— Deixem algumas cestas para eu carregar.

— Faremos isso.

Em Tremenheere, atravessaram o arco e estacionaram no pátio. Drusilla e Joshua estavam ali, brincando com uma bola de borracha. Joshua perseguia a bola com as mãos e os joelhos, uma vez que ainda não dominava inteiramente a arte de andar. O garoto vestia uma camiseta de algodão encardida e nada mais, e quando desceram do carro ele sentou-se sobre as nádegas gorduchas para observá-los.

— Tiveram um bom dia? — quis saber Drusilla.

— Perfeito — respondeu Eve. — E você?

— Fomos ao pomar, e dei um banho de mangueira no Joshua. Espero que não se importe.

— Que boa idéia. Ele gostou?

— Adorou. Não parava de rir.

Carregaram as cestas de piquenique para a cozinha. Longe da quentura do dia, o frescor da cozinha era um alívio.

— Acho — começou Laura — que vou subir para ver como Lucy está e levá-la ao jardim.

— Foi bom não a termos levado — comentou Eve. — Ela ia odiar o calor da pedra.

Laura subiu correndo os degraus da escada dos fundos, e Eve retirou das cestas os restos do lanche — tarefa detestável, pensou, e quanto mais cedo realizada melhor. Enquanto isso, Gerald surgiu com o cesto grande que continha as garrafas de vinho e as térmicas de café.

Eve sorriu para ele. — Querido, foi ótimo ter ido conosco. Não teria sido a mesma coisa sem você. Deixe isso aí, vá lá para cima tomar uma ducha. Sei que está louco por um banho.

— Como sabe?

— Porque está todo suado. Limparei tudo num instante. Vou enfiar tudo na lava-louça e...

— Eve.

Era Laura, do andar de cima.

— *Eve!*

Perceberam o desespero em sua voz, como um grito de socorro, e se entreolharam apreensivos. Então, ao mesmo tempo, largaram o que estavam fazendo e se lançaram escada acima. Eve ia na frente. Atravessou o corredor e entrou no quarto de Laura. Encontraram-na parada no meio do quarto, com Lucy nos braços. A tigelinha que Laura enchera de leite estava vazia, e parecia que ela lutara para sair da cesta e alcançar a porta, pois havia pequenas manchas de vômito espalhadas pelo tapete. O cheiro era azedo e nauseante.

— Laura!

O corpo do animal encontrava-se estranhamente rígido, seu pêlo sedoso estava fosco, as patas traseiras pendiam pateticamente. Os olhos estavam abertos, porém cegos e embaciados, e o lábio, enroscado atrás do dente pontudo, parecia guardar um rosnado agonizante. Obviamente, estava morta.

— Laura. Oh, Laura! — O instinto de Eve foi de abraçá-la, consolá-la, mas por algum motivo não o fez. Esticou o braço e afagou a cabeça de Lucy. — Devia estar mais doente do que imaginávamos. Coitadinha... — Debulhou-se em lágrimas, odiando-se por sucumbir ao choro, mas a situação era trágica demais, e Eve não conseguiu controlar seu sofrimento.

Laura não chorou. Lentamente, seus olhos encontraram os de Eve e em seguida os de Gerald. O vazio de seus olhos revelava a tristeza da perda.

Ele foi até ela, afastou gentilmente seus dedos agarrados à cadela e tomou nos braços o corpinho do animal, segurando-o contra o peito. Deixou as mulheres e saiu do quarto, levando Lucy escada abaixo até a cozinha. Encontrou uma caixa de papelão e a deitou ali decentemente, cobrindo-a com a tampa. Levou a caixa ao telheiro de lenha e a deixou no chão, fechando a porta atrás de si. Mais tarde, cavaria uma pequena sepultura e enterraria Lucy no jardim. No momento, havia coisas mais urgentes a serem feitas.

Por ser sábado, as coisas ficavam infinitamente mais complicadas. Finalmente, com o auxílio da telefonista, obteve o número do telefone do presidente da companhia em que Alec trabalhava e ligou para ele. Por sorte, conseguiu contatar o ilustre cavalheiro em casa e explicou-lhe seu dilema, recebendo em troca um número em Nova Iorque onde Alec poderia ser encontrado.

Eram seis e meia da tarde. Uma e meia em Nova Iorque. Conseguiu a ligação, mas lhe disseram que haveria um ligeiro atraso e que, se pudesse aguardar ao lado do telefone, o chamariam de volta. Deixou o aparelho no gancho e aguardou.

Nesse meio-tempo, Eve veio ao seu encontro. Ele ergueu os olhos ao vê-la entrar no escritório.

— Laura está bem? — perguntou.

— Não. Está em choque. Não derramou uma lágrima, mas não pára de tremer. Coloquei-a na cama, liguei o cobertor elétrico e lhe dei um comprimido para dormir. Não sei mais o que fazer.

Ela se aproximou dele e caiu em seus braços. Por um instante, nada disseram, entregaram-se ao silêncio consolador. Pouco depois, ela se afastou para se sentar na enorme cadeira do marido. Parecia, ele achou, desesperadamente exaurida.

— O que vai fazer? — perguntou ela.

— Estou esperando uma ligação de Alec. Descobri seu número em Nova Iorque.

Ela olhou para o relógio. — Que horas são lá?

— Uma e meia.

— Ele vai estar no hotel a essa hora?

— Espero que sim.

— O que vai dizer a ele?

— Vou-lhe dizer para pegar o primeiro avião para Londres.

Eve franziu a testa. — Vai-lhe dizer para voltar para casa? Mas ele...

— Ele precisa voltar. A situação é bastante séria.

— Não estou entendendo.

— Não quis lhe contar. Mas houve outra carta anônima. E Lucy não morreu por causas naturais, Eve. Ela foi envenenada.

8

ROSKENWYN

Aurora. Manhã de domingo. O enorme jato precipitou-se sobre Londres, fez a volta e se alinhou sobre a pista do Aeroporto de Heathrow, mergulhando num pouso perfeito.

Casa.

Alec Haverstock, que viajara sem bagagem, exceto por uma maleta de mão, passou direto pela imigração e pela alfândega, cruzando o terminal e saindo na manhã de verão cinzenta e úmida da Inglaterra.

Procurou pelo carro e o encontrou. Um BMW vermelho, com Rogerson, o motorista da companhia, parado ao lado. Rogerson era um funcionário formal, e embora fosse domingo, seu dia de folga oficial, ele fora ao aeroporto com seu traje completo: o boné de pala curta, as luvas de couro e tudo mais.

— Bom-dia, Sr. Haverstock. Teve um bom vôo?

— Sim, ótimo, obrigado. — Embora não tivesse dormido um único minuto. — Obrigado por trazer o carro.

— Tudo bem, senhor. — Tomou a maleta da mão de Alec e a guardou no porta-mala. — O tanque está cheio. Não vai precisar parar para abastecer.

— Como vai voltar para a cidade?

— Tomarei o metrô, senhor.

— Sinto tê-lo incomodado num domingo. Estou muito agradecido.

— Sempre que quiser, senhor. — Sua mão enluvada recebeu a nota de cinco libras num aperto de mão discreto e reconhecido. Muito obrigado, senhor.

Ele guiava enquanto a manhã clareava ao seu redor. Em ambos os lados da estrada surgiam pequenos vilarejos. Quando chegou a Devon, os sinos das igrejas começavam a soar. Ao cruzar a ponte sobre o Tamar, o sol estava alto no céu e as estradas se enchiam com o tráfego desnorteado do domingo.

Os quilômetros passavam como um relâmpago à sua frente. Agora eram 60, 50, 40 até Tremenheere. Alcançou o cume da colina, e a estrada correu morro abaixo, chegando aos estuários do norte, às dunas de areia e finalmente ao mar. Avistou os morretes coroados com monólitos de granito, ali fincados desde os primórdios dos tempos. A estrada serpenteou para o sul, na direção do sol. Alec viu o outro mar, dourado pelo brilho do céu, onde iates navegavam — provavelmente numa pequena regata — e, nas praias estreitas, turistas ruidosos e satisfeitos raiavam a areia.

Penvarloe. Seguiu a curva e iniciou a subida rumo à estradinha familiar e tranqüila, chegando ao vilarejo e saindo dele logo em seguida, dobrando nos conhecidos portões de Tremenheere.

Era meio-dia e meia.

Ele a viu assim que entrou. Estava sentada à porta da

frente da casa, os cotovelos apoiados nos joelhos e as mãos no queixo, esperando por ele. Imaginou há quanto tempo estaria ali. Enquanto encostava o carro e desligava o motor, ela lentamente ficou de pé.

Desprendeu o cinto de segurança e desceu do carro, pondo-se ao lado da porta aberta e olhando para ela. Pela curta distância que os separava, ele viu seus olhos acinzentados, a melhor coisa que herdara da mãe. Estava mais alta, as pernas compridas, mas não havia mudado. Os cabelos longos e escuros agora estavam tingidos de louro. Mas não havia mudado.

Ela disse: — Você demorou — Mas as palavras duras foram traídas pelo tremor em sua voz. Ele bateu a porta do carro e abriu os braços, e sua filha exclamou: — Oh, papai! — explodindo em lágrimas e se atirando em seu abraço.

Mais tarde, subiu as escadas à procura da esposa. Encontrou-a em seu quarto, sentada à penteadeira, escovando o cabelo. A cama estava arrumada, e o quarto, arejado. A cestinha de Lucy não estava mais lá. Através do espelho, seus olhares se encontraram.

— Querida.

Ela largou a escova e virou-se. Ele a levantou, e por um longo instante os dois se abraçaram, os corpos tão unidos que ele podia sentir as batidas do coração de Laura. Beijou o alto de sua cabeça perfumada e tocou seu cabelo.

— Querida Laura.

Ela falou, em seus ombros, mas as palavras saíram abafadas. — Não desci porque queria que encontrasse Gabriela primeiro. Queria que ela fosse a primeira a vê-lo.

— Ela estava me esperando — E completou: — Sinto muito sobre Lucy.

Laura estremeceu, calada, sem querer falar na tragédia.

Alec não disse que lhe compraria outro cão, pois seria o

mesmo que dizer a uma mãe consternada que lhe compraria outro filho. Para ela, jamais haveria outra. Talvez um novo cachorrinho, mais tarde, mas jamais haveria outra Lucy.

Passado algum tempo, ele se desvencilhou do abraço gentilmente e a fitou. Laura estava corada e parecia bem melhor, porém imensamente triste. Com as duas mãos, Alec segurou sua cabeça, os polegares tocando as olheiras escuras, como se fossem marcas que ele pudesse apagar.

— Conversou com Gabriela? — perguntou ela.

— Sim.

— Ela lhe contou?

— Contou.

— Sobre o bebê? — Ele meneou a cabeça afirmativamente. — Ela voltou para você, Alec. Foi por isso que voltou para casa. Para ficar com você.

— Eu sei.

— Ela pode ficar conosco.

— Claro.

— Já sofreu muito.

— Mas sobreviveu.

— É uma moça adorável.

Ele sorriu. — Foi o que ela disse sobre você.

— Você nunca me falou dela, Alec. Por que nunca me falou de Gabriela?

— Isso a incomodava tanto assim?

— Incomodava. Fazia-me sentir terrivelmente excluída, como se você pensasse que eu não o amava o suficiente para entender. Como se eu não o amasse o bastante para deixar que Gabriela fizesse parte de nossas vidas.

Alec ponderou e acrescentou: — É complicado. É melhor nos sentarmos... — Tomando Laura pela mão, ele a levou até o sofá embaixo da janela. Afundou o corpo no canto, puxando-a para que se sentasse ao seu lado, ainda segurando sua mão.

— Precisa entender. Eu não falava nela em parte por achar que não estaria sendo justo com você. Minha vida com Erica havia terminado há anos, e Gabriela, fisicamente, também havia me deixado. Honestamente, quando me casei com você, não tinha mais esperança de rever minha filha. Além disso, não *podia* falar nela. Era isso. Perdê-la foi a pior coisa que já me aconteceu na vida. Com o passar do tempo, eu me fechei para o passado, como se o tivesse guardado numa caixa e fechado a tampa. Era a única maneira de continuar a viver.

— Mas agora já pode abrir a caixa.

— Gabriela já a abriu para mim. Fugiu. Livre. Voltou para casa.

— Oh, Alec.

Ele a beijou. — Sabe, senti tanto a sua falta. Sem você ao meu lado, Glenshandra perdeu a magia. Fiquei desejando que o feriado terminasse logo para poder voltar para casa. E em Nova Iorque ficava imaginando que a via nos restaurantes, andando na rua, e nas vezes em que corria para encontrá-la percebia que a moça nem ao menos se parecia com você, e que a minha imaginação me havia pregado uma peça.

— Não tem importância ter saído de Nova Iorque e deixado de lado seus negócios? Quando... Lucy morreu, eu disse a Gerald que queria você aqui, mas nunca pensei que ele fosse chamá-lo.

— Tom ficou lá. Pode muito bem resolver tudo sozinho.

— Recebeu minha carta?

Ele balançou a cabeça. — Você me escreveu?

— Escrevi, mas não deve ter dado tempo de chegar. Eu dizia apenas o quanto sentia não ter ido viajar com você.

— Entendo.

— Odeio telefones.

— Eu também. Utilizo-os o tempo todo, mas é quase impossível demonstrar qualquer sentimento através de um aparelho.

— Alec, não que eu não quisesse voar ou que ainda estivesse doente. Eu só... não podia... — hesitou, e em seguida falou de supetão. — ... Não podia suportar uma semana em Nova Iorque ao lado de Daphne Boulderstone.

Alec se calou, espantado. E então começou a rir. — Pensei que fosse me fazer alguma terrível revelação.

— E isso não é terrível?

— O quê? Exasperar-se com Daphne Boulderstone? Meu amor, todos nos exasperamos com ela, até o próprio marido. Ela é a mulher mais irritante do mundo...

— Ah, Alec, não é só isso... ela está sempre... bem, ela me faz sentir uma idiota. Como se eu não soubesse de nada. Aquele dia em que esteve lá em casa, começou a falar de Erica, das cortinas e das coisas de Erica, e que era sua melhor amiga, e que as coisas não eram mais as mesmas após a venda de Deepbrook, e que tinha sido sua amiga antes de conhecer Tom, e que o primeiro amor era muito importante...

Alec, complacente, pôs a mão em sua boca, achando graça.

— Foi a frase mais truncada que já ouvi. — Afastou a mão de seu rosto. — Mas eu entendo. — Beijou-a na boca. — E sinto muito. Fui estúpido em pensar que você gostaria de passar uma semana com Daphne. Eu só queria ficar com você.

— Eles pertencem a um clã, os Boulderstones e os Ansteys. Do qual nunca farei parte...

— Eu sei. Fui pouco observador. Às vezes me esqueço que somos bem mais velhos do que você. Estou envolvido com eles há tanto tempo que me esqueço das coisas essenciais.

— Como o quê?

— Ah, sei lá. Como ter uma esposa linda. E uma filha linda.

— E um neto lindo.

Ele sorriu. — Também.

— Ficaremos um pouco apertados em Abigail Crescent.

— Acho que já vivi tempo demais em Abigail Crescent. Quando voltarmos a Londres, vamos procurar uma casa maior. Uma com jardim. E aí, sem dúvida, viveremos todos felizes para sempre.

— Quando partiremos?

— Amanhã de manhã.

— Quero voltar para casa. Eve e Gerald têm sido gentilíssimos, mas quero voltar para casa.

— Isso me lembra uma coisa. — Ele olhou para o relógio. — Tive uma palavrinha com eles antes de vir vê-la. O almoço sairá à uma e meia. Está com fome?

— Acho que estou feliz demais para comer.

— Impossível — disse Alec. Ele ficou de pé e a puxou. — Não posso esperar para degustar o rosbife com batatas que Eve sabe preparar como ninguém.

— ... e a situação é essa. Depois que Silvia recebeu a primeira carta, estávamos todos certos de que a pobre May era a culpada. Que agira num momento de total insanidade Ela tem-se comportado de maneira estranha ultimamente, e, na ocasião, achamos que isso explicava tudo. Mas quando Gabriela nos trouxe a segunda carta, que estava endereçada a você, Ivan sugeriu que poderia ser obra de Drusilla, a moça que mora no chalé ao lado. É uma criatura aparentemente inofensiva, mas, como salientou Ivan, um mistério para todos nós. Veio morar aqui, pois não tinha para onde ir. E acho que, possivelmente, está interessada em Ivan. — Deu de ombros. — Não sei, Alec. Realmente não sei.

— E então Lucy!

— É. E esse acontecimento horrível me deixa sem explicações. Ainda que esteja senil, May jamais faria tal coisa. E Drusilla é o tipo de mulher maternal. Não consigo vê-la tirando a vida de um ser vivo.

— Tem certeza de que a cadela foi envenenada?

— Absoluta. Foi por isso que o chamei em Nova Iorque. Quando vi a cadelinha, senti muita pena de Laura.

Eram três horas da tarde, e eles estavam trancados no escritório de Gerald desde a hora do almoço. Por fim, pareciam ter chegado ao fim da linha. A carta e o envelope estavam sobre a mesa entre eles, e Alec alcançou-a novamente a fim de relê-la. As letras pretas, desiguais, estavam acesas em sua mente, como se seu cérebro as tivesse fotografado, mas ainda assim se sentiu compelido a lê-la mais uma vez.

— Não temos a primeira carta?

— Não. Silvia a guardou. Não quis que eu ficasse com ela. Avisei-lhe para não destruí-la.

— Antes de tomarmos qualquer decisão, eu gostaria de vê-la. De qualquer modo, se tivermos que ir... mais longe... vamos precisar de provas. Acho melhor ir à casa de Silvia. Acha que ela está em casa agora?

— Ligue para ela — sugeriu Gerald, pegando o telefone, discando o número e entregando o aparelho para Alec, que ouviu o sinal, seguido da voz rouca e jovial de Silvia.

— Alô.

— Silvia, é o Alec.

— Alec. — Pareceu encantada. — Oi! Está de volta?

— Estive pensando, vai ficar por aí?

— Ora, claro. Estou sempre por aqui.

— Pensei em passar em sua casa. Para visitá-la.

— Que ótimo. Estarei no jardim, mas deixarei a porta da frente aberta. É só entrar. Até já.

Do lado de fora, o calor letárgico da tarde dominical vinha acompanhado de uma brisa fresca que soprava do mar. Havia uma quietude no ar, e, pela primeira vez, Tremenheere estava deserta. Ivan saíra de carro com Gabriela para um passeio, levando uma garrafa térmica de chá e suas roupas de banho guardadas numa mochila. Eve e Laura, exaustas, foram convencidas pelos respectivos maridos a tirar a tarde para descansar.

Drusilla e Joshua não estavam. Pela manhã, Ivan observara um de seus misteriosos amigos chegar num velho conversível e estacioná-lo diante do chalé. Um homem de barba comprida saltara dele. No banco de trás, parecendo um passageiro, havia a caixa de um violoncelo. Conversaram, o homem e ela, e saíram juntos, inclusive Joshua. Levara com ela sua flauta, presumindo-se que participariam de algum concerto. Ivan os viu sair e contou aos demais durante o almoço.

Eve ficou excitada. — Talvez seja seu novo namorado.

— Eu não contaria com isso — disse Ivan. — Os dois estavam esquisitos, pareciam sedados. Tenho certeza de que foram apenas tocar juntos, mas não o tipo de música que você imagina.

— Mas...

— Se eu fosse você, não a incentivaria. Creio que a última coisa que Gerald precisa agora é de um violoncelista barbudo se mudando para cá.

Seria demais para Drusilla. Para todos. Alec atravessou o portão e caminhou, estrada abaixo, em direção ao vilarejo. Não havia tráfego na pista sombreada. De algum lugar, veio o som de latidos de cachorro. Acima, os galhos mais altos das árvores balançavam ao vento.

Encontrou Silvia, como ela disse que estaria, no jardim, trabalhando no canteiro de rosas. Ao cruzar a relva ao seu encontro, ocorreu-lhe que, com sua figura frágil e seus cabelos grisalhos presos em coque, Silvia parecia modelo de um anúncio de alguma companhia de seguros. Invista em nós e desfrute de uma velhice tranqüila. Só estava faltando o bem apessoado marido de cabelos brancos, aparando a roseira e sorrindo, desprovido de preocupações financeiras.

Faltava o marido. Lembrou-se de Tom, que não tinha cabelos brancos nem era bonito. Na última vez que o vira, andava trôpego e desajeitado, o rosto vermelho e as mãos trêmulas, a menos que estivessem segurando firmemente um copo.

— Silvia.

Virou-se para ele. Usava um par de óculos de sol tão grande que ocultava seu rosto quase que por inteiro. Sorriu imediatamente, parecendo feliz em vê-lo.

— Alec! — Esgueirou-se entre as flores e saiu do meio do roseiral. Ele a beijou.

— Que surpresa agradável. Não sabia que tinha voltado de Nova Iorque. Mal nos vimos quando esteve aqui para deixar Laura.

— Estava me lembrando de Tom. Não creio que lhe tenha telefonado na ocasião do seu falecimento. E não tive tempo de lhe dizer antes, mas sinto muito.

— Ah, tudo bem. Pobre Tom. Foi difícil no início, mas agora já me acostumei.

— Seu jardim está fantástico, como sempre. — Havia ferramentas espalhadas pelo gramado. Um pequeno ancinho, uma enxada e uma tesoura. Um carrinho de mão estava repleto de sementes, rosas mortas e podas. — Você é bastante ativa.

— O jardim me mantém ocupada. Mas agora vou parar para conversarmos. Primeiro preciso lavar as mãos. Aceita uma xícara de chá? Ou um drinque?

— Não, obrigado. E quanto a todas essas coisas? Quer que eu as junte para você?

— Ah, você é um amor. Ficam na estufa. — Deu-lhe as costas e caminhou para a casa. — Não vou demorar-me.

Alec juntou as ferramentas e as levou para a pequena estufa, num cantinho do jardim, discretamente disfarçada por uma treliça coberta de clematites. Atrás da estufa, havia adubo composto amontoado e vestígios de uma fogueira, onde provavelmente era queimado o lixo do jardim. Alec inclinou o carrinho de mão, despejando seu conteúdo sobre o monte de folhas e esterco, e encostou o carrinho na parede atrás da estufa.

Suas mãos se sujaram de terra. Tirou um lenço do bolso e as limpou. Ao fazê-lo, baixou os olhos e notou que, na fogueira, Silvia não queimara apenas o lixo do jardim, mas se livrara de jornais velhos, caixas de papelão, cartas. Pedaços de papéis semidestruídos haviam sobrevivido às chamas e jaziam em meio às cinzas escuras. Pedaços de papel. Ficou paralisado. Após um instante, guardou o lenço e se abaixou para pegar um dos fragmentos. Um canto... um triângulo, o lado mais comprido carbonizado.

Voltou à estufa. Tudo estava em perfeita ordem. Ferramentas de cabos compridos apoiadas junto à parede e outras menores penduradas em pinos. Havia pilhas de vasos de cerâmica, uma caixa de etiquetas brancas de plástico. Uma prateleira baixa continha pacotes e garrafas. Semente de grama, adubo de rosas, uma garrafa de álcool metilado. Uma lata de óleo de motor, alguns repelentes contra insetos. Um pacote de adubo. Seus olhos passearam pela estante. Uma enorme garrafa verde com tampa branca. Gim Gordon. Pensando no velho Tom, ele a ergueu para ler o rótulo. A garrafa estava pela metade. Pensativo, Alec a colocou de volta no lugar, saiu da estufa e caminhou lentamente até a casa.

Ao entrar na sala, Silvia apareceu pela porta, esfregando creme nas mãos. Penteara os cabelos e se encharcara de perfume, mas não tirara os óculos escuros. O ar se encheu da fragrância almiscarada.

— É *tão* bom tornar a vê-lo — comentou.

— Na verdade, Silvia, essa não é uma visita social. Vim por causa da carta que recebeu.

— Por causa da carta?

— A carta anônima. Sabe, eu também recebi uma.

— Você... — Sua expressão era de horror, como se entendesse o que aquilo significava. — *Alec!*

— Gerald me disse que você ainda guarda a sua. Pensei em dar uma olhada nela.

— Claro. Gerald me mandou guardá-la, senão eu já a teria queimado. — Foi até a escrivaninha. — Está aqui, em algum lugar. — Abriu a gaveta e lhe entregou o envelope.

Ele tirou o papel do invólucro pardo. Tirou a outra, endereçada a ele, do bolso. Segurou as duas, agitando-as como um par de cartas de baralho.

— São exatamente iguais! Folhas de um bloco infantil.

— E isso aqui também — afirmou ele.

Era o pedaço de papel carbonizado que ele havia encontrado. Cor-de-rosa, pautado e com a pequena fada semiqueimada.

— O que é isso? — O tom da voz de Silvia era estridente, quase indignado.

— Encontrei isso na sua fogueira, enquanto esvaziava seu carrinho de mão.

— Não lhe pedi para esvaziar o carrinho.

— De onde veio isso?

— Não tenho idéia.

— É o mesmo papel, Silvia.

— E daí? — Todo o tempo, ela estivera esfregando o creme nas mãos. Agora, ela parara e fora à estante buscar um cigarro. Acendeu-o e jogou o fósforo na lareira vazia. Suas mãos estavam trêmulas. Tirou um longo trago do cigarro e cruzou os braços sobre o peito, como se tentasse controlar-se.

— E daí? — perguntou ela novamente. — Não sei de onde isso veio.

— Acho que enviou a primeira carta a si mesma, para que pudesse enviar a segunda a mim, e assim ninguém desconfiaria de você.

— Não é verdade.

— Deve ter comprado um bloco infantil e só precisou de duas folhas, por isso queimou o resto.

— Não sei do que está falando.

— Queria que todos pensassem que May era a culpada. Postou a primeira carta aqui mesmo. Mas, na segunda vez, foi a Truro e a enviou de lá. Numa quarta-feira. O dia em que May costuma ir à cidade. Chegou a Londres no dia seguinte, mas àquela altura eu já estava a caminho de Nova Iorque. Por isso não cheguei a recebê-la. Foi Gabriela que a encontrou e a abriu, pois queria saber do paradeiro de Laura e achou que poderia descobrir seu endereço na carta. Assim, você lhe deu a informação de que precisava, mas não de uma maneira muito agradável.

— Não pode provar nada.

— Não creio que precise. Só preciso descobrir o *porquê*. Pensei que fôssemos amigos. Por que me mandou esse lixo?

— Lixo? Como sabe que é lixo? Não estava aqui para vê-los juntos, saindo juntos.

Ela tinha o mesmo tom de May em seus piores dias.

— Por que se colocou entre mim e minha mulher? Ela não fez nada para magoá-la.

Silvia terminou o cigarro, atirando-o com violência na lareira, e procurou por outro.

— Ela possui tudo — afirmou ela.

— Laura?

Acendeu o cigarro.

— É, Laura. — Começou a andar de um lado para o outro na pequenina sala, mantendo os braços cruzados como se estivesse gelada; de um lado para o outro, como um tigre enjaulado.

— Você era parte da minha vida, Alec, parte da minha infância. Lembra-se de quando éramos crianças, você, eu e Brian jogando críquete na praia, escalando os rochedos e nadando juntos? Lembra-se da vez em que me beijou? Foi a primeira vez que um homem me beijou.

— Eu não era um homem. Era um garoto.

— E então não o vi mais por anos a fio. Então você voltou para Tremenheere. Seu primeiro casamento tinha fracassado, e voltamos a nos encontrar. Lembra-se que saímos para jantar? Você, Eve, Gerald, Tom e eu... Tom ficou mais bêbado do que de costume, e você me ajudou a colocá-lo na cama...

Ele se lembrava, e aquela não era uma lembrança nada agradável. Mas ele viera, porque estava claro que Silvia não podia agüentar um homem de 1,80 m totalmente embriagado que podia passar mal ou morrer a qualquer minuto. Silvia e ele conseguiram levá-lo para cima e pô-lo na cama. Mais tarde, sentaram-se na sala, ela lhe oferecera um drinque, e ele — sentindo uma imensa pena dela — ficara um pouco mais para conversar.

— ... você foi tão doce comigo naquela noite. E foi a primeira vez que desejei a morte de Tom. Pela primeira vez encarei o fato de que ele jamais se recuperaria da bebida. Ele não queria isso. A morte era tudo que lhe restava. E então pensei: "Se Tom morrer — quando ele morrer — Alec vai estar aqui para cuidar de mim." Era só uma fantasia, mas antes de sair, naquela noite, você me beijou com tanta ternura que tudo me pareceu perfeitamente possível e razoável.

Não se lembrava de tê-la beijado, mas talvez fosse verdade.

— Mas Tom não morreu. Já no fim, era como viver ao lado de uma sombra, uma nulidade. Uma espécie de fantasma, cujo único objetivo na vida era pôr as mãos numa garrafa de uísque. E quando ele realmente morreu você havia se casado novamente. Ao me encontrar com Laura, percebi o motivo. Ela possui tudo — repetiu Silvia, e dessa vez as palavras saíram entre dentes, expressando claro rancor. — Possui a beleza e a juventude. Tem um carro caro, roupas e jóias caras que qualquer mulher daria tudo para ter. Pode comprar presentes caros. Presentes para Eve, e Eve é *minha* amiga. Nunca vou poder-lhe comprar presentes caros. Tom me deixou na penúria, e mal posso equilibrar o orçamento, muito menos gastar em presentes. E todo mundo se refere a ela como se fosse uma santa. Até o Ivan. Principalmente ele. Antes, ele costumava vir-me visitar, me convidar para um drinque, quando eu me sentia deprimida, mas desde que Laura chegou tudo acabou; não tinha mais tempo para ninguém, só para ela. Saíam juntos, sabia disso, Alec? Deus sabe o que os dois faziam, mas voltavam rindo, trocando segredinhos. É verdade o que eu lhe disse. É verdade... eles são amantes. Realizada... era assim que ela parecia. Eu sei. Pode confiar. Realizada.

Alec nada disse. Por tristeza e compaixão, escutou o que ela tinha a dizer, observando-a andar de um lado para o outro, incansável, ouvindo a voz que perdera a rouquidão e assumira um tom de desespero.

— ... sabe o que é se sentir sozinho, Alec? Totalmente sozinho? Ficou sem a Erica por cinco anos, mas não sabe o que é ser sozinho de verdade. É tão duro que sua infelicidade se torna contagiosa e as pessoas se afastam de você. Quando Tom era vivo, os amigos estavam sempre por perto, mesmo quando ele já estava no fim. Vinham ver a *mim*. Mas depois que ele morreu nunca mais apareceram. Todos me abandonaram. Tinham medo de se envolver, medo de uma mulher sozinha. Nos últimos anos de sua vida, Tom não me procurava mais. Mas eu... me arranjava. E não tinha vergonha disso, pois precisava de algum tipo de amor, algum tipo de estímulo físico que me mantivesse viva. Mas depois que ele morreu... todos tinham tanta pena de mim. Comentavam sobre a casa vazia, a poltrona vazia ao lado da lareira, mas eram educados demais para mencionar a cama vazia. Esse era o pior de todos os pesadelos.

Alec começou a pensar que ela estava enlouquecendo.

— Por que matou a cadela de Laura?

— Laura tem tudo... Tem você e agora tem Gabriela. Quando ela me falou de Gabriela, percebi que eu o havia perdido para sempre. Poderia desistir dela, mas jamais abandonaria sua filha...

— Mas por que a cadelinha?

— Ela estava doente e morreu.

— Foi envenenada.

— Mentira.

— Encontrei uma garrafa de gim em sua estufa.

Ela quase riu. — Devia ser de Tom. Ele tinha o costume de escondê-las em toda parte. Depois de um ano, ainda continuo encontrando garrafas escondidas por aí.

— Mas essa não continha gim. Tinha uma etiqueta. É veneno.

— Que veneno?

— Veneno de plantas. O mais forte que existe. Não se pode comprá-lo sem registro.

— Tom deve tê-lo comprado. Nunca uso veneno nas plantas. Não sei de nada disso.

— Acho que sabe sim.

— Não sei de nada. Ela atirou o cigarro pela porta aberta do jardim. — Estou-lhe dizendo que não sei. — Estava a ponto de atacá-lo. Ele a segurou pelos cotovelos, mas ela se desvencilhou dele e, com isso, sua mão atingiu os óculos e os atirou para longe. Descoberta, desprotegida, seus olhos revelaram uma cor estranha. Ela o encarou. As pupilas escuras estavam dilatadas, mas não havia vida, não havia expressão em seu olhar. Nem mesmo raiva. Era perturbador. Como olhar num espelho e não enxergar o reflexo.

— Você matou a cadela. Ontem, quando todos estavam em Gwenvoe. Subiu a estrada e entrou na casa. May estava em seu quarto, e Drusilla e o filho, nos fundos do chalé. Ninguém podia vê-la. Simplesmente subiu as escadas e entrou no quarto. Deve ter colocado apenas uma gota do veneno no leite de Lucy. Era o bastante. Ela não morreu na hora, mas já estava morta quando Laura a encontrou. Você imaginou, Silvia, realmente imaginou que May seria acusada da morte do animal?

— Ela odiava aquela cadela. Passou mal em cima de seu tapete.

— Tem idéia da agonia que causou a Eve? Mulher alguma pode ter amiga mais fiel do que ela, mas, se tudo isso tivesse acabado do jeito que você planejou, ela nada poderia fazer para ajudar May. Você tencionava crucificar as duas só para satisfazer uma fantasia que jamais poderia realizar-se...

— Não é verdade... Você e eu...

— *Nunca!*

— Mas eu o amo... Fiz tudo isso por você, Alec... por você...

Ela estava aos berros e seus braços tentavam envolvê-lo, numa grotesca simulação de paixão, a boca entreaberta, à espera de um lenitivo físico que satisfizesse sua necessidade patética e intolerável. — Não vê, seu tolo, que fiz tudo isso por você?...

Sua tentativa de investir contra ele era maníaca, mas ele era mais forte, e o detestável confronto chegou ao fim quase tão rápido como começou. Em seus braços, ela fraquejou. Enquanto ele a segurava, Silvia tombou sobre ele e chorou compulsivamente. Ele a tomou nos braços e a carregou para o sofá, deitando-a e colocando uma almofada sob sua cabeça. Ela chorava, produzindo um barulho medonho, engasgando e soluçando, a cabeça virada de lado. Ele puxou uma cadeira e se sentou para esperar que a histeria passasse. Finalmente ela parou, exausta, a respiração pesada e profunda, os olhos cerrados. Sua fisionomia era a de alguém que havia sofrido uma crise nervosa, como se estivesse saindo de um coma.

Ele pegou sua mão. — Silvia.

Sua mão estava inerte. Silvia parecia não ouvi-lo.

— Silvia. Precisa de um médico. Quem é o seu médico?

Ela inspirou lenta e profundamente, virando o rosto amargurado em sua direção, mas não abriu os olhos.

— Vou ligar para ele. Como ele se chama?

— Dr. Williams — sussurrou.

Alec largou sua mão e foi à ante-sala, onde havia um telefone. Procurou o número num caderninho e o encontrou escrito em letras caprichadas. Discou, rezando para que o médico atendesse.

E atendeu, o próprio. Alec explicou a situação de maneira clara e objetiva. O médico o escutou.

— Como ela está agora? — quis saber o doutor.

— Está mais calma. Deitada. Mas acho que precisa de seus cuidados.

— Sim — respondeu o Dr. Williams. — Suspeitei que algo assim pudesse acontecer. Eu a tenho acompanhado desde a morte do marido e posso afirmar que tem vivido sob constante tensão. Qualquer coisa poderia desencadear tal quadro.

— O senhor pode vir?

— Estou a caminho. Pode ficar aí até eu chegar?

— Claro

Alec voltou à sala. Silvia parecia dormir. Aliviado, ele puxou a manta que recobria a poltrona e a cobriu, esticando a coberta de lã sobre seus ombros e pés. Olhando para o rosto marcado e inconsciente, torturado pelo esgotamento e desespero, ela lhe pareceu tão envelhecida quanto May. Mais ainda, pois May nunca perdera sua inocência.

Quando finalmente ouviu o carro do médico, saiu para encontrá-lo. Viu que, com ele, havia uma enfermeira, uma mulher afobada, vestida de branco.

— Sinto muito o que aconteceu — confessou Alec.

— Eu também. Foi bom ter telefonado. E ter-lhe feito companhia. Onde poderei encontrá-lo, caso seja necessário?

— Estou em Tremenheere. Mas voltarei para Londres amanhã de manhã.

— Se for preciso, entrarei em contato com o almirante. Receio que não haja mais nada que o senhor possa fazer. Daqui por diante, assumiremos seus cuidados.

— Ela vai ficar bem?

— Uma ambulância está a caminho. Como eu disse, não há mais nada que o senhor possa fazer.

Caminhando sem pressa de volta a Tremenheere, Alec se viu recordando, não o confronto que acabara de ter com Silvia, mas os tempos remotos em que ele e Brian ainda eram garotos, hospedados na casa do jovem tio Gerald, desfrutando do primeiro e inebriante contato com a maioridade. Talvez fosse isso o que acontecia na velhice. Era por isso que May se lembrava, com minúcias de detalhes, os piqueniques matinais do colégio e os Natais de sua infância, mas não conseguia lembrar-se do que fizera no dia anterior. Um endurecimento das artérias, explicava a medicina, mas talvez houvesse razões mais profundas do que a desintegração física peculiar à velhice. Talvez fosse um retraimento, uma rejeição à realidade da limitação da visão, da perda da audição, da fraqueza das pernas e do tremor das mãos, estropiadas pela artrite.

E agora Silvia era em suas lembranças uma mocinha de 14 anos. Uma menina ainda, porém, pela primeira vez, consciente de seu potencial de excitar o sexo oposto. Os braços e pernas eram longos, delgados e bronzeados, mas os seios pequeninos denunciavam o corpo infantil, e os cabelos ruivos emolduravam um rosto que prometia delicada beleza. Os três haviam jogado críquete e escalado morros com a inocência própria da juventude. Contudo, o fato de terem nadado juntos, embora o mar salgado e frio anulasse a inibição da puberdade, fora algo inteiramente diferente. Vencendo as ondas, seus corpos se tocaram. Mergulharam e, submersos, se deram as mãos; seus rostos se roçaram. E, finalmente, quando Alec criou coragem para beijá-la, ela virara o rosto e tocara seus lábios com a boca entreaberta; depois disso, o beijo foi difícil de evitar. Ela ensinara a ele muitas coisas. Tinha muito a dar.

Não se lembrava de ter experimentado tamanho cansaço físico em toda sua vida. Apesar de não ser homem de encontrar conforto no álcool, desejou imensamente um drinque. Mas isso teria que esperar. Chegando a Tremenheere, entrou na casa e parou por um instante na ante-sala, para escutar. Não havia ruído algum, voz alguma. Subiu os degraus de madeira e percorreu o corredor até o quarto, abrindo a porta com suavidade. As cortinas estavam cerradas, e na cama de casal Laura dormia. Parou para observá-la, os cabelos castanhos espalhados sobre a fronha branca, e seu coração se encheu de ternura e amor. Seu casamento com Laura era a coisa mais importante em sua vida, e pensar em perdê-la, por qualquer que fosse a razão, o angustiava. Ambos erraram, tendo sido tão reservados, tão respeitosos com a individualidade do outro, mas ele prometeu a si mesmo que dali por diante compartilhariam qualquer coisa que viesse pela frente, boa ou má.

Adormecida, sua aparência era tranqüila e inocente, parecendo bem mais jovem do que realmente era. E, feliz, percebeu então que ela *era* inocente.

Dentre todos, era a única que não tomara conhecimento das cartas malevolentes. Não sabia que Lucy morrera por envenenamento e era importante que nunca viesse a saber. Seria o último segredo que guardaria da esposa. Ela se mexeu, mas não acordou. Em silêncio, ele saiu do quarto e fechou a porta.

Eve e Gerald não estavam na casa. Procurando por eles, Alec atravessou a cozinha deserta e saiu pela porta dos fundos. Notou que Drusilla e seu amigo haviam voltado do passeio. O carro estacionado em frente ao chalé mais parecia uma velha máquina de costura sobre rodas, amarrada com pedaços de corda e arame. Ele, Drusilla e Joshua estavam lá fora. O amigo, sentado numa cadeira de balanço, parecia um velho profeta, com Joshua acocorado aos seus pés. Drusilla, sentada no degrau da porta, tocava flauta.

Alec, distraído pela bela cena, esqueceu o que viera fazer e parou para escutar. A música de Drusilla penetrava no ar com a mesma clareza e precisão da água que cai de uma fonte. Reconheceu a antiga canção do interior, "The Lark in the Clear Air", que ela provavelmente aprendera em criança. Era o acompanhamento perfeito para a tarde de verão. O amigo, balançando lentamente a cadeira, ouvia a música. Joshua, cansado de brincar com a terra, lutou para ficar de pé, apoiando-se nos joelhos do homem, que se inclinou e o pôs no colo, os braços musculosos amparando a criança.

Talvez Ivan estivesse errado. Talvez Drusilla e seu amigo tivessem feito mais do que apenas tocar juntos. Ele parecia um bom sujeito, e Alec, silenciosamente, desejou-lhes sorte.

A última nota se perdeu no ar. Drusilla abaixou a flauta e notou sua presença.

— Muito bom. Lindo — saudou Alec.

— Está procurando por Eve?

— Estou.

— Estão no pomar, colhendo framboesas.

Sentiu-se confortado pelo breve encontro. Tremenheere não perdera a magia, o dom de abrandar a alma. Mas ainda assim, enquanto percorria o caminho por entre as sebes dos canteiros, seu coração se encheu de pesar por ser obrigado a lhes dar a trágica notícia. Ao se aproximar, o casal parou o que estava fazendo e virou-se para ele. Pareceu-lhe que não os via há séculos e levou apenas alguns minutos para relatar os sombrios detalhes do que se havia sucedido durante a tarde. Ficaram ali, sob o sol, no meio do pomar perfumado e sereno, ouvindo o doloroso relato. Estava terminado. Haviam sobrevivido incólumes à tragédia e permaneceriam unidos. Era quase um milagre.

Mas Eve, sendo quem era, ainda preocupava-se com Silvia.

— ... uma ambulância? Uma enfermeira? Ah, meu Deus, Alec, o que vão fazer com ela?

— Creio que será internada. Precisa de cuidados, Eve.

— Mas então eu preciso visitá-la... preciso.

— Querida — Gerald segurou seu braço — deixe estar. Pelo menos por enquanto, deixe estar. Não há nada que se possa fazer.

— Mas não podemos abandoná-la. O que quer que tenha feito, ela não tem mais ninguém nesse mundo. Não podemos abandoná-la.

— Não a abandonaremos.

Ela virou-se para Alec, suplicando. Ele disse: — Ela está doente, Eve. — Ainda assim, ela não entendeu. — Sofreu um colapso nervoso.

— Mas...

Gerald deixou de lado os eufemismos. — Minha querida, ela está ruim da cabeça.

— Mas isso é horrível... trágico...

— Precisa aceitar os fatos. Será melhor para você. Do contrário, só lhe restará uma alternativa infinitamente pior. Suspeitamos de Drusilla e de May; duas mulheres inocentes poderiam ter sido responsabilizadas por uma coisa de que nem sequer tinham conhecimento. E era exatamente isso que Silvia queria, destruir o casamento de Laura e Alec e fazer de May a grande culpada...

— Oh, Gerald... — Ela levou a mão à boca, sem completar a frase. Seus olhos azuis se umedeceram de emoção. — May... minha querida May...

Eve largou a cesta de frutas e correu de volta para casa. Sua súbita disparada fez com que Alec, instintivamente, se apressasse atrás dela, sendo detido por Gerald, que o segurou pelo braço.

— Deixe-a ir. Vai ficar bem.

May estava em sua mesa, colando os recortes em seu caderno. Fora encantador ouvir Drusilla tocar tão linda melodia. Moça intrigante, era ela. Tinha um novo admirador, ao que parecia, embora May não aprovasse muito homens barbudos. Encontrara belíssimas fotografias no jornal de domingo. Uma da rainha-mãe com um chapéu azul de *chiffon*. Ela sempre teve um sorriso bonito. E uma outra, engraçada, de um gatinho numa jarra com um laçarote no pescoço. Uma pena a morte da cachorrinha da Sra. Alec. Tão engraçadinha, embora tivesse passado mal sobre seu tapete.

De tão surda que estava, não ouviu os passos de Eve pelo corredor, e só percebeu quando a porta se abriu e Eve entrou em seu quarto. Sobressaltada, aborreceu-se, olhando de maneira atravessada por sobre os óculos, mas antes que tivesse tempo de dizer qualquer coisa Eve cruzou o quarto e ajoelhou-se ao seu lado.

— Oh, May...

E debulhou-se em lágrimas, abraçando sua cintura e escondendo o rosto entre seus seios descarnados.

— Oh, querida May...

— Ora, o que é isso... — perguntou May com o mesmo tom solidário que costumava usar quando Eve era uma garotinha e machucava o joelho ou quebrava uma boneca. — Meu amor, o que foi que houve? Está chorando à toa. Pronto, pronto. — Sua mão artrítica afagou suavemente a cabeça de Eve. Seus lindos cabelos louros estavam brancos agora. — Pronto, pronto. — Ora, ora, pensou May, não somos mais jovens como antes. — Pronto. Não precisa chorar. May está aqui.

May não tinha idéia do rebuliço que acontecia. Nunca iria saber. Nunca perguntou e nunca lhe disseram.

9

LARES

Laura estava sozinha em seu quarto, terminando de fazer as malas: esvaziando as gavetas, o guarda-roupa, tentando-se lembrar onde tinha colocado o cinto de couro vermelho ou se já o havia guardado na mala. Deixara Alec e Gabriela tomando o café da manhã, comendo o resto das torradas e tomando mais uma xícara de café. Tão logo terminassem, e Alec juntasse toda a bagagem, partiriam. O carro já estava estacionado à porta da frente. Tremenheere ficaria para trás.

Ela estava no banheiro, recolhendo a esponja de banho, as escovas de dentes e o aparelho de barbear de Alec, quando ouviu uma batida na porta.

— Olá?

A porta se abriu. — Laura. — Era Gabriela. Com os objetos na mão, Laura saiu do banheiro.

— Oi, querida. Já estou terminando. Alec está impaciente? Só falta guardar essas miudezas e já, já estarei pronta. Sua mala está no carro? Não sei onde coloquei meu vidro de perfume... ou será que já o guardei?

— Laura.

Laura olhou para ela.

Gabriela sorriu. — Ouça-me.

— Querida, estou ouvindo. — Colocou os objetos sobre a cama. — O que foi?

— É que... você ficaria magoada se eu não voltasse com vocês? Se eu ficasse aqui?...

Laura estava chocada, mas tentou disfarçar. — Claro que não. Não há pressa. Se quer ficar mais um pouco, por que não? É uma ótima idéia. Eu mesma devia ter-lhe sugerido isso. Pode voltar para casa outro dia.

— Não é isso, Laura. O que estou tentando dizer é que... Acho que não quero voltar para Londres.

— Não quer?... — Os pensamentos voaram, indisciplinadamente, em todas as direções. — ... mas e o bebê?

— Acho que vou ter meu bebê aqui mesmo.

— Quer dizer que vai morar aqui com Eve?

— Não. — Gabriela riu, arrependida. — Laura, não está facilitando nem um pouco as coisas para mim. Vou morar com Ivan.

— Com I... — Laura subitamente sentiu uma fraqueza nos joelhos e achou necessário se sentar na beira da cama. Notou, surpresa, que Gabriela estava corada de vergonha.

— Gabriela!

— Acha tão terrível assim?

— Não, é claro que não. Mas estou um tanto surpresa... Você acabou de conhecê-lo.

— É por isso que quero morar com ele. Para que nos possamos conhecer melhor.

— Tem certeza de que é isso o que quer?

— Absoluta. E ele também. — Laura ficou calada, e Gabriela se deitou na cama ao seu lado. — Estamos apaixonados, Laura. Pelo menos é o que eu acho. Não tenho certeza, pois isso nunca me aconteceu antes. Nunca acreditei nisso. E quanto ao amor à primeira vista sempre achei que era uma grande bobagem.

— Mas não é — retrucou Laura. — Sei disso porque me apaixonei por seu pai na primeira vez que o vi. Antes mesmo de saber quem ele era.

— Então entende o que estou sentindo. Não acha que estou agindo precipitadamente? Acha que é apenas uma fantasia ou algo que tenha a ver com os hormônios da gravidez?

— Não, não acho.

— Estou tão feliz, Laura.

— Acha que vão se casar?

— Espero que sim. Um dia. Provavelmente iremos à igrejinha da cidade, só nós dois, e voltaremos marido e mulher. Não vai importar-se se fizermos isso, vai? Se não fizermos festa de casamento?

— Acho que devia falar sobre isso com seu pai.

— Ivan está lá embaixo contando a ele o que lhe estou contando. Achamos que assim seria mais fácil. Para todos.

— Ele sabe que está grávida?

— Claro que sabe.

— E não se importa?

— Não. Disse, de uma forma engraçada, que isso o faz ter mais certeza do que quer.

— Oh, Gabriela. — Abraçou a enteada pela primeira vez, longamente, beijando-a com sincera afeição. — Ele é uma pessoa muito especial. Quase tanto quanto você. Vocês dois merecem toda a felicidade do mundo.

Gabriela se afastou. — Quando o bebê nascer, vai voltar para Tremenheere? Gostaria que estivesse aqui quando ele chegasse.

— Não quero perder isso por nada.

— E não está chateada por eu não voltar para Londres com vocês, está?

— A vida é sua. Deve saber o que é melhor para você. E saiba que seu pai vai estar sempre disposto a ajudá-la, se precisar. Embora não tenha percebido antes, foi sempre assim.

Gabriela sorriu. — Sei disso.

Laura continuava meio tonta, se esforçando para terminar de guardar seus pertences na mala, quando Alec foi ao seu encontro. Quando ele abriu a porta, ela estava diante da bolsa aberta, com uma escova de cabelos numa mão e um vidro de perfume na outra. Entreolharam-se, em silêncio, por um longo instante, e não porque não tivessem o que dizer, mas por acharem desnecessárias as palavras. Ele fechou a porta com certa firmeza atrás de si. Trazia no rosto uma expressão séria, carrancuda, os cantos da boca virados para baixo; contudo, o brilho alegre em seus olhos o traía. E Laura sabia que ele estava feliz por Ivan e Gabriela e por eles mesmos.

Foi ele quem quebrou o silêncio. — Somos o retrato de dois pais sofredores, tentando compreender as inconsistências amalucadas dessa juventude.

Ela caiu na gargalhada. — Querido, por mais que tente, nunca vai ser um pai do tipo durão.

— Queria que você acreditasse que estava irado.

— Mas não conseguiu. Não está aborrecido?

— Aborrecido não é bem a palavra. Estou bestificado, furioso. Ivan e Gabriela. — Levantou a sobrancelha. — O que acha disso?

— Acho que — iniciou ela, guardando a escova e o perfume e fechando a mala — eles precisam um do outro. Acho que estão apaixonados, mas também acho que se amam.

— Mas eles não se conhecem.

— Ah, se conhecem sim. Tornaram-se amigos assim que se conheceram e desde então não se separaram mais.

Ele é muito atencioso, e Gabriela, apesar de parecer independente, precisa de atenção. Principalmente agora, com o bebê a caminho.

— E essa é outra novidade. Ele não se importa de ela estar grávida. Diz que o faz ter mais certeza de querer passar o resto da vida com ela.

— Alec, ele a ama.

Ele riu diante do comentário, balançando a cabeça. — Laura, querida, você é uma romântica incorrigível.

— E Gabriela também, embora não queira admiti-lo.

Alec refletiu. — Há uma vantagem nisso tudo. Se ela ficar aqui, não vou precisar comprar uma casa maior.

— Não conte com isso.

— O que quer dizer?

— Vou voltar para Tremenheere quando o bebê de Gabriela nascer. Daqui a oito meses. Até lá, eu também posso estar grávida. Nunca se sabe.

Ele tornou a sorrir, enternecido. — Tem razão. Nunca se sabe. — E a beijou. — Podemos ir agora? Estão todos lá embaixo, esperando por nós. Meu pai costumava dizer: Se tem que ir, vá logo. Não vamos deixá-los esperando.

Laura fechou a última mala, e ele as carregou para baixo. Deu uma longa olhada no quarto, antes de descer. A cestinha de Lucy não estava mais lá, Gerald a queimara. Lucy estava enterrada ali, no jardim de Tremenheere. Gerald quis erguer uma lápide, mas Eve teve a idéia de plantar uma roseira no local onde o animalzinho fora enterrado. Uma roseira antiga. *Perpétué et Félicité*, talvez. Adoráveis florezinhas cor-de-rosa. Bastante adequadas a Lucy.

Perpétué et Félicité. Pensou em Lucy, correndo pelo jardim, os olhos brilhantes, as orelhas ao vento, o rabo espanando de alegria. Era uma boa maneira de se lembrar dela, e *Félicité* significava felicidade. Os olhos de Laura se embaçaram — ainda era impossível pensar em Lucy sem se emocionar — mas ela enxugou as lágrimas com suavidade e virou-se para seguir o marido.

O quarto ficou para trás, vazio e silente, exceto pela cortina que flutuava, tangida pela brisa matinal do verão.

Este livro foi impresso no
Sistema Digital Instant Duplex da Divisão Gráfica da
DISTRIBUIDORA RECORD DE SERVIÇOS DE IMPRENSA S.A.
Rua Argentina, 171 - Rio de Janeiro/RJ - Tel.: (21) 2585-2000